中國知識青年題材小說研究

——從文革時期到90年代

曹惠英 著

臺灣學生書局印行

耶和華的律法全備，能甦醒人心；

耶和華的法度確定，能使愚人有智慧；

耶和華的訓詞正直，能快活人的心；

耶和華的命令清潔，能明亮人的眼目；

耶和華的道理潔淨，存到永遠；

耶和華的典章真實，全然公義。

（《聖經・詩篇》19：7-9）

序

洪子誠

「知青」出身的作家，和曾經被定為「右派」的「復出作家」一道，在上世紀 80 年代，是大陸文學「復興」的重要支柱。他們的創作，在當時獲得「知青文學」（或「知青小說」）的命名。批評界對「知青文學」的概念可能有不同理解，但普遍承認的說法是：知青文學作者曾是「文革」中「上山下鄉」的知識青年；作品的內容，則主要講述知青在「文革」中的遭遇，也包括他們結束知青身分之後的生活狀況。「知青文學」這個概念，當時專指敘事體裁（小說，或紀實性敘事作品）的創作，北島、舒婷、芒克、多多、食指等，雖然也有知青的經歷，有的作品也涉及這方面的內容，但評論界一般不將他們稱為「知青作家」（「知青詩人」），他們的創作，也較少被納入「知青文學」的範圍。這種命名的狀況，從一個方面表現了詩歌題材、主旨的「超越性」特徵；事實上，這些詩人的作品，也難以用「知青」的詞語描述。另一點需要強調的是，一些「知青」出身的作家，他們最好的作品並非知青文學，我們在韓少功、李銳、王安憶、史鐵生等的創作中可以明白這一點。知青文學的寫作和研究熱潮，主要發生在 80 年代，此後雖然不斷有相關的作品發表，但是作為一種文學潮流，在 90 年代已經式微，對它的批評研究也是如此。

曹惠英的這部評述知青小說的著作，完成於 2003 年。這個時候，知青文學早已不是熱點，也因為這方面的研究論著已相當不少，所以，也不再有許多人關心這個課題。不過，曹惠英在考慮博士論文選題的時候，覺得這個論題仍有一些重要的方面未被深入涉及，為此在幾年裏，她投入大量勞動。現在看來，這一成果的價值是沒有疑問的。這表現在幾個方面。一是，它打破了既往知青文學研究一般的處理方式的慣例，即只考察文革結束後作為政治，文學反思成果的那部分寫作。事實上，知青作者表現自己生活道路的創作，在文革期間（甚至更早時間）就已經存在。由於政治意識和文學標準方面的原因，六七十年代的這些知青文學現象，很長時間裏被研究者忽略，甚至遺忘。這種忽略雖然有其根據，但卻一定程度遮蔽了文學的複雜性和歷史聯繫。由於當代中國曲折歷史進程，歷史（包括文學歷史）的斷裂性極容易被把握，被強調，而其承續，聯接的方面則容易忘卻，或簡單的成為一種對比性的方面存在。這就是當代文學研究中處理「斷裂」與「承續」關係之所以成為一個難題的原因。曹惠英的研究，既重視大陸文學以文革為界的重大轉折，但也重視它們之間複雜的關聯，通過知青小說的縱向梳理，試圖建立一種有效地處理曲折多變，有時且曖昧不明的歷史事實，這對於已經有六十多年的當代文學研究，其啟發思考的意義，相信不僅限於知青文學方面。

這部論著的另一特點，是它特別的評述視角。知識青年精神史這一角度，是它的貫穿線索。顯然，文革發生的時候，和文革之後的歷史反思中，一代青年的價值觀，道德風貌和道德意識，發生了極大的錯動，斷裂和變異。這是一個特定的，變化激烈的歷史時期的令人眩目的現象。曹惠英觀察到這個情況，她不使用簡單的道德判斷來處理這一現象，而努力深入歷史深處，試圖探尋這種種精神現象產生的時代的，個人的，心理的依據，並描繪文革中知青確立的價值觀，在其後的社會變革中破損，變質，道德英雄形象普遍性瓦解，以及迫切的價值重建的艱難等種種狀況。這是歷史研究中的「理解」的態度。曹惠英認識到，我們生活中出現的現象，哪怕是極為荒謬，怪誕的，也絕不是孤例；發生在另外時間，另外的人身上的問題，遭遇的精神困境，也可能在我們，在未來的時代裏，以相似或不同的方式重現。對此，我們都無權置身事外。

不過，這部論著的精神史觀察，是建立在文本內在結構研究的基礎上的。它努力避免離開文本整體的那種思想評論。基於知青小說實際存在的人物，情節，敘述上的模式化，這部論著進行類型化的歸納，試圖清理其基本的敘述模型，及各類模型的變異型態。應該說，這種方法在這裏的應用是有成效的。可貴的是在確立某種描述模式之後，作者仍堅持尊重文本的獨立性，不將那些難以納入模型，或不同程度逸出的文本排除在外，相反，倒是注意給予正面處理。在學術研究上，共時與歷時，個別與一般等常常出現衝突的關係上，曹惠英採取的是一種積極面對的態度。

自然，由於各種原因，包括作為一個「異國人」對相對陌生的歷史和文學現象在理解上的難度，這部論著也存在一些不難看到的不足。曹惠英是韓國人，90 年代後期到 21 世紀初，在北京大學中文系學習九年，獲得文學碩士，博士學位。在這段時間的相處中，我感受最深的是她的誠實；不管是為人，還是對待學問。她肯於學習，卻不願隨聲附和；哪怕是著名教授的觀點。在做這個課題的時候，她在許多圖書館尋找那些文革期間出版的作品，認真閱讀多達 150 多部的知青小說（大多是長篇作品），以及大量的知青文學研究論文，著作。這種精神，讓我感動。我想，支持她這種誠實的為人處事原則的，應該是一種超乎職業和學術倫理的精神性東西吧。

中國知識青年題材小說研究
——從文革時期到 90 年代

目　次

前　言

從文革前（比如 1965 年發表的《邊疆曉歌》）開始，到最近（比如 1998 年發表的《眺望人生》），知青題材一直為小說創作不斷採用，形成中國當代小說（尤其是文革後）的重要景觀。從作者身分方面看，很明顯，大部分知青題材小說出自知青作家之手，但也有非知青作家（如趙樹理、茹志鵑、馮驥才等）參與其中。因寫作時間和作家的不同，知青題材小說展現出多樣的面貌。有文革時期人物與情節的極度符碼化的作品，有張承志的充滿激情的浪漫小說，也有韓少功、馬原更多運用實驗技法、以及王小波帶有「後現代」色彩的作品等。20 世紀 80 年代以來，中國小說創作出現的重要思潮，如「傷痕」、「尋根」、「新寫實」等，大多由知青作家為主導；與此相關的是，知青題材小說也體現了階段性的演變狀況。

當代評論界對知青題材的寫作表現了持續的關注。「知青文學」（「知青小說」）這一概念，大致是在 1983 年〈論知青小說〉❶一文中首次提及。其後一段時間，知青文學的研究文章大多是樸素的主題研究類型，主要觀察「傷痕文學」以來知青題材小說的主

❶　郭小東著，《作品》1983 年第 4 期。

題、人物等的變化情況。〈舊夢和新岸的辯證法〉❷一文最早描述了知青文學的走向。文章提出了這樣的觀點：經歷了「傷痕」的主體和「回歸」的主體，到了梁曉聲的中篇小說，確立了知青群體的主體意識。

知青題材小說於 80 年代初期有一個高潮，其後稍見低落。80 年代中期隨著文化熱的興起，又出現不少作品，並與尋根文學一起受到評論家的注意。此時期的研究，比較多的是作家的專論。而綜合性的評論文章，則大部分仍以主題思想的分析為主。其中，1986 年許子東發表的〈當代文學中的青年文化心態〉❸值得注意。

1991 年董之林發表了知青文學研究專著《走出歷史的霧靄》❹，以文學史整理的方式對知青題材小說全面考察，確定了「傷痕—反思—回歸—尋根」的基本主題演變框架，對於梁曉聲、張承志、孔捷生、阿城的寫作，也作出了詳細的分析。兩年後出版的趙園的《地之子》❺一書，也探討了知青作家和知青小說。這本書論述知青文學的篇幅雖然不是很多，但提出了研究知青文學的新的切入點和角度，從而值得重視。

《血色黃昏》正式出版之後，知青紀實文學便活躍在 80 年代末至 90 年代初的文壇上，並伴隨「毛澤東熱」、「文革熱」，出現了「知青文化熱」的文化現象。「知青文化熱」表現為開展探訪老插隊地、知青聚會等活動，相關的知青題材報告文學、回憶錄的

---

❷ 劉思謙、孔凡青著，《文藝報》1983 年第 7 期。

❸ 許子東著，《上海文學》1989 年第 6 期。

❹ 董之林《走出歷史的霧靄》，陝西人民教育出版社，1991 年版。

❺ 趙園《地之子》，北京十月文藝出版社，1993 年版。

大量出版，也是這一現象的重要組成部分。對此，戴錦華在 1995 年〈救贖與消費〉❻裏，敏銳地揭示了這一現象背後主流意識形態的運轉和商業性操作。

姚新勇 2000 年出版的著述《主體的塑造與變遷》❼，主要以阿爾杜塞的意識形態國家機器再生產理論為框架，在分析知青題材小說所確立的知青「主體」形象塑造、演變、離散的同時，指出了知青主體意識是「意識形態體系無意識的塑造物」，甚至認為，對「『知青』和『知青文學』的認識，也正從屬並服務於主流意識形態話語體系」的「實質」。姚新勇的論述，還特別考察了以前研究不太涉及的 1977 年到 1980 年初的很多知青題材短篇小說。

從上述知青題材小說研究中，可以看到兩個方面的側重點。其一，是對於研究對象進行歸納式的主題分類法，占有很大比例。它們一般研究不同時期主題的演變。其二，是將作品所表露的對知青主體意識的追求作為研究對象，並進而把這種追求落實到知青作家身上。前者可以說是被動性的，沒有明確的問題意識的先行。後者雖然把握了知青這一代作家的「主體」話題，但因為主要涉及具體作家，在整體框架裏梳理其脈絡有可能欠缺。不過，這兩類研究都可以理解為注重於作品的思想方面，而非關注藝術方法等其他領域。筆者認為這不僅僅是方法論上的單調所導致的結果，更多來自知青題材小說本身存在的某種制約。

這一點在一些作家的作品上體現的很明顯。比如，像王安憶、

---

❻　《鍾山》1995 年第 5 期。

❼　姚新勇《主體的塑造與變遷》，暨南大學出版社，2000 年出版。

韓少功、鄭義、賈平凹、馬原、劉恒、莫言、鐵凝等這些小說家，他們的成功作品（代表作），都出現在已經不能稱得上是知青題材，或知青題材之外的寫作上，反而，他們的知青題材小說，多出現在他們創作的初期階段。而且，知青題材小說的代表性作品如《這是一片神奇的土地》、《今夜有暴風雪》、《南方的岸》、《桑那高地的太陽》、《血色黃昏》等，都具有強烈的特定時代、特定社會問題特徵。也許，正是這種痕跡、特徵，使得對此的研究集中關注於主題思想上。

不過，知青題材小說雖然體現了這種與文革社會政治問題相關的痕跡，可是對它們的研究，一般都不涉及文革時期的創作。其實，知青題材小說這一稱謂中的「知青」，是特定時期的一代人的概念。「知青文學」既是一種主題、題材分類概念，同時又聯繫著當代特定的社會運動和社會問題。因而，對「知青文學」（「知青小說」）的考察，需要擴大範圍：也就是說，為了獲知問題的根源，有必要考察其出發點。

關於「上山下鄉運動」的原因，有的研究者主要從解決城市就業難題來分析。但米爾·波恩的〈改造一代人戰略的興亡——上山下鄉運動的總結〉❽提出，從知青運動 20 多年的持續性來看，不可能是單純為了解決城市就業難題，以毛澤東為首的當時中國領導層的政治哲學才是其根本動力。與解放後無計劃增加的小學數量相比，中學和高中的數量比率跟不上，因此，高小畢業生和初中畢業生的升學壓力明顯增加。1953 年 12 月 3 日《人民日報》發表了社

---

❽　香港《爭鳴》1989 年第 1 期；《海南紀實》1989 年第 4 期。

論〈組織高小畢業生參加農業生產勞動〉。1954 年全國約有 60% 即 23 萬初中畢業生不能升學，約有 63% 即 209 萬小學畢業生不能升學❾。莘莘學子讀了若干年書以後因某種原因不能繼續升學深造，轉而從事某項職業乃至回鄉務農，本是一種習見的社會現象。但當時由政府出面，號召不能升學的中小學畢業生從事勞動生產，並且強調回鄉務農的必要性，在中外歷史上則很少見。1954 年教育部黨組的《關於解決高小和初中畢業生學習與從事生產勞動問題的請示報告》，非常直接地指出發生緊張的升學問題的原因：「由於過去幾年中央教育部對中小學教育指導思想上有忽視勞動教育的偏向，使舊中國遺留下來的鄙視體力勞動和體力勞動者的錯誤教育思想，繼續支配著廣大教師和學生。」這一報告要求批判那種認為做工種地太髒、太累、太丟人，萬般皆下品、唯有讀書高一類的傳統觀念。

毛澤東早期思想已經具有某種不能簡單評價為反智傾向的，追求人的全面性發展的因素。周作人在《新青年》❿上介紹日本的新村主義曾經引起過毛澤東極大的注意。武者小路在日本宮崎縣所實驗的新村生活，恰好與毛澤東當時的思想十分切近。毛澤東在「長沙一師」畢業後，曾經與蔡和森、張昆弟等在岳麓山設工讀同志會，嘗試過耕讀生活。他 1919 年 12 月在《湖南教育月刊》上發表的文章〈學生之工作〉裏，表揚了俄國民粹主義者青年，在讚揚武

---

❾ Jonathan Unger: *Education Under The Mao*, New York, Columbia University, 1982.

❿ 第 4 卷第 5 號。介紹了武者小路實篤的《一個青年的夢》。

者小路「造成一種新思潮新村的計劃，我以為這便是理想的現實」的同時，提出三個強調：強調農村，強調自然，強調勞動。錢競在他的〈中國馬克思主義美學思想的發展歷程〉⓫裏指出「毛澤東的民粹價值觀，對農村，農民，勞動的讚頌謳歌始終其一生的，他後來在紅軍時代，在『大躍進』時期，在『文化大革命』中號召知識青年到農村去的時候，這種農村社會主義烏托邦的理念一直在發生重要作用」⓬。

考察文革當時對上山下鄉運動的資金投入，可以覺察到這運動不僅僅是為了解決城市的失業率而進行的。按照有關資料的統計⓭，當時，政府提供經費是：

單身插隊、插場的，南方每人 230 元，北方每人 250 元；

成戶插隊、插場的，南方每人 130 元，北方每人 150 元；

參加新建生產隊，新建擴建國營農場和集體所有制五七農場的勞動力，每人 400 元；

家居城鎮回鄉落戶的，每人補助 50 元。

此外，棉花、織物、糧食、油、防寒服、交通費等單獨支付。1967-72 年全國共動員 747 萬城鎮知青上山下鄉，支出經費約在 17-18 億左右⓮。知青運動於 1972、73 年稍有回落，74 年開始又

⓫ 錢競《馬克思主義美學思想史》，中央編譯出版社，1999 年版。

⓬ 同上，162 頁。

⓭ 劉小萌《中國知青史》191 頁，中國社會科學出版社，1998 年版。

⓮ 根據史衛民、何嵐的《知青備忘錄》記載，為了防止腐敗引起的經費流失，不斷下達指示，從 73 年開始規定給每個知青分配 500 元。該書 1996 年由中國社會科學出版社出版。

重新發動。由此來看，實際投入的費用遠遠超過上述金額。可見國家為開展這場運動花費了巨大財力。〈中國知青夢〉概括地提到歷時長達十年的知青運動不僅動員了兩億城市人口，而且花費了三百億財力的事實⓯。

換句話說，上山下鄉運動不僅僅是為了緩解城市就業難題，這一運動也是新中國領導層對失業人口的過分敏感的負擔意識、毛澤東培養全面人才（兼備知識與勞動能力）的志向、俄羅斯「民意運動」與日本「新村運動」的影響等各種因素綜合作用的結果。在各項因素中，最高領導層的培養新人的目標，是重要的一項：拋棄「唯有讀書高」、「勞心者治人，勞力者治於人」等傳統思想⓰，培養智力、體力、意志力兼備的忠誠於新中國的新人。當然，政治領袖的信念通過當時作為宣傳工具的文學作品充分傳達給了人民。可以說，在文革時代的文學作品中，知青題材小說向當時的青年直接地展示了社會主義模範新人的標本。

上述的對社會主義新人的要求和教育，制約、影響了知青一代的經歷和性格特點，進而制約、規定了知青作家的知青題材作品所展現的「主體意識」。按照這樣的理解，本書以文革時期發表的知青題材小說作為分析的出發點，以考察知青主人公的追求，他所認同的價值觀為主要任務，尋找其價值觀的原型和演變的軌跡。即，

⓯ 鄧賢《中國知青夢》，人民文學出版社 1993 年版，第 288 頁、300 頁。

⓰ 其實在文革前劉少奇在做支邊、下鄉運動宣傳演講時，雖然提及關於城市的就業、升學困難等要顧大局的必要，但更強調關於「個人奮鬥、出人頭地」的問題，並從農村幹部到縣幹部到中央的晉升歷程等的說明，以此來鼓舞、動員青年。當然劉少奇的這種演講後來成為他被批判的根據。

從文革時期作品作為基點，引發出緊密相連的 20 世紀 80、90 年代的同一題材作品的研究，來考察知青主人公認同的價值特徵後來的突出、添加、刪除、調整的過程。本書在展開這一問題論述時，其文學史基本思路根植於洪子誠在《中國當代文學概說》⑰中闡明的見解：把 20 世紀 50 年代到 80 年代的當代文學，看作「毛澤東的『工農兵文學』建立起絕對支配的地位，以及這一地位受到挑戰而削弱的文學時期」⑱，以及「整個 80 年代，存在著規範和放鬆的緊張矛盾」⑲。

本書的研究範圍以知青題材小說為主。大部分作品由知青作家寫作，可是其中也有一些非知青作家的作品。第一章涉及的文革期間的作品，基本上以目前能夠查找到的長篇小說為主，同時為了考察上的方便，還涉及到了一些同一題材的戲劇、詩歌等。第二章涉及的範圍基本上以 80 年代初、中期發表的該題材小說的大部分為主，可以看作是整體性的歸納工作。第三章的評述，在對象上做了選擇，基本上關注那些有新的突破的那部分作品。這一原則同樣適用於第四章的作品選擇⑳。

本書把知青題材小說簡稱為「知青小說」，基本上採取按時間順序考察其演變的線性敘述方式。但有時為了更方便地開展論文思路，採取了更重視作品主題的排列方式。分析對象時，主要採取類

---

⑰ 洪子誠《中國當代文學概說》，香港，青文書屋 1997 年版。

⑱ 同上，3 頁。

⑲ 同上，86 頁。

⑳ 本書的寫作進行到一定階段之後才接觸到姚新勇的《主體塑造與變遷》。該書的附錄《作品目錄》減輕了筆者查找資料的很多勞動。對此表示感謝。

型化處理方法、歸納式研究，對人物形象、情節模式和敘述態度等進行分類。本書以文本分析為主，接近於「形式主義」的研究方式。不過，為了使對價值觀的研究更有效，更有意義，同時使用了作家的傳記性、評論界的反應等材料，在必要時，也運用了文化分析的方法。作品文本以外的材料的使用，豐富了本書的整體面貌，但也帶來了一些問題。如，寫作過程中尤其在第一章中，作家現實的生存處境與文學作品中的想像之間的聯繫和區別問題，尚需做出進一步的辨析。還有，第一章集中分析知青主人公價值觀的原型時，涉及了不少意識形態方面的內容，這使得第一章和其它章節相比，顯現出不大統一的面貌。

第一章　60-70 年代
公開發表的知青題材小說

針對文革時期公開發表的知青題材小說之研究目前為止還沒有充分展開，列出這期間發表（出版）的較完整作品目錄的工作也尚待進行。本書的評述，在作品上主要依據董之林《走出歷史的霧靄》❶中提供的作品目錄，即以《軍隊的女兒》、《邊疆曉歌》、《軍墾戰歌》、《征途》、《劍河浪》、《分界限》、《青春》、《北國草》為基礎，設定考察的範圍。其中添加了《鐵旋風》但刪除了《北國草》，因為該書在北京各大主要圖書館均無法找到。同時按照敘述的需要，也涉及了該時期知青題材的戲劇《山村新人》以及紅衛兵和知青的詩歌。

第一節　知青小說的共同點

文革時期小說（尤其是長篇小說）從情節構思、人物設置到敘述方式，都依據當時官方的嚴格標準，表現了「作品人物的符碼化和

❶ 董之林：《走出歷史的霧靄》陝西人民教育出版社 1991 年版，第 7 頁。

情節結構的規格化❷」傾向。在這些小說中所謂符碼化的人物譜系如下：首先是「高大而完美的主要的英雄人物」，第二是「圍繞主要英雄的若干非主要的英雄或正面人物」，第三，「作為英雄人物的對立面的，通常是階級敵對力量」，即反面人物。在此之外還有「在正面力量與其對立面之間，設置了的各種問題人物（落後人物）」❸。情節結構的規格則是，圍繞主要事件（革命事業，生產建設工作等）而展開的階級衝突。一般的結局是：「主要英雄人物（和正面人物）在群眾的支持下，教育、爭取問題人物，作好孤立、戰勝敵對勢力」❹。小說以圍繞知青運動和他們承擔的革命任務而展開的鬥爭為主線，描述了經歷多次衝突和考驗的英雄知青之成長過程，這一過程同時也是敘述了革命事業的完成和敵對力量（反面人物）消滅的過程。

這一時期知青小說的人物，一般具有上述明顯的兩極對立的譜系，它納入為出身（成分）符號所規定的嚴格的人物角色秩序。比如「知青英雄」的父母當中，有一位是革命烈士，在世的另一位則屬工人等勞動階級。他（她）非常支持知青運動同時，並以憶苦教育來堅定知青英雄的信念。「老領導」在舊社會裏一般是雇農出身，具有抗日或解放戰爭的經歷，在作品裏擔任黨的書記或軍隊農場的政委、連長等職位。作品中的「貧下中農」也有一些有參加抗日或解放戰爭民兵的歷史，一般是在舊社會裏受過地主壓迫的苦大

---

❷ 洪子誠《中國當代文學史》北京大學1999年版，第210頁。

❸ 同上，209頁，經過筆者的整理而引用。

❹ 同上，210頁，括號裏由筆者自己填語。

仇深的窮人。在情節發展高潮中對知青進行憶苦教育。其它知青的「正面人物」的出身在作品中一般很少提及。「落後人物」有落後幹部和落後知青兩類。落後幹部一般擔任實務型工作，如生產隊隊長、工作組組長、廠長、車間主任等職位。落後幹部最大特點是講究經濟效率。落後知青一般是知識分子階層的或者比較富裕人家的子女，他們的問題體現在追求個人名利和生活安逸上。「反面人物」大都是落後幹部的下級，如生產隊會計（相對於生產隊長）、車間主任（相對於廠長）等。反面人物的代表性符號是跟國民黨有關的身分和歷史。榮華富貴的過去使他始終不滿現在的處境，不斷地企圖搞亂革命工作。英雄人物幫助落後人物，教導他們一起站在革命陣隊，以此孤立反面人物。同樣反面人物也努力拉攏落後人物，爭取他們的喜歡，使他們懷疑革命力量。

正如文革時期公開發表的其他小說一樣，知青小說的情節多依靠英雄人物（知青英雄）在革命事業當中的模範行為，和反面人物（階級敵人）在其中的妨礙、破壞活動而展開。當然情節的曲折、發展和高潮缺少不了正面人物（老領導，貧下中農，正面知青）對英雄人物的認同、支持、幫助，和落後人物（落後知青，落後幹部等）的失誤給反面人物提供藉口等因素。知青正面勢力要面對的，來自反面勢力的攻擊，首先是對知青運動本身的拒絕。比如小說一開始，知青們抱著「廣大天地，大有作為」的熱情上山下鄉的時候，反面勢力往往以父母的親情，或耽誤年輕人的前途等理由拉後腿。安家落戶生活開始時，階級敵人通過各種辦法動搖落後知青的扎根之心。開始進行的革命任務（保衛、建設邊疆，開荒種田，建設水利工程，農業科學研究等），同樣遇到很多來之於階級敵人和落後人物的破壞和懷疑。反面人物常常以經濟為綱的思想，宣揚「知識青年幹簡單的農家活不合理」❺，或「他們又不能幹活，白吃咱貧下中農的飯」❻、「反正他們待不長」❼等，來懷疑、否定知青運動的合法性。作品中的另一情節、可見要素是，知青們進行生產建設時遇到的大自然災害和考驗，包括開墾大批面積森林、荒地、鹽鹼地遇到的困難，以及水災或火災、傳染病等的事故。其實，這些災難有時候也被描述為敵對勢力活動的一份，或由他們引起的❽。

在這些知青小說中「憶苦教育」在情節的推動，發展上普遍起到重要的、有時是關鍵性的作用，成為情節中的主要功能性因素。該時期的每部知青小說都會安排由知青英雄的父母、參加過革命戰爭的領導幹部、貧農出身的指導員和貧下中農講述過去的經歷。「憶苦」是一種歷史的闡釋，它澆灌給知青們的不僅是歷史事實、過程，同時直接體現世界觀、價值觀等全面性「真理」。如果說他們父母的憶苦給他們設置主觀性的信念基礎，那麼在下鄉之後領導和貧下中農的憶苦的作用，是其信念的普遍化、客觀化，和更深層次的合法化過程。這樣，在階級鬥爭為焦點來解釋人類歷史的立場裏，憶苦成為證據，憶苦者成為目擊者和真理的援引者。所以情節進展每當出現新的問題或關鍵時刻，作家們一概安排憶苦活動以此

---

❺ 《青春》反面人物「潘彬」的話。

❻ 《征途》反面人物「張山」的話（上）103-104 頁。

❼ 這種鮮明的「農民立場」到了 90 年代以後浮出為知青話語的正面主題。最典型的作品有劉醒龍的《大樹還小》。參見本書第四章第二節。

❽ 比如《邊疆曉歌》裏出現的傳染病是從舊統治勢力對老百姓的屠殺而屍體處理的過程引起的，《軍墾戰歌》的水災因階級敵人破壞江堵而引起。

推動情節行進，激發知青更大的鬥爭力量。憶苦以外出現的思想教育符號是學習、閱讀毛澤東著述、語錄。但在作品裏其效果比不上憶苦效果那麼生動。因為憶苦提供的，不僅是留在真理的認知層面，而且擴張到對真理的感情上的認同和反應；即強烈的階級感情，以培養愛憎分明的美德。並且憶苦在作品裏正好承擔表現知青們「接受貧下中農再教育」的目標。❾

再說，情節的每個關鍵時刻，知青英雄都能以敏銳的階級分析眼光，準確地分析矛盾的根源，通過謙虛的態度鞏固與群眾關係，憑藉超人的意志力堅持正確思想所指示的革命路線，來克服一切障礙。做為英雄人物的這種「高大全」形象本身跟文革時期其它小說相比沒有明顯的不同之處。可是，知青小說和文革時期其它小說卻有不同之處。最大的不同點就在於英雄人物所占有的位置上。知青英雄雖然也「高大全」，但同時也要展現其「接受貧下中農再教育」。因為作家們不能忽略當時的對於「最新指示❿」的充分緊跟。這樣，知青小說裏的英雄人物（知青英雄）的位置也會顯出某種尷尬之處。從此引發出一個關鍵性問題，即作品中怎麼處理「知青英雄」和「教育者」之間的關係。並且給「知青英雄」進行「再教

---

❾ 當時思想教育的另一種方式「自我批判」，即所謂「靈魂深處爆發革命」，在《征途》裏有所表現但在其他作品裏很少見。憶苦是整個公開出版的知青小說共享的思想教育細節。

❿ 1968 年 12 月 22 日的《人民日報》登載了毛澤東的「最新指示」：「知識青年到農村去，接受貧下中農的再教育，很有必要。」據《知青詞典》（四川人民出版社 1995 年版，第 501 頁）的介紹，該最新指示登載之後，僅在北京一市，每天就要開出運送知青的專車 3 列。

育」的主要人物並不是「貧下中農」，而是「老領導」。⓫因此在小說裏「老領導」和「知青英雄」當中，由誰來占據主導位置的不同，引起整個作品面貌的變化。

在處理「知青英雄」與其主要教育者「老領導」的關係上，知青小說一般呈現兩種模式。第一，「老領導」獲得重點突出位置時，「貧下中農」一般很少出現在作品中，或也有可能完全消失，並且重點刻畫的是「知青英雄」在「老領導」指導下改正、訓練、進步的過程，使得作品呈現類似於成長小說的面貌（《軍隊的女兒》為其代表作）。第二，「老領導」的角色不太突出，而「知青英雄」獲得了作品中最突出位置時，「貧下中農」作為支持「知青英雄」的角色能得到更顯明一點的發揮（《劍河浪》、《分界限》、《山村新人》為其代表作）。比如戲劇《山村新人》中，知青英雄人物方華位於作品最顯耀的位置，她指揮、帶領大家造上級幹部的反，貧下中農人物張二嬸的角色就比「老領導」人物郭永康更為突出。當然，即使在「知青英雄」位居作品中心位置，在性格上被描寫為完美的狀況下，無論如何也要遵守描述接受「再教育」的有關細節的。有趣的是，不能忽略對知青英雄需要接受再教育的描寫，作品中英雄人物（知青英雄）的「高、大、全」的展示會受到了一定的限制。也就是說，知青小說的英雄人物比該時期其他小說的英雄人物在其形象塑造方面具有較少一點理念性，而更多一點「現實性」。因為這

⓫ 毛澤東的指示明確標記了由誰來負責舉行再教育的問題，但是這些公開發表的知青小說都不約而同地把主要教育者的位置讓給代表黨的老領導人物身上。

一點，該時期的知青題材小說跟其他小說相比，閱讀的障礙似乎有些減少而更容易贏得讀者⑫。若查看知青小說的情節發展，就是經過革命事業的成功和反面人物被訓練，以知青英雄人物的入黨（成長的完成）為結局的，從這一點也可看出成長小說模式的痕跡。

知青（實現理想者、征服者）——對象（階級敵人、革命事業、自然）——鬥爭（階級鬥爭、生產和建設鬥爭）——勝利（消滅階級敵人、完成革命事業、知青英雄入黨）⑬

有關知青英雄作品位置設定的這種曖昧，在知青身分作家汪雷、張抗抗等人的小說中（《劍河浪》、《分界線》）體現得很突出。這些作品的知青英雄明顯地繼承了下鄉之前紅衛兵頭頭身分的造反精神⑭。同時他們塑造的反面人物常常強調知青應該謙虛地接受再教育，以此企圖控制知青正面勢力的發展。這樣一來，在把握「接受再教育」其含義的分寸和設定知青英雄所占的位置之間，出現意外的緊張。但在知青上一代，如鄧普、郭先紅、張長弓等作家的作品中根本不出現上述的有關知青地位或權力關係的矛盾問題。這些作家的小說所描繪的世界在上級下屬影響關係上，比知青作家的創作更為順暢，其秩序體系也更為完整。他們作品中的知青英雄也更

⑫ 楊鼎川，百年中國文學總系《1967：狂亂的文學年代》山東教育出版社 1998 年版，第 90 頁。

⑬ 這時期知青小說的情節模式需要注意，在第三章專論梁曉聲時，有比較意義。參見本書第三章第一節。

⑭ 例如，《劍河浪》的知青英雄「劉竹慧」是紅衛兵頭頭，下鄉的地點，北方農村「紅霞村」是大串聯時來過的地方。

多具備效法革命先輩的各種符號因素，其中通過憶苦活動獲得革命烈士的啟發，能夠發揮忍受身體疼痛的超人表現為其代表性符號。這種以極度的身體傷痛作為獻身虔誠度準則的「禁欲主義」符號，在紅衛兵型知青英雄身上則較少體現。因此，文革時期知青小說圍繞英雄人物的塑造和位置、角色的設定問題，可分為兩類來考察：即革命烈士（繼承）型和造反紅衛兵型。

當然，考慮到文革時期以前知青小說（如 65 年出的《邊疆曉歌》為代表）的一些特點（如不像文革時期知青小說那樣強調緊張的戰爭氣氛，故事情節展開得比文革時期知青小說更少點人造的階級因素，更多點符合現實的自然、順暢性，還有每個知青人物都獲得較為均衡的筆墨等），知青題材小說也可分為文革以前的扎根型和文革之後的文革型兩類。此外，再進一步考慮到進入文革後期出現的知青小說（例如《軍墾戰歌》77 年出版）綜合了扎根型小說自然流暢的情節展開特點和文革型小說格外突出知青英雄特點，而且表現較注意趣味性、通俗性的新趨向，也可以進行另一類型的分類。但首先在文革前和文革後期出版的知青小說數量很少，而文革期間出現的文革型知青小說在數量上占了大部分。還有本書主要探討的是知青小說的人物形象，尤其重視主人公人物（知青英雄）形象所包含的文化內涵。因此，採取按照人物塑造、形象特徵來進行分類的造反紅衛兵型和革命烈士型分法較為合適。

第二節　個別作品分析

《邊疆曉歌》⑮描述文革發生前，城市知識青年到邊疆部隊勞動、扎根的故事。小說發表於 1965 年。和文革以後出版的知青小說相比，具有更多的十七年時期的美學特點。從題材上看，把這部小說視為中國知青題材小說的最初模式也未嘗不可。作品寫昆明的知識青年自願來到雲南邊疆的部隊生產建設兵團，他們在兵團的工作主要是砍伐森林、開墾耕地、收穫農作物。在扎根邊疆的過程中，他們遇到困難和障礙，這主要來自重要落後人物⑯強調經濟利潤或太偏僻而很難做出宣傳效果等理由對墾荒提出的懷疑，以及在當地代代流傳的瘟疫。作品刻畫了以知青英雄林志高為首的知青人物在建設事業和鬥爭事業中的積極作用。在他們的帶動下，落後知青的思想和表現有了改善和進步，進而重要落後人物蕭若懷也承認了自己的錯誤。作品的結尾，所有人物完全凝聚為一體，完成了建設事業。小說以知青英雄和女知青（相當於女主角）一起為了學業回城的場面為結束。

小說雖出版於 1965 年，所寫年代則為 50 年代中後期。作品中涉及當時農村初級社發展為高級社的情況，昆明市私營工商業國營化的過程，顯示了當時的社會氛圍。作家用了大量筆墨描寫雲南邊疆地區的美麗自然風光和豐足的熱帶果實，可見當初號召城市知識

---

⑮ 《邊疆曉歌》，作家出版社，1965 年 3 月，出版 50000 冊，新華書店發行。

⑯ 《邊疆曉歌》缺席老領導和反面人物形象，代替的是年輕指導員和落後人物當中的最重要落後人物，為了區分，把他稱謂重要落後人物。因為反面人物的最大特點就是不應該表現回轉、改善的態度。

青年參加支邊時的宣傳模式。這部作品處處流露出在文革型知青小說裏不能出現的諸種因素，如較為自然、放鬆的敘述方法，以及仍重視學歷等社會風氣。⓱人物初次登場時，作家總要插入相互詢問學歷的對話，始終不忘標記人物的最終學歷。而且，作為英雄人物和女主人公為革命事業奮鬥、取得成果的補償的，是他們得到升學的機會。這種結局也是以後的知青小說中看不到的。還有一點，就是描寫了城市知青「呂樂海」和當地農民女青年之間的戀愛過程。雖然兩人互表決心，不要只顧愛情和婚姻，趁年輕要努力於各自的事業，但是偶爾也出現文革時期知青小說中根本看不到的為對方扣衣扣，牽手奔跑的場面。這種自然感情的流露也表現在勞動後女知青寫家書時疲乏的身體和腫脹的手，流著眼淚，但馬上又以豪言壯語繼續寫下去的描寫中。勞動後的眼淚，戀愛的喜悅，年輕活潑的知青們互相打趣的這種日常生活面貌在文革型知青小說裏是難見的。

稍後出版的《軍隊的女兒》⓲據說當時獲得相當的讀者群⓳。小說以志願參加新疆建設兵團的少女海英為中心，通過變換周圍的環境和人物，展開女主人公類似歷險記的成長過程。這種線索給人以《15 個少年漂流記》或《湯姆·索亞歷險記》等少年冒險小說的感覺，最相近的模式可以舉出《鋼鐵是怎樣煉成的》。主人公在各種試煉（冒險）中經驗磨難（危機），而整個作品都集中展現主人

⓱ Jonathan Unger, *Education Under MAO*, New York Columbia University, 1982；重點涉及了 50 年代後期至 60 年代中期廣東地區升學率的極度緊張情況。

⓲ 鄧普：《軍隊的女兒》中國青年出版社，1966 年出版。

⓳ 80 年代王安憶在《69 屆初中生》這部小說中提到當時這部小說廣泛流行。

公戰勝考驗的歷程，使得主人公的表現獨享讀者的關注。革命烈士父母傳給海英的「為人民做些貢獻才是有意義的人生」的囑咐，使她謊報年齡加入邊防建設部隊。小說情節依靠海英對事業的強烈追求和隨之而來的身體受難的重複表現而展開。想成為「為人民而活的有用之人」的海英克服種種的障礙，發揮超人的精神力量，使她能夠打開一般正常人難以打開的水壩閘門，成功阻止了洪水的泛濫，最後以入黨為結局，完成其成長歷程。

不是以知青英雄為中心的正面力量和階級敵人為主的反面勢力進行鬥爭為主要情節，而是在與自然等的障礙中來考驗主觀意志做為發展動力的情節結構，這在此時期的其它知青小說裏很少見。因高燒耳朵失聰，由於關節炎復發成為殘疾人的海英，不斷提醒自己「不管發生什麼事都要成功」，「無論如何也要為人民活出有貢獻的一生」，在水壩建設現場、棉花農田、飼養場和醫院等各種變換的環境中，都要作出自己的角色，拒絕周圍關心她的人的勸告。因為工作對海英來說，既是責任，又是權利。不過，在這部小說中對革命工作表示了近乎偏執症的熱情的海英，也不是被描述為那麼嚴肅可怕。

相反，海英說話帶著孩子氣，她是拖著瘦弱的身體，睜著大眼睛，請求「讓我做點工作吧」，是個引來同情的少女形象。而且作為成長小說的標記，每次海英需要教導時，外號「太陽公公」的老連長就會出現指示她正確的道路。例如，海英當初是想當拖拉機司機才支邊的，後來通過連長的教導覺悟到為了革命和為人民服務，所有的職業都是有意義的。海英在知識方面欠缺，老連長派人輔導她，告訴她「有用的才學，不太有用的先不學」的實用主義求學原則，教導她「白貓黑貓抓到老鼠是好貓」的目的合理主義的方法論。就這樣海英被刻畫為在革命烈士父母的囑咐、老連長的教導和周圍的關注下，改進不足、不斷成長的形象。最後入黨終於獲得「同志」這個認可價值的稱號，自然是與主人公戰勝身體殘疾、發揮超人力量的堅忍不拔的意志力有關。

稍後的《征途》⑳（上、下兩卷）可以視為較有份量的文革型知青小說的代表。雖說是充分遵照文革時期各種創作規定的文革型小說，但作家郭先紅深入黑龍江黑河地區生活長達兩年有餘，所以和極度理念化的當時其他小說相比，其作品還被看作㉑帶有生活原貌痕跡的作品。小說以上海紅衛兵參加上山下鄉運動開始，展開在邊疆插隊落戶，在那裏展開各種革命事業等情節。與其說他們的從事的革命事業構成主要情節發展脈絡，不如說反面人物不斷地妨礙、破壞知青的革命工作，是引導線索發展的動力。不過，關鍵問題是起到這種重要作用的反面人物「張山」的意圖模糊不清。同樣的問題在張長弓《青春》㉒的反面人物潘彬身上，進而《鐵旋風》、《軍墾戰歌》的反面人物身上都有體現。即他們隱藏解放前的身分——國民黨軍官、親日派特務等——小心翼翼地過活，但對於他們為什麼不斷破壞知青的扎根這個問題，沒有給予起碼符合邏輯的根據的提示。似乎出身成分本身，即作為反面人物的角色本身就具有充分的做惡行的理由。當然，這就是在抗日戰爭出身的老領導或貧

---

⑳ 郭先紅：《征途》，上海人民出版社，1973 年版，印數：200000 冊。

㉑ 楊鼎川：《1967：狂亂的文學年代》，山東教育出版社，1998 年版，第 90 頁。

㉒ 張長弓：《青春》，內蒙古人民出版社，1973 年版。

下中農等正面人物形象上，也可以看出的人物塑造上的理念化毛病。但在作品中起重要作用的反面人物塑造上的這種毛病，給整個作品的完成度帶來了較大的損傷。如果拿它們和稍後的《分界線》中反面人物的較成功處理相比較，問題就表現得更為明顯。

和《邊疆曉歌》、《軍隊的女兒》兩部小說相比，文革型知青小說《征途》的突出特點，是貫穿整個作品中的緊張感和嚴肅氛圍的表現。緊湊的敘述本身跟時時出現的英雄人物充滿激情的政治演講，和貧下中農的憶苦教育在一起，使這種緊張的氛圍更加濃厚。在這種緊張和嚴肅背後的主旋律當然是階級鬥爭。上述文革前的兩部知青小說在這方面還不太明顯：階級鬥爭還沒有成為主線，也並未強調強烈的階級感情的表達。而在《征途》中則讓所有的人物都時時表現愛憎分明的階級感情。《邊疆曉歌》對於落後人物言行的描寫會透露某些人性的弱點，描寫也比較自然，《征途》的落後人物都受到反面人物的欺騙、唆使而作出的危害行為。憶苦教育的側重點也有不同。《邊疆曉歌》中的憶苦主要突出對新社會的感恩，《軍隊的女兒》中的憶苦要求向以鮮血打出來的江山作出貢獻、報答，而《征途》中的憶苦則把知青引導到強烈的階級仇恨。由於劉少奇和蘇聯赫魯曉夫的修正主義路線被描寫為階級敵人的新元凶，因而，除了講述解放前的苦難之外，還增加了貧下中農關爺爺半年前因「新沙皇」入侵邊境而失去了大兒子的新的憶苦㉓；使得知青

㉓　「這是光緒二十六年的事，新沙皇的賊手伸得更長了，他們比老沙皇還陰險歹毒。打從去年，他們更發瘋得蝎虎。社員們連上自己家門前這個松樹島種地打魚他們都搗亂。他們往島上打冷槍，還偷偷摸摸登島壞事。光天化日下把炮艇開過大流主航道找岔子。半年前，我兒子永青和幾個社員下江捕魚，

們「新愁舊恨一齊湧上心頭」。

為了突出階級愛憎的強烈，身體傷害、磨難的情狀的描寫必不可少。比如知青高放「見到社會帝國主義他們把坦克開到我們家門口來耍威風，在江邊沙灘上的冰雪裏，用手拚命地扒著五顏六色的鵝卵石。手指扒裂了，鮮紅的血液，點點滴滴凝結在鵝卵石上。用鵝卵石嵌出一行莊重的五彩大字：人不犯我，我不犯人；人若犯我，我必犯人。」又如年幼的冬花為鍾衛華叔叔砸榛子時，石頭砸到手指流出鮮血，「燈光下，一些雪白的榛子仁上沾著鮮紅紅的血跡。」還有知青鍾衛華學習老領導李德江，希望也有他那樣一雙鐵手，便「光著手，捋住一大把豆棵子，揮動鐮刀，唰唰唰地割了起來。手被鐮刀尖似的豆莢子扎破了，滿手血糊淋拉的……他割過的一鋪黃豆棵子放在白雪地裏時染著斑斑點點的血跡。」作品對鮮血的這種重複描寫直接提高激昂的氣氛。不僅如此，《軍隊的女兒》中只有英雄知青海英具有對身體的超人控制能力的表現，到了《征途》，成為知青們的集體表現。由於缺少蔬菜，他們幾乎都得了夜盲症，但仍然堅持在採石場採石，以至受傷、流血。撲滅野火等這類危險工作不再像《邊疆曉歌》那樣區分男女，知青英雄人物受到的身體傷害的程度加強了。鍾衛華為了俘獲階級敵人而嚴重凍傷，幾乎要截掉下肢。這些細節所造成的嚴肅、緊張氛圍在作品整體上得到擴散和強化。

文革型知青小說中，成為英雄人物所要具備的條件也提高了。

就遭到他們的殺害。關爺爺一口氣講到這裏停住了。青年們有的在輕聲慨嘆，有的憤怒得咬牙切齒。」《征途》189 頁。

《邊疆曉歌》的林志高勞動中積極肯幹、以謙虛和利他的品性受到周圍知青認可。與他相比，《征途》的鍾衛華不僅要具備獻身的勞動熱情，考慮對周圍知青的讓步、犧牲，而且還要能分辨出落後知青萬麗麗所彈的小提琴曲是《梁祝》，指出那是資產階級的無病呻吟，還要從「宋詩人」的詩句「不負邊疆行，宏願在今朝」中窺見出缺乏向貧下中農學習的謙虛姿態的知識分子優越意識。可見增加了智性方面的必備條件。林志高主要通過善行來感動落後人物，用毛澤東的《愚公移山》和《紀念白求恩》等著作來影響知青們的思想，而鍾衛華除了善行和毛主席語錄以外，還要用「談心」來管理知青。其方法是首先謙虛地承認自己的不足和弱點，從而使對方也袒露並承認缺點。結果，鍾衛華在知識、行為、品性、身體素質、超越身體局限的超人意志力和影響力等方面，都顯得比文革前知青小說的英雄更加高大。

要考察的第四部小說是張抗抗的《分界線》[24]。這部作品同樣是文革時期小說，但作為一部知青身分的業餘作家的作品，在其完成度方面比《征途》出色。當時為了鼓勵上山下鄉的知青寫出反映知青運動的作品，發行了「上山下鄉知識青年創作叢書」。與叢書中其他知青作家的小說相比，《分界線》其結構和文筆顯得較完整、熟練。當然，和這個時期大部分小說一樣，遞交初稿後，作者跟出版社編輯一起進行了修改[25]。《分界線》主線的展開和《征

---

[24] 張抗抗：《分界線》（上山下鄉知識青年創作叢書）上海人民出版社，1975 年。

[25] 根據作家的回顧，當時為了修改《分界線》，作家特地在上海逗留了六個月。Laifong Leung 的 *Morning Sun*, 1994, Armonk, New York 中作家談到修改的事實。

途》一樣，不是以知青的革命建設事業為主，而是以階級鬥爭為主線。在人物設置上，有起到領導作用的老領導周樸、貧下中農的代表李青山老人，知青英雄耿常炯，「時代紅」等正面知青人物，知青落後分子薩川和楊蘭娣，落後幹部宋主任、霍組長，還有反面人物、修正主義者尤發等。《分界線》人物配置上的特點是在正面人物一邊安排鄭姐姐這位老知青幹部前輩，起到具體引導知青尤其是女知青的作用，而在反面勢力一邊則安置「霍組長」這位女幹部，和宋主任一起，在國營農場的管理上，代表了忽略政治、更重視經濟效益的錯誤路線。「鄭姐姐」和「霍組長」都在加強作品的現實氣息起到一定的作用。大體線索是，到北大荒的耿常炯等知青們開墾東大窪並栽種農作物，獲得巨大豐收，還計劃建設水壩。當然缺不了反面勢力的不斷的干擾和大自然的水災等考驗。這種整體的人物安排和線索結構與上述其他小說可謂大同小異。

《分界線》的特點，也是較成功之處，就是把階級鬥爭的內容現實化、具體化。《征途》、《青春》等文革型知青小說最大問題是作為作品關鍵性角色的反面人物刻畫上的失敗。人物形象塑造上的漫畫化處理，展開反動行為上的動機不明和盲目性，都大大地損傷了作品的完成度。《分界線》減縮了以歷史問題來引導現實階級鬥爭的反面角色，主要描寫落後幹部、落後知青的符合情節展開邏輯和體現當時現實氣息的表現，使得作品擁有較合理的階級鬥爭內容。《分界線》的落後知青薩川毫不隱藏他想回城進入大學的願望，還有薩川和霍組長之間利害交易的關係描寫得也很具體。另外落後知青楊蘭娣想回城找結婚對象，通過楊的獨白講出於自己來說很合理的理由㉖。宋主任和霍組長這兩位落後幹部在經營農場上提出的方案也具有現實的邏輯性：宋主任在發動群眾積極性的名目下，勸農民搞副業；霍組長為了解決農場的長期虧損，主張在東大窪栽培「不符合毛主席『廣積糧』指示」，但能獲得迅速回報的苧麻。他們批評知青偽造診斷書回城探親，在電影院不講秩序等現象㉗，不同意在缺乏機械設備的情況下，光憑熱情就開始知青主張的水壩工程建設。他們的這種「經濟為主」的意見被知青英雄人物批判為不相信群眾集體的力量，沒有正確認識知青的主流面貌，沒有肅清劉少奇修正主義路線的流毒。

在小說中，知青英雄耿常炯應對宋主任和霍組長的處理能力，也寫得較為惹人注目。耿雖是年齡小得多的直接下級，但在他們面前毫不畏縮。在一次公開會議上，他批評宋主任：「從今年春澇以來，宋旺同志最初不同意開東大渠，認為那是勞民傷財的事；後來開了，他也不相信能開成，現在呢，開成了，他又不相信能種成、收成。我認為，歸根結底是他頭腦中有個東西在作怪，什麼怪呢？除了剛才說的不依靠知識青年辦場這一點外，還有一點，只抓錢不

㉖ 「這位鄭大姐，早把家安在農場，孩子都老大了，當然不存在什麼扎根不扎根的問題；李月霞，從生下來就在東北，爸媽在這裏，她不扎根又怎麼樣？而那個嘻嘻哈哈一點心事都沒有的時代紅，年齡還小，什麼家不家是不會放在心上的，就知道跟著人家喊扎根。」《分界線》370 頁。

㉗ 「不買票看電影，探親假領導不給自己走，革委會辦公室的計劃表亂揭亂貼……五分場黨支部難道還不夠相信依靠知識青年嗎？每個隊都提拔了青年幹部，這還不算依靠？事實上就有那麼些人，是草甸上的葦子——靠不住！」同上，170 頁。

抓線」[28]。在耿的「為什麼這些年來總得被擊一猛掌才肯邁步？」的這種嚴厲質疑下，「一陣深深的慚愧，使宋旺一時答不上來。」但是，當耿覺察到宋的慚愧後，即時改變態度，真誠地支持他：「你能答上來的！宋旺同志！」接著有這樣的敘述：「離他不遠的座位上，一股熱情的眼光注視著他，那眼神裏充滿著鼓勵、信任和希望，只要宋旺這時能抬起來看一看，他一定會發現那是一個多麼樸實可愛的小夥子。剛才，最無情地批評他的，是這個小夥子。」[29]

耿對霍組長的態度同樣表現出成熟而獨立的英雄知青面貌。把知青英雄寫得比上級領導幹部更成熟、正確，是《分界線》的主要特點。作品中，通過正面人物鄭姐姐，指出知青和幹部（宋主任和霍組長）之間矛盾是幹部沒有明確樹立把知青視為國營農場主人的觀念，即提示著知青的地位和待遇問題。對電影院的無秩序事件，主要指出是領導部門沒有為知青提供良好的學習政治文化的環境[30]，電影院的惡劣條件本身導致事件的發生。小說結尾展望將來要建立的知青大學、5.7 幹校，談及水壩完工後養殖珍珠貝殼，主張在知青中培養專門人才等，也展示了作家對知青地位、作用的重要性的思考，顯示《分界線》獨有的特點。《分界線》反映了以往知青小說中沒有的對知青地位和獨立角色的強調。這或許和作家的知青身分有關。同屬知青作家的汪雷的《劍河浪》雖在作品完成度上不如《分界線》，但也同樣可窺見對知青地位的強調。

---

[28] 同上，172 頁。

[29] 同上，178 頁。

[30] 同上，171 頁。

知青身分作家汪雷的《劍河浪》和《分界線》同樣是上海人民出版社出版的「上山下鄉知識青年創作叢書」中的作品，當時被認為富有知青生活氣息[31]。但是，若比較《劍河浪》和《分界線》的文筆，前者使用的詞彙量很有限，在文字表達上也顯得粗糙得多。《劍河浪》最大的特點是，將在《分界線》中體現的知青的造反精神更加擴大，推廣到整部作品處處的描述中。《劍河浪》[32]在作品的開頭提及知青們在下鄉前紅衛兵大串聯時期與紅霞村所結下的緣分，以此強調知青運動在其性質上是紅衛兵運動的連續。考察人物形象就更明白這一點：該作品的知青英雄柳竹慧在下鄉前是紅衛兵頭頭，而屬於反面勢力的人物則是掌握著較高層權力的幹部。這樣一來，正面勢力人物（知青為主）的立場也無不可看作是繼承了紅衛兵時期反官僚主義的造反精神的。第二個特點是，和《分界線》一樣，通過對反面勢力的較成功描寫，獲得了作品完成度方面相對的提高。《劍河浪》也不能不插入以階級鬥爭為主線所必要的階級敵人形象，就是在其他知青小說中出現的那種隱瞞過去反動身分（主要跟國民黨有關）、為了破壞革命事業孤軍奮戰地使用各種陰謀詭計的反面人物。但在描寫這些動機不明的漫畫化角色時，大大減少了其作用和影響力，取而代之的是增加了領導階層的反面勢力的實際性作用，即被知青們稱為官僚主義和修正主義的因素。由此，作品給階級鬥爭主線追加了實際內容，提高了作品的現實性。另外，對

---

[31] 本書前面「內容提要」指出：「……由於作家本人是下鄉的知識青年，因此生活氣息也較濃郁。」

[32] 汪雷：《劍河浪》（上山下鄉知識青年創作叢書）上海人民出版社，1974 年出版。

落後人物的轉變過程也加重筆墨，添加漫長的細節來強化具體性。遺憾的是，作家的文章組織能力沒能支持這些現實材料所可能發出的光輝。

不斷稱自己為業餘作家的胡楊的作品《軍墾戰歌》㉝初稿完成於71年，後經三次修改，於77年才發表。從其秀麗的文筆、文章組織能力等看，堪稱達到了這一時期知青小說中數一數二的語言表達水平。該小說描寫了 60 年代初到新疆去支邊的知青生活和他們的奮鬥，對知青的描寫跟這一時期的其它作品相比顯得較為自然和樸素。可是它的自然而少做作的優點不一定都來之於時代背景的選擇上。事實上，作家也不能迴避安排以階級鬥爭為綱的線索，並且同樣塑造了高大全的女知青英雄和卑微的陰謀家反面人物。關鍵是作家在處理材料上有較高的能力。比如對知青小說不可缺少的構成因素「憶苦」的處理，《軍墾戰歌》就顯得較為符合情景，不像其它小說專門安排開會、請一位苦大仇深的前輩進行演講那樣。第二，該作品有幾處值得誇耀的成功的逼真描寫：如寫兩個女知青在茂密的胡楊林中迷路，對強勁的風沙，無半點星光、伸手不見五指的黑暗和四面觸碰到的樹枝、荊棘等的描寫，引起讀者的緊張和好奇。還有描畫剎那間就填滿知青們挖好的水溝的流沙的場面，使讀者感到毛骨悚然。這些優點正表明，知青題材小說到了 70 年代末，已經發展到在固定模式的大框架裏可以有發揮自己獨特技巧的空間。

《軍墾戰歌》最大的特點是，在以前知青小說提供的情節的基

㉝　胡楊：《軍墾戰歌》河北人民出版社，1977年出版。

礎構架上，綜合處理了各種細節因素和人物符號，以此提高作品的觀賞性，引發讀者的閱讀快感。其情節模式仍屬於以階級路線鬥爭為主展開的文革型模式，但描述了只有在扎根型知青小說《邊疆曉歌》中出現過的男女知青間的愛情細節[34]。當然，作品也勿庸置疑地推薦了與政治理想聯繫起來的愛情，批判了體現個人的感情追求。第二，《軍墾戰歌》的知青英雄具有《征途》為代表的極度強調階級鬥爭，並寫了知青英雄負傷和克服痛苦的超人耐力等符號，又具有《劍河浪》為代表的、重視知青英雄在革命事業中的造反精神的描寫。與這兩種英雄符號相應的兩類反面人物的角色因此也都同樣受到刻畫的重視；即國民黨出身的反面人物形象和具有官僚主義特徵的落後幹部形象。第三，作品在結構的展開上始終不斷添加自然災害因素。在其他知青小說裏一般只插入一次的作為革命事業的妨礙符號——自然災害，在《軍墾戰歌》則有三、四次的描述，包括鹽鹼地、風沙、冰雹、洪水、火災等因素。並且，階級敵人引發的妨礙、破壞工作也增加其頻度，出現持續的事故及克服過程的描寫。但是，這種不斷出現的事故一方面在引發閱讀興趣的同時，也產生越到後來越讓人熟悉，而失去其緊張感的副作用。此外，處理反面人物形象時其漫畫化的缺點沒有改善，這是此時期知青小說難以避免的局限。它不完全是因為作家處理能力的不夠，更多來自於往現實生活中無根據的反面人物符號裏填充什麼實質內容的困難。與《分界線》相比，《分界線》更傾向於嚴肅，而《軍墾戰

---

[34] 考慮到《軍墾戰歌》出版時（77 年）的時代狀況（文革已結束），可看出已經稍稍擺脫《征途》那種極度緊張和嚴肅感，而表現鬆散一點的感覺。

歌》略近於通俗文學。

張長弓的《青春》是另一部體現了《軍隊的女兒》的以知青英雄成長模式為主，又具備《征途》的將階級鬥爭放置在最鮮明位置的作品。該作品具體描寫了在老領導和指導員的教導下，知青英雄女主人公苗苗和知青同伴領悟人生意義的真諦的成長過程。此外在知青的生產鬥爭中增加了鹽鹼地開墾、養豬等的科學實驗研究的情節，成為了此後知青小說在展現革命事業內容時不斷使用的新素材。

以上考察了從 60 年的文革前夕到 70 年代末公開出版的幾部主要的知青題材小說，並歸納其特徵。若大體區分其類型，有如下幾種：一，文革以前發表的扎根型知青小說《邊疆曉歌》類。二，提供文革型知青小說標準形態的《征途》類。三，雖然同樣屬於文革型知青小說但跟《征途》稍有不同的知青身分作家的作品《分界線》、《劍河浪》類。四，綜合型知青小說《軍墾戰歌》類。本書將二，三類為主要考察對象，其理由已在第一節裏有所表明。

以《征途》為代表的標準文革型知青小說，構造了在老領導指導下、獲得貧下中農支持、進行革命事業的知青英雄模式。大體上老領導和貧下中農具有同等的指導性位置，或前者表現了更強的指揮能力。從此模式稍加變形的，有加重刻畫老領導而缺席貧下中農符號的《軍隊的女兒》。也有像《青春》那樣由年輕的指導員來分擔老領導的角色，而貧下中農的位置和影響處於弱勢的。到了《分界線》和《劍河浪》，可以看到關係和位置模式的變化。整個作品中老領導所占的分量減少了很多，對知青英雄的指導場面刻畫得也不像《軍隊的女兒》、《青春》那樣親切而細緻，反而知青英雄的地位明顯提高。如《分界線》中老領導較長時間出差外地，尤其到《劍河浪》則由知青英雄主導建設水壩的革命事業，老領導相對處於被動狀態。而且，《劍河浪》的知青英雄每次向反面人物或落後的上級幹部宣稱與廣大貧下中農聯合主導革命時，給人一種以知青英雄與貧下中農一起進行造反的印象。此時期知青文學的戲劇代表作《山村新人》明確地將知青英雄放在中心位置，三種人物符號之間的地位秩序表現為；知青英雄的主導作用，貧下中農的積極幫助和支持，而老領導的刻畫相對削弱，在整全劇六場中，只有兩次出場（第二，第四幕的開頭㉟）。

仔細考察上述兩類作品，可以看到作品在人物的角色分配、份量和位置秩序上的變化。當然上面兩類作品（《征途》型和《劍河浪》型）在塑造知青英雄形象時有許多共同點，但其中也有一些差別。比如《山村新人》、《劍河浪》、《分界線》所展示的在所有人物中知青英雄突出地位的處理方式，在《征途》、《軍隊的女兒》、《青春》等作品裏不可能發現。而在《征途》、《軍隊的女兒》、《青春》等作品中寫到的知青英雄憑藉超人意志力以克服困難的這種烈士型符號，在前一類作品中卻較少、或沒有出現。本書將前一部分作品稱為造反——紅衛兵型知青小說，將後者稱為革命——烈士型知青小說。

㉟ 在第六場最後還有一次出現，但在此，老領導只說出一兩句贊同知青英雄的話之後就退場。

第三節　造反紅衛兵型知青小說的知青英雄——「造反」含義的演變

首先必須承認，考察造反紅衛兵型知青小說在全部知青小說中所占數量較少。為了敘述的方便需要援引相關主題的戲劇和詩歌。這樣做的時候會出現另一個問題，就是把《分界線》，《劍河浪》等知青小說、《山村新人》等知青題材戲劇，和紅衛兵詩歌放在一起談論的時候，可以發現其中的「造反」符號之內涵有不少差別。不過，正因為造反符號內涵上的差別和演變，才使得造反紅衛兵型作品雖然數量較少，仍值得我們注意。

《分界線》的知青英雄的造反符號在第一節中已經具體分析過，主要表現為對上級幹部的抗拒和批判。這種抗拒、批判，主要針對上級幹部追求實際利益、重視生產、經濟的價值觀，與此相對應，知青英雄自然具有相反的價值取向。但是，更為重要的是，耿常炯批判沉浸在經濟利益的宋主任時，主要指出「宋旺根本沒有看到廣大職工、青年中蘊藏的社會主義積極性，不依靠知識青年辦場，而只是單純把青年看作一種勞動力[36]」的錯誤。換句話說，針對知青在農場的地位和角色的問題，與上級幹部之間出現的矛盾，構成《分界線》知青英雄造反的實際內容。對付這種上級幹部時，知青英雄展示相當冷靜而成熟的技巧。不過，這種「技巧」本身說明一個事實：知青英雄的造反仍然在某種基本的框架——作為要求者的知青和作為批准者的上級——裏進行。這不同於「革命性暴

[36] 見於《分界線》172 頁。

力」的造反。

要求改善電影院的環境，對知青大學的構想，對培養青年專業人才的建議等，《分界線》中出現的這些細節，都是知青的「真正確立知識青年是農場主人的觀念[37]」的要求，也是付與知青應有的待遇和權利的要求。可是有一點很值得注意，就是先得到老領導周樸的支持和認可之後，對霍組長的不服從才能成為合法行為。正因為造反是在嚴格的框架（範圍）中進行的，所以《分界線》在刻畫了知青英雄耿常炯深沉冷靜的個性之後，作為一種對比，又寫了年幼的女知青「時代紅」代表的紅衛兵式造反的「潑辣而粗暴」態度[38]。這種具有紅衛兵式衝動的造反表現，在作品中襯托出耿常炯的「不能憑感情意氣用事，小心被敵人利用」的謹慎。《分界線》肯定的是在黨的體制下有分寸地把握狀況的、老練的造反。

如上所述，比起《分界線》來，《劍河浪》描述了知青英雄更加強烈的造反精神和與反面勢力（上級幹部）的直接衝突。例如，馮主任強調上級領導的絕對支配性，說「青年嘛，應該當一顆永不生

---

[37] 「電影票的事情為什麼要從領導身上找原因呢？因為領導根本不重視職工青年的政治文化生活，對放電影時俱樂部的擁擠情況沒當一回事」……「鄭京丹她認為這件事主要還是說明領導對青年的思想工作不夠重視，還沒有真正確立知識青年是農場主人的觀念。」同上，171頁。

[38] 即「顯得剛勁、潑辣、大膽」，「敢打敢衝的」249頁、「你就是座山，我也要把你搬走的！哈哈，我馬上要讓你知道我是誰，你今天無論如何非得聽我的話不可！」254頁、「現出一股不可侵犯的、藐視一切的神態。」「她的嗓門高，勁頭足，而且永遠是理直氣壯，哪怕吵上一天一夜也不會感到累。」45頁、「那人一進來就把門晃蕩得乒乓響，連地板也震得搖動起來。」46頁。

銹的螺絲釘，這顆螺絲釘按在那兒，應該由領導來決定嘛，需要把你們擰在紅霞村，你們就在紅霞村；需要擰在別的地方，你們就應該……」㊴。另外，知青英雄主張不要忘記階級鬥爭時，馮主任說「現在都什麼時候了，還提路線鬥爭？」，並強調知青需要接受再教育㊵。對於熱心搞水利工程的知青英雄，表現官僚主義作風的水利局長也直接表示反對：「像年輕娃娃那樣毛頭毛腦，要劈開青山嶺，完成劍河分洪工程，這是一年二年能完成的？進行分洪工程，會影響劍河的全面治理，你懂不懂？……你們開青山嶺河，縣裏不給經費，不調撥人力，不支持物資設備，看你們有多大能耐」㊶。

當然，知青英雄對這些反面力量的反抗也是表現得很激烈。例如，針對馮主任的觀點，知青們認為「螺絲釘的位置，決不是由某一個領導任意來按的，而是應該由革命事業來確定。革命事業需要我們在哪兒，我們就得緊緊地擰在哪兒」，表現出直接的不認同。此外，知青英雄援引毛主席語錄來證明其主張的正當性似乎在暗示，除了毛主席以外，知青與所有上級領導都是平等的關係。進而指出，「馮主任，您還沒有真正理解知識青年接受貧下中農再教育的深遠意義！我覺得，接受再教育，首先就是要上好階級鬥爭，路線鬥爭和革命傳統教育這一課」。《劍河浪》的知青英雄劉竹慧向老領導建議水利工程時，甚至表現了她對老領導的指導面貌。在

㊴ 《劍河浪》161 頁。

㊵ 同上，294 頁。馮主任在文革剛開始時曾經受過紅衛兵的批判。

㊶ 同上，271 頁。

《劍河浪》中，老領導嚴大伯同時兼介貧下中農的人物符號㊷，他的老領導的合法性不像其他小說那樣靠著抗日或解放戰爭的參戰經歷中獲取，而主要是來自他文革前的坎坷遭遇和文革一開始恢復的地位㊸。這些構思都為提高知青地位起到積極的作用。此外，知青英雄直接援引「進一步發揚『一月革命』精神，發揚紅衛兵的『五敢』精神㊹」等紅衛兵時期口號，並描寫回顧紅衛兵時期活動的場面，都暗示著知青在身分上對紅衛兵的繼承。

上述兩部作品都圍繞知青就自身地位和角色問題跟上級幹部發生的衝突展開。在知青們進行的生產建設和消滅階級敵人的事業中，反面勢力用強調科學和經濟效率的說法反對知青英雄主張的同時，強調知青英雄踏踏實實接受再教育。這種以知青英雄的造反和

㊷ 此時期知青小說中，知青和貧下中農之間的關係是雙重的。根據公開的接受貧下中農再教育的指示，知青從貧下中農領受憶苦教育以及適應當地生活的生活知識，但同時，知青向貧下中農傳授所完成的革命事業的成果（科學實驗，拖拉機駕駛等）。（《邊疆曉歌》、《青春》、《劍河浪》、《鐵旋風》等都出現這種場面）即知青在與貧下中農的關係中可得到更大發揮角色的積極空間。這比知青和老領導之間模式化、圖標式的支配一服從關係顯得少點緊張更多為平等。因此，造反紅衛兵型知青小說類中強調知青的地位和作用，則自然老領導的比重相對減弱，代之，貧下中農角色得到充分的刻畫。
另一方面，《劍河浪》中的老領導兼具貧下中農符號，理由是他不僅有雇農出身符號，並且知青尊稱他為「嚴大伯」，而且與小說中的貧下中農人物「嚴大嬸」是夫妻關係，這與以往毫不表現家庭情況的老領導刻畫方法也很不相同。

㊸ 「方耘春接上來補充說：縣裏的走資派，利用竊取的權力，把嚴大伯調離了紅霞村。直到無產階級文化大革命開始以後，嚴大伯才調回來。」《劍河浪》271頁。

㊹ 《劍河浪》168頁。

反面勢力的壓制為基本模式的衝突在戲劇《山村新人》㊺裏有最明顯的體現。作品寫知青女主角方華和水電站站長王德山的鬥爭。方華不顧落後幹部張振和的勸阻，揭露王德山等的錯誤。王德山等要知青好好「接受再教育」，說他們「現在待的是農村，地位是接受再教育，這不像無產階級文化大革命中了」，而知青英雄則更願接受貧下中農的「拿出你們在文化大革命中衝殺資產階級反動路線的勁頭來」的鼓勵。

當然，方華對「再教育」的解釋是「咱紅衛兵的革命造反精神，應該在貧下中農的帶領下繼續發揚」。不過，所謂「貧下中農的帶領」在作品裏被描述為貧下中農（張二嬸）對知青造反的全面支持。如他們不順從縣趙副主任免去方華的政治隊長職務，仍然堅持由她分派工作㊻。就這樣，《山村新人》充分展現了知青英雄所進行的造反活動的主導角色的地位。劇中貧下中農（張二嬸等）展現和知青英雄的充分合作，事實上是把「接受貧下中農的再教育」的解釋權交付給知青英雄，並支持他們發揚文革時的紅衛兵精神，實現「小將到農村幹革命來」的目標。

上述的知青題材作品屬於繼承紅衛兵造反精神的類別。這些作品的思想線索，基本上是把知青運動作為文革紅衛兵運動的延續來

㊺ 《山村新人》六場話劇，人民文學出版社 1975 年出版，趙羽翔、萬捷、李政執筆，吉林省《山村新人》創造組集體改編。

㊻ 「張振和：方華，老郭讓我把大夥找來，聽從你分派工作來了。社員：你是我們選出來的可心隊長，我們信得過你！張二嬸：對，方華，你就分派吧！張振和：大家注意，聽從方華隊長分派工作！周爺爺：你就下令吧！」《山村新人》72 頁。

理解。儘管如此，這裏卻要著重指出，知青題材作品中表達的「造反」精神，其定義和脈絡與文革初期城市的紅衛兵所進行的「造反」內容已有明顯差異。下面試舉例查看文革初期表現造反精神的紅衛兵詩歌的例子：

> 造反！造反！／誰敢反對我們敬愛毛主席，／誰敢反對黨中央，／
> 管他職位多高，資格多老，／我們就大造，特造他的反！／就砸他個稀巴爛！㊼

> 革命造反派大聯合，大奪權，／奪權，奪權，奪權，／不奪權，一切都是空想。／
> 不奪權，文化大革命就被送葬。㊽

上面援引的詩歌都明顯表述了紅衛兵的奪權意志。即，紅衛兵的「造反」指的是從走資本主義道路的當權派奪取權力的行為㊾。

㊼ 高平：〈造反！造反！〉（1967年1月12日北京《紅色造反報》）。

㊽ 〈人民解放軍堅決支持革命造反派（槍桿詩）〉（1967年3月，北京《毛澤東主義戰報》第3期，中央戲劇學院毛澤東思想戰鬥團主辦）。

㊾ 表現奪權的紅衛兵詩歌較多，如：「無產階級革命造反派實行大聯合，／奪權！奪權！直搗階級敵人心窩！／走資本主義道路當權派已陷滅頂之災，／……／革命造反派聯合起來，／從走資本主義道路當權派手裏把權奪！」一卒：〈革命造反派大聯合大奪權〉（1967年2月5日北京《紅色造反歌》第7期，空軍技術學院紅色造反縱隊主辦）；又如：革命造反派聯合起來／打倒黨內走資本主義道路的當權派，／把他們手中的大權奪過來。一兵：

另外，詩中當權派的範圍不像知青小說那樣要具備反面人物一系列的符號，就如妨礙、破壞革命事業的各種行為和表現。紅衛兵詩歌裏的當權派指的是一切掌握權力和財產的對象：

> 我們奪了黑省委的，／公安局的，／廣播電臺的，／廣州日報的一切黨政財文大權！㊿

> 什麼頂頭上司，什麼面子不面子，／統統見鬼去吧！我們的骨頭是硬的。／……
> 我們宣傳毛澤東思想，／他們不給廣播，不給油印，／不給交通工具，我們就採取革命行動，／接管過來，造反，就是有理。／整我們的黑材料不給，／我們就搶，搶出來／
> 給那些性「保」的看看，／這叫什麼——造反派的脾氣／……

> 什麼院長，書記，什麼部長，市長，／誰反對毛澤東思想，／我們就造誰的反，／罷他娘的官，／……天不怕，地不

〈革命造反派聯合起來〉（1967 年 2 月 5 日北京《紅色造反歌》第 7 期，空軍技術學院紅色造反縱隊主辦）；天下者我們的天下／我們不說誰說／國家者我們的國家／我們不幹誰幹／猛打，猛攻，猛追，猛趕／矛頭直指資產階級反動路線／從走資本主義道路的當權派手中／奪回我們的大權！鄭彥平：〈堅決支持革命造反派〉（1967 年北京礦業學院《東方紅》第 5 期）。

㊿ 廣州紅司戰士全紅：〈一月革命萬歲！〉（1968 年 1 月，廣州《文革評論》第 10-12 期）。

怕，……／灑鮮血，同那些混蛋拼到底！／

這叫什麼——造反派的脾氣。[51]

如此，紅衛兵的造反所指的奪權行為的對象可以包括當時處在一定職位上的幹部和領導。此外，以造反為主題的紅衛兵詩歌明確標記著奪權本身就是造反的目標，奪權本身就是革命事業。可見文革初期在造反精神的指導下進行的階級鬥爭明顯具有權力鬥爭含義。這樣一來跟前述知青小說相比，造反的內涵很不一樣。因為小說裏的造反是被限制在框架中的，這框架就是扎根農村、建設、生產、保衛邊疆的革命事業，以及消滅有歷史問題的、破壞革命工作的階級敵人。當然，紅衛兵詩歌裏的這些奪權欲望也要符合於絕對準則；對毛主席的信仰。它們千篇一律地標榜著對毛澤東的熱愛。「反毛澤東思想」是紅衛兵詩歌要造反的根據。但這個根據有很大的彈性闡釋空間，因而也就不能成為必要的根據。

還有此時期因各種罪名，有些甚至喪命的「紅衛兵思想家」們以大字報形式發表的，影響了全國紅衛兵運動的文章，除了喊出造反有理的對毛澤東的忠誠以外，也公開表示出對當時社會結構本身的批判；即對階層分化、出身成份化極其嚴重的十七年時期社會制度的不滿。這類紅衛兵的大字報文章被劃歸為所謂「異端思潮[52]」，歷來受到西方文革專家的關注[53]。他們認為，短時期內文革

[51] 中國科學院紅衛兵革命造反司令部：〈造反派的脾氣〉（1967年5月30日北京《紅衛兵報》第21期）。

[52] 宋永毅〈文化大革命中的異端思潮〉，《二十一世紀》1996年8月，54-64頁。

可以震撼全中國、能夠引起激烈武鬥的原因，就是這種對社會階層化、終身出身制的不滿和對身分的顛覆企圖有關[54]。下面簡單檢討一下當時紅衛兵思想家們的另一種「造反」之所指。

首先，針對在十七年時期實施的在階級路線名目下的出身成分制度，最早提出反對言論的是遇羅克的《出身論》[55]。它認為問題

---

[53] 有關的專著如下：Stanly Rosen《廣州紅衛兵派性和文革／*Red Guard Factionalism and the Cultural Revolution in Guangzhou*》；Antia Chen《毛的孩子們／*The Children of Mao*》；Jonathan Unger《毛統治下的教育：1960-1980 廣州學校的階級和鬥爭／*Eucation Under Mao*》。關注異端思潮反官僚主義特點的有 Oded Shenker, "Is Bureacracy Inevitable? The Chinese Experience", *Organization Studies*, vol.4,lss.5 (1984)；C.S.Burchill, "Bureaucracy Versus Democracy: The Chinese Cultural Revolution", *Queen's Quarterly*, lss.79, vol.2 (1972)；Ferenc Feher and Agnes Heller, "Equallity Reconsidered", *Thesis Eleven*, lss.2 (1982)；Richard Kraus, "Bureaucratic Privilege as an Issue in Chinese Politics", *World Development*, lss.11, vol.8 (1983)等。

[54] 有關文革起因的「社會衝突模式」說法早在 70 年代已開始發表：如 Hong Yung Lee, "The radical students in Kwangtung During the Cultural Revolution", *China Quarterly* lss.64 (1975), pp645-83；Antia Chen, Stanly Rosen, Jonathan Unger, "Students and Class Warfare: the social roots of the Red Guard conflict in Guang-zhou", *China Quarterly* lss.83 (September 1980), pp397-446；Anita Chen, "Dispelling Misconceptions about the Red Guard Movement" *The Journal of Contemporary China*, vol.1, No.1 (1992), pp62-63.

[55] 《出身論》對於以 66 年 7 月始風行全國的對聯「老子英雄兒好漢，老子反動兒混蛋」為代表的「血統論」舉起反旗，是 66 年末批判資產階級反動路線運動的直接產物，同時也表露出社會階層內潛在的對十七年時期中在階級路線方針下進行的終身差別制的不滿。它認為十七年時期的關鍵錯誤在於混淆階級成份與家庭出身，並批判「血統論」是未經過資本主義的中國社會主義內殘存的封建主義思想。而且提及血統主義論者所推行的暴力行動和侮辱性言論，是對人權的嚴重侵犯，比喻血統論為美國的人種差別，印度的終身制

的關鍵在於階級成份與家庭出身的混同，從而向血統論舉起了反旗。其次，出現了主張打倒特權階級、信奉國家機構徹底崩潰論和階級關係大變動論等的「新思潮」(56)。它認為造反派的任務就是通過對財產、權力進行再分配。新思潮是將「出身論」對社會的分析與對人權的主張發展為一種政治綱領。其三，斷定十七年時期的 90% 的高級幹部已經成為官僚階級、紅色資本家的湖南省無聯(57)

度，日本的賤民制度。

66 年 10 月開始，以油印形式發布。67 年 1 月 18 日登於北京 4 中學生的聚會「家庭問題研究小組」發行的《中學文革報》上，共發行 9 萬餘部，而流傳的複製本多達百萬以上。遇羅克的出身論暗示參予文革政治性事變的大眾背後存在嚴重的社會階層問題。

(56) 66 年 10 月北京師範大學兵團派的李文博在〈公社早已不是原來意義的國家〉（北師大《井岡山》報 1968.3.2）中批判中國的領導機構不過是舊社會資產階級的專政機構，是官僚主義和奴隸根性的溫床。相似見解以〈法西斯黨的危險就在眼前〉，〈大大改善無產階級專政大大革新社會主義制度〉等大字報形式出現。它們提出，就是要改善無產階級專政，革新社會主義制度，徹底打倒舊國家機構，創立起無產階級國家機構新的組織形式。由此被冠以「新思潮」名稱。「新思潮」主張，和平的改良方法不能達到此目標，要堅持馬克思主義打倒舊國家機器的原則。以後風靡全國的新思潮隨著其體系的整頓，整理為 1. 特權階級打倒論；2. 已有國家機器徹底崩潰論；3. 階級關係大變動論。隨著新思潮文章在中學生小報上出現，北京的四三派紅衛兵中出現對此呼應的文章，如〈論新思潮——四三派宣言〉（湘江評論《四三戰報》1967.6.15），主張造反派的任務是通過對財產、權力的再分配，實現社會的革命性變動。

(57) 楊曦光的文章《中國向何處去》，表達了更為激進，更為系統的反特權思想。認為十七年中 90% 的高幹已形成了紅色資本家階級，要實現中華人民公社，必須推翻這個階級，並且要靠武裝奪權，靠國內革命戰爭。對此全面的統一表現在湖南省無聯的《我們的綱領》上。省無聯認為武鬥是革命性正當的《中國向何處去》。它主張以武力從紅色資本家手中奪權，以實現財產和權力的再分配。因為他們的特權與高工資是壓迫人民的代價，在與廣大人民的關係中已形成統治與被統治的關係。它傳播了更為激進且系統的反特權思想。此外也有當時被視為異端的各種思潮(58)。

由以上可知，紅衛兵思想家的「造反」概念中明顯包含著對社會階層差別的不滿和追求財產和權力再分配的奪取意圖。當然，造反派紅衛兵的武裝暴力奪權行為到了不可控制(59)的局面時，馬上受到黨中央的制裁，此即文革的演變的過程(60)；針對社會階層之間的

暴力，是為了鞏固無產階級革命的奪權以及其政權的。從 67 年秋到 68 年春，全國出現了與省無聯觀點相同的群眾組織。武漢的「北 決 揚」思潮同樣堅信階級關係的新變動，提出重新組黨（〈怎樣認識無產階級的政治革命〉馮天艾《揚子江評論》1968.6.12）。還有在新思潮的影響下走向更遠更直覺的反體制道路的，就是 67-68 年在山東活躍的造反派——「渤海戰團」。代表人物丘黎明、王公乾等。

(58) 比如由老紅衛兵組織的保守派「聯動」，堅持跟「四三派」相反主張的「四一四」，主張民主和法制的「李一哲」等。

(59) 此時期的紅衛兵詩歌當中也有諷刺某些造反派的作品，可讀出造反概念中包含著的另一方向的發展可能，即純粹個人利害的得失。如：「造反」麼就是「有利」。／只要有油水，管他是誰的錢糧，／手錶，自行車，／嘻！我他媽「造反」統統是我的！／好一個「造反有理」／……造反！造反！／老子就要造反！／造反就是要爭名氣，／只要大會，廣播，登報能上榜，／誰管我參加沒參加，／哼！老子都要登個名！／好一個「造反有理」／／造反就是能漁利。／只要削尖腦袋往裏鑽，／不管昨天保爺，保娘，保自己多賣力，／嘿！今天我也要打起造反旗！／好一個「造反有理」紅浪：〈好一個造反有理〉（1967 年 2 月 10 日，首都紅衛兵造反大隊《燎原》第 12 期）。

(60) 1967 年毛澤東的「最高指示」：「現在是輪到小將們犯錯誤的時候了」，緊

差別待遇，以改變現狀為實際目的的造反派的鬥爭開始受到全面控制之後，紅衛兵運動變成為知青運動。這樣一來「造反」的含義在同樣的紅衛兵詩歌裏已有如下的明確改變：

> 什麼「你們起來造反就是為了自己」！／什麼「造反派有了資本可以向上爬」！／
> 純粹是劉修的黑貨，胡說八道！／我們就是堅決到農村去，到邊疆去，／
> 到最艱苦的地方去！這叫什麼？／造反派的脾氣！／……
>
> 什麼家庭阻力，「老子說了算」！／什麼「邊疆太遠」，「邊疆太冷」！／
> 都是懦夫的哲學！／我們寧願離家一萬里，／不願離主席路線半寸分，／
> 我們寧願為公字活分秒，／不願為私字活一生。／這叫什麼？造反派的脾氣！[61]

這個時候造反派已不再喊反官僚主義，企圖奪當權派的權，而是更突出對毛澤東實施控制的絕對忠誠。尤其強調地辯護造反並不

接著就以「清查五一六分子」的名義對紅衛兵中的活躍分子搞清算。到了1968年12月22日《人民日報》發表毛澤東的「最新指示」：「知識青年到農村去，接受貧下中農的再教育，很有必要。」

[61] 二附中忠於毛主席大軍赴黑龍江戰鬥隊：〈造反派的脾氣〉（1968年7月20日，上海《新師大戰報》）。

是為了一己的利益，作為其最有力的證據，是表明向最艱苦的邊疆、農村進軍。換句話說，造反的內涵中已經非常敏感地完全排斥和否定了權力等的追求而突出了忠誠，獻身的新的強調點。當時公開發表並具有廣泛影響的高紅十等的政治抒情詩《理想之歌》62，正式表現了要去社會上最貧困的偏僻農村、邊疆，獻出自己的一切，忠誠於革命的「真正」造反的心願。以十七年流行的樓梯詩體式寫的《理想之歌》，是以回答青年對理想的提問來展開的。它控訴劉少奇的修正主義教育帶來的弊端，歌唱在毛澤東的文革路線指導下獻身農村，在階級鬥爭中不斷勝利，成為毛澤東的忠誠戰士的理想。重點強調了青年在追求理想過程中，如何正確處理個人與集體、公與私的原則：

> 真理在胸旗在手；／收買嗎？／名利地位／視如鴻毛輕。／……
>
> 什麼／「求名不得／抑鬱而死」／什麼／「飛吧，未來的科學家／年輕的鷹」／
> 有個佃戶的後代／不認自己的親生父母，／有個礦工的兒子／不願再去挖煤下井。／
> 這就是／和平演變呵／——潛移默化，／這就是／階級鬥爭呵／——你死我生。

---

62 北京大學中文系七二級創作班工農兵學員集體創作：《理想之歌》，人民文學出版社，1974年出版。

就這樣，追求發展的努力定義為追求名利的私欲，所以如果被它誘惑而蔑視貧下中農階級親人的話，那就是敗在階級敵人的攻擊面前。可知這裏所說的階級鬥爭，已不是針對現實的具體對象的鬥爭，而是針對不斷毀滅革命意志的、無形的幽靈的鬥爭：繼續不斷地否定與個人欲望有關的一切。詩通過獻身於農村的革命表現，更加明確區分個人的和集體的（無產階級的）理想。

> 文化大革命在我心中／埋下了理想的種子：／「為共產主義奮鬥終生！」／
> 而走與工農兵結合的道路，／這才是通向／革命理想的／唯一途徑！／……
>
> 親人們呵，／淳樸、憨厚的／貼心話／幫著校正著／理想的航線。／……
> 是在我們前輩／英勇戰鬥過的陝北高原，／我開始理解／從來就沒有個人的理想之歌，／
> 我們革命青年的理想，／只能是無產階級的戰歌！／

詩以類乎共產主義螺絲釘論的回答，表明所追求的終身理想，達到這首長詩的最高潮。它的表達方式仿佛是戰爭時期革命烈士的徹底獻身態度：

> 農村／需要我，／我，／更需要／農村。／為了共產主義事業，／我願在這裏／終身奮戰；

> 這時／正是在這時，／我才開始填寫／「什麼是革命青年的理想」／這張嚴肅的考卷。／
> 我要做／我們鮮紅的黨旗上／一根永不褪色的／經緯線！／

綜上所述，此時期的紅衛兵詩歌、被視為與主流的文革思想不同的「異端思潮」——後來大部分遭到迫害[63]的紅衛兵思想家的各種主張、此時期造反紅衛兵型知青小說，它們所表達的「造反」的含義各不相同，各自的關注點並不一樣。通過上述的對比明顯獲知，造反紅衛兵型知青小說的「造反」，是經過調整的、受到馴化之後的含義。上面援引的歌頌奪權的紅衛兵詩歌發表年代主要是在 66、67、68 年度，主張對財富與權力的再分配的紅衛兵造反派思想興起也是在文革初期。考慮到這些情況，可以說長達十年的整個文革期間的主流，是公開發表的知青小說中表現的調整後的造反形態。進而，造反紅衛兵型知青小說比革命烈士型小說的數量少得多這一點，也可以看出文革的主要要求和任務[64]是對於忠誠與獻身的號召。

---

[63] 遇羅克——被處死刑。楊曦光——被判十年監禁。成立「共產主義自修大學」，創辦《學刊》發表〈什麼是法西斯主義〉的學習小組被打成「現行反革命集團」，成員全部被捕，其中三處死，一人自殺，一人被虐待致死。李一哲——被關押之前遭批鬥一百多次。以上可見於徐友漁〈異端思潮和紅衛兵的思想轉向〉（《二十一世紀》1996.10，52-64 頁）。

[64] 文革不能跟西方 60 年代反抗的文化現象簡單同等化處理。

第四節　革命烈士型知青小說的知青英雄

一、自我的「零」和精神補償

革命烈士型知青小說中的英雄主人公常常演出以超常忍受身體痛苦的場面。如此劇烈的身體疼痛以及對此的忍耐，與知青英雄完成成長（入黨）有直接關聯。因為知青英雄每次忍受、戰勝劇烈的身體傷害之後，緊接著出現的細節就是書寫入黨申請書或者獲得光榮的入黨機會，可以說這是革命烈士型知青小說中一個代表性符號。因為知青小說情節基本上以知青英雄成長的完成作為主線索。[65]

如前所述，《軍隊的女兒》中海英不顧高燒引起的耳聾和小兒麻痺症產生的身體殘疾，發揮超人力量，打開水閘，使農田免於洪災。《征途》中鍾衛華在刺骨的暴風雪中，懷著對階級敵人的高度警惕認真站崗，結果受嚴重凍傷，但仍然拖著凍壞的腿以超人力量去俘虜、押送敵人。《青春》中苗苗一心要俘獲身分暴露而企圖潛逃的反面人物「翻組長」，不顧被鈍器打傷頭部而暈厥，以同歸於盡的意志抓住他不放手。《鐵旋風》的趙抗在救火的過程中負重傷，但考慮到同伴們的士氣，拒絕轉到城裏去接受治療。《軍墾戰歌》的于金娣在軍事訓練中由於反面人物搗鬼，從橋上掉落而負傷，但她拒絕轉送縣醫院，在沒有麻醉藥的情況下，以超常毅力忍耐縫補傷口的疼痛。

---

[65] 參見本書第一章第一節的分析。

這些超常毅力當然來自知青英雄強大的精神力量，而知青英雄精神力量的發揮又和他們的革命烈士前輩有著緊密聯繫。海英不斷回憶在革命戰爭中犧牲的父親，回顧母親要求她成為「對人民有用的人」的教導。鍾衛華則回憶母親在解放前受地主和資本家剝削的歷史。耿常炯在心中牢記父親為了保護同志們的生命、防止國家財產的損失而選擇犧牲自己生命的光榮歷史。于金娣在不打麻醉藥做手術時，向同伴們講述父親的經歷，靠此忍住疼痛；解放戰爭時期在部隊當偵察員的父親，怎樣把寫有軍事機密的情報捲進被槍彈穿透的腿洞中，流著血回到基地。如此，知青英雄戰勝肉體痛苦的超常毅力和革命烈士的鮮血是重疊在一起的，顯示了憶苦教育獲得的成功效果。當然，知青英雄在顯示這種超常能力之前，作品已充分地表明了知青英雄的控制能力，包括人的基本生存需求，如對睡眠欲、食欲（性欲更不用說[66]）等的控制。

小說中的知青英雄大多幹的活比誰都多，夜裏還挑燈讀毛選以加強思想修養，比誰睡得都晚，但天一亮又精力充沛地搶先走向勞動現場。知青英雄在日常生活中的這種禁欲態度，又常常和利他主義的善行聯繫在一起。《邊疆曉歌》中的林志高在用餐時，為了給其他知青同伴讓菜，自己偷偷地光吃白飯，晚上則為了知青同伴睡好覺，為大家趕蚊子。更關鍵的一點是，知青英雄的自我控制和對他人的善行，是在對「自我表現欲」的徹底放棄中昇華的。這意味

[66] 出版《紅衛兵詩選》的日本學者岩佐昌暲在該書序文裏指出，「對性欲的徹底迴避是文革文學的大特點。」岩佐昌暲，劉福春《紅衛兵詩選》中華書局（日）2001 年出版。

既超越人類基本身體欲望，同時也壓制得到別人認同的感情需求[67]。這種自我表現欲的徹底控制體現為知青英雄在晉升機會面前的虛心、謙虛的態度。《征途》中鍾衛華在與老領導李德紅政委商量邊防巡邏隊長人選時，光知道推薦別人而一點沒想到李政委談的正是自己，因為知青英雄在任何情況下都是要忘我的。

知青英雄這種「無我」的態度正好跟落後人物態度相反。如《征途》中的宋詩人通過詩歌來表達自己的抱負，《征途》中的萬麗麗和《分界線》中的薩川追求著個人的發展。鍾衛華原可以參軍，但放棄這一機會，響應毛主席的號召而選擇了知青的道路。《軍隊的女兒》的海英支援邊疆建設，原來是想開拖拉機的，但她從老領導那兒接受了青年選擇職業不應根據個人的愛好，而應根據革命的需要的原則。《青春》的苗苗由於認識到養豬也是革命的需要，所以愉快地上擔任飼養員。這是一種抑制自我欲望，以革命（國家，集體）作為思想行為根據的訓練，在面對革命的召喚時以真正無我的姿態[68]來前進。

從以上內容可以看出，知青英雄是為了革命（真理）、為了集體（他者）、而抑制、消滅個人的一切欲望，包括身體、感情等方

---

[67] 按照 Abraham Maslow（1908-1970）的 “Theory of Human Motivation”（1943，原文登載在 *Psychological Reviw*. 50, 370-396）理論，人對身體安全的需求在他的 “Hierarchy of Needs” 圖案中屬於第一，人對感情關懷的需求屬於第二。可見知青英雄表現的是作為人的徹底獻身。

[68] 當然，在小說中，知青英雄俘獲敵人後，作為成長的完成階段，會以入黨等為報償。但作品中也完全排斥把入黨作為往上爬機會的思維方式。不求任何的現實補償才是英雄知青的模範形象。

面的基本需求，並在實現這一自我的「零」的境界時，不求任何補償。不過，這種高度壓制裏仍存在著個人的精神領域。知青英雄甘心樂意地將自己的人生「集體價值化」（他者化、革命工具化）時，事實上，仍能獲得精神的補償——道德上的絕對優越感和靈魂獻身的滿足。因為他的一切犧牲是為了真理、是為了集體，所以他得到來自集體的認可，獲得與真理合而為一的歡喜。前者更傾向於依賴他人的眼光，而後者屬於個人心靈的領域。

知青英雄實行利他主義的善行而獲得的道德優越感，是與別人比較作為前提的，因此具有依賴他人存在、他人眼光[69]的特徵。在依靠他人眼光而獲得自己合法性的道德判斷結構模式中，一個人很難作為獨立的主體而存在，與此同時很容易受到他人（他者、集體）的影響與控制。知青英雄獻身於革命而有與真理結合的心靈充足感，這確是自己才能體會到的內面之喜悅，一般與他人視線無關。它是一種在發現了不期待任何報酬而獻身於真理（革命）的自己的那一瞬間所感受到的、對崇高的參與[70]。可見上述知青英雄的各種

---

[69] 將在第三章第一節中探討梁曉聲時會涉及「依靠外界型道德判斷結構」。

[70] 在此可以援引「雯雯」個人對自己革命性的欣喜：「雯雯心裏展開了激烈的思想鬥爭。一個月前，方平曾經接過雯雯的皮筋，那皮筋是極好的，全是牛皮筋，雙股的，很長，還套有兩個洋線袖子。方平借去之後就再沒還來，雯雯向她去討，她轉轉眼珠說丟了，再找找吧。雯雯討了幾次也沒討回來，好心疼。雯雯這會兒很想把這事說出來，這種行為是不誠實的。可是雯雯又說著這麼做是違反謙虛的原則的。她想到雷鋒叔叔做了偌多的好事都不留名，甘做無名英雄……她思想激烈地鬥爭了很長時間，終於沒說出來，眼睜睜地看著自己的名字從黑板上被擦去了。心裏感到非常委屈，很痛苦，而又感到一種獻身的幸福。這幸福和那痛苦攪和在一起折磨著她。要是老師知道了，

表現當中，在集體生活的日常場景中展現的大小善行符號（損己利人）更接近於前者，而依靠超人的精神力量（內面因素）去克服身體之傷害符號更接近於後者。當然，在作品中這兩者都完整地膠合在一起。不過，確認作為知青英雄位置的符號最主要不是利他主義善行，而是冒生命危險而忍耐身體傷殘的表現。因為前者在其他正面知青人物的行為中都有體現，而後者則只有在知青英雄身上得到體現。

二、包羅眞、善、美的完整框架

上述的知青英雄對「革命」的呼喚做出的種種反應，都體現出某種互相緊密聯繫的、完整而有機體的面貌。也就是說，知青英雄人生的意義和目標，以及與此有關的一切答案已經和革命緊密相連，自我存在的終極意義被「革命」所條件，形成統一而有機的思維體系，並由此對外部世界做出反應和選擇。人類學家 Geertz 曾對宗教做過如下定義，即「宗教是使人類與自我存在的終極條件相聯繫的一系列象徵性形式和行為。」(71)這是否可以說明，面對「革命」的召喚，知青英雄所表現的徹底（包括生命）獻身，以及與革命（真理）成為一體時感到的靈魂的滿足所包涵的就是濃厚的宗教色彩。

事實上，西方對馬克思主義和基督教關係的研究已有較長歷

準會同意雯雯當積極分子，但這決不能讓老師知道。這偉大全在於這無人知曉之中了。」王安憶《69屆初中生》，《收穫》84.3，221頁。

(71) “Reigion as a Cultural System”-- The Interpretation of Cultues, 90page, Clifford Geertz, New York: Basic Books Inc, 1973.

史。例如，Jhon·Benett 在 1970 年代初將 19 世紀「無神論馬克思主義」運動出現的原因解釋為：當時代表中產階級的歐洲教會和基督徒未能維護因工業革命而被犧牲的工人們，馬克思主義者就強烈指責教會在這一方面的道德局限，同時把共產主義作為其代替功能、代替機構的面貌出現[72]的事實。Robertson 也同樣主張，共產主義的出現是宗教角色的一種功能上的對應物[73]。進而考慮到南美的解放神學以及在 20 世紀 70 年代末、80 年代初韓國基督教青年會是對抗本國軍事獨裁的左派學生運動的發源地[74]這一事實，兩者的關聯不言自明。因此本人在此想重點察看俄國的別爾嘉耶夫的觀點，因為他對俄國基督教即東正教和俄國社會主義革命，和蘇維埃政權建立過程中出現的社會主義文化，進行過比較研究，認為教條主義和禁欲主義是其共同的大特點。從俄國傳統和東正教中找到俄國社會主義文化資源的根源。

尼古拉·亞歷山大羅維奇·別爾嘉耶夫[75]首先注意到了俄羅斯

---

[72] Jhon C. Benett 著，Jung-gee, Kim 譯：《共產主義與基督教》（漢城：現象和認識，1985 年）第 226 頁。

[73] R. Robertson 著，Won-gyu, Lee 譯：《宗教的社會學理解》（漢城：大韓基督教出版社，1984 年）42-43 頁。

[74] 當初學生運動家之間流行的歌曲就是基督教會的讚美歌或讚美歌的改詞歌。韓國從 60 年代以來在軍部獨裁下進行的學生民主運動中曾出現 53 名以自焚燒表示反抗的烈士。其中 42 名是基督徒或有基督徒背景者。

[75] 別爾嘉耶夫（1874-1948）：社會民主運動家，宗教哲學家。主要著作有《人格主義哲學和存在主義哲學》、《論人的使命》、《人的奴役與自由——人格主義哲學的體認》、《人在當代世界中的命運》、《俄羅斯共產主義的根源與意義》、《俄羅斯思想》等。

東正教的完整性傳統，即「那種在西方屬於批評、假說或者完全是相對的、個別的、並不追求普遍性的科學理論，在俄羅斯知識分子那裏則轉變為教條，儼然某種宗教啟示。」[76]比如「當別林斯基或巴枯寧還是黑格爾論者時，不僅是在思想生活和社會生活，還包括私人生活，在對愛情或者自然情感等等方面[77]」，黑格爾思想體系對他們來說是完整的答案，是信奉的對象。後來的別林斯基在理性主義（黑格爾合理性思想）破滅，走向革命的社會主義和戰鬥的無神論之後，仍保持著「給予所有生活問題以回答的對完整的世界觀的追求」[78]的態度。除此之外，別氏還注意到俄羅斯知識分子傳統的民粹主義特點和東正教對世界的否定態度所帶來的禁欲主義因素，尤其重視這種禁欲主義怎樣被在戰爭中形成的俄羅斯社會主義利用。

俄羅斯知識分子走向啟蒙意識而非革命的第一步，便與犧牲、苦難、監獄和苦役相伴而行[79]。十二月黨人運動[80]中的主要活動家

---

[76] 尼·亞·別爾嘉耶夫著，丘運華、吳學金譯《俄羅斯思想的宗教闡釋》（東方出版社，1998年9月）16頁。

[77] 《俄羅斯思想的宗教闡釋》23頁。

[78] 同上，37頁。

[79] 比如，拉吉舍夫：（1749-1802）俄羅斯著名作家，啟蒙思想家，思想解放運動的先驅。著有《從彼得堡到莫斯科遊記》，《自由頌》等。1802年，因對改革失望，被迫服毒自殺。

諾維柯夫：（1744-1818）18世紀俄羅斯著名啟蒙思想家，哲學家，社會活動家，出版家，共濟會成員之一。1792年被關進施呂爾堡要塞。也同樣遭到逮捕。

或者是被絞死，或者被流放。十二月黨人起義失敗之後，俄羅斯知識分子永遠稱自己為「我們」，稱國家、政府為「他們」。上層是專制君主政體，下層是愚昧的農民。「西方任何地方都不存在『知識分子與人民』這樣獨特的問題形式。19 世紀下半期的全部俄羅斯思想都圍繞著它進行。」[81]具有東正教棄絕任何世俗幸福追求真理的禁欲生活基礎的知識分子認為，所有的力量都應該獻給把勞動人民從無比沉重的苦難（絕對郡主下的農奴制）中解放出來，這是唯一的需求。知識分子「在人民面前的罪孽感[82]，在民粹思想的心理中起著主要作用。」而且「文化本身並不是生活的無罪證明，它的獲得是靠對人民的剝削。民粹思想經常對文化報以敵視態度，反對文化崇拜。民粹主義世界觀是集體主義式的而不是個人主義的。」[83]堅持這種世界觀的俄羅斯知識分子會付出令人驚詫的犧牲精神。比如車爾尼雪夫斯基[84]和杜勃羅柳波夫[85]等。「車爾尼雪夫斯基，他宣傳自由，但對於自己而言，卻任何時候都沒有使用過任何自由，

---

[80] 指 1824 年 12 月 24 日俄羅斯暴發的一場貴族革命運動，旨在推翻沙皇專制，消滅農奴制。暴動失敗後領導革命的貴族軍官彼斯捷里等五人被絞死，其餘人被流放到西伯利亞。

[81] 《俄羅斯思想的宗教闡釋》60 頁。

[82] 這種自責意識以強烈的責任感為基礎，正與中國文人「先天下之憂而憂，後天下之樂而樂」的傳統很相近。

[83] 《俄羅斯思想的宗教闡釋》58 頁。

[84] （1828-1889）俄羅斯革命民主主義者，唯物主義哲學家，美學家，文藝批評家和作家。

[85] （1831-1861）俄羅斯革命民主主義者，唯物主義哲學家，美學家，文藝批評家。

不受私利目的的干擾。車爾尼雪夫斯基寫作了烏托邦長篇小說《怎麼辦？》，這是一部禁欲主義的書，小說主人公拉赫美托夫躺在鐵釘床上，目的是鍛煉自己的毅力，使自己能忍受苦難和磨難。」[86]

就這樣，在俄羅斯禁欲主義和民粹主義的土壤上開花的無神論、唯物主義，「成為道德上有根有據的說教，一個人不是唯物主義者，則在道德上是可疑的。假如你不是唯物主義者，那麼意味著你同意奴役人和人民。」[87]而且別爾嘉耶夫進一步認為馬克思主義本身擁有顯明的善惡對立的二元結構：「馬克思的全部道德熱情都與揭穿作為人類社會基礎的剝削現象聯繫在一起。剝削不是經濟現象，而首先是道德體系中的現象。整個有關階級鬥爭的學說都帶有價值特徵。『資本家』與『無產者』之間的分歧是邪惡與善良、非正義與正義的分歧」[88]。在俄羅斯，「革命首先建立在農民的不滿和建立在他們對貴族、地主和商人的古老的仇視上的。農民在準備為自己祖祖輩輩而復仇。」[89]因為這是一場善對惡的控告，是正義對非正義的懲罰。「無產階級國家是光明的，而資產階級帝國，則是黑暗的。為了根絕黑暗帝國，光明國家的代表被允許使用一切手段。它不可能生活在沒有對敵人的仇視情感之中。」[90]其實在馬克思主義的社會學決定論裏有心理學的層面，激發人對邪惡的憎恨，以此為基礎號召要征服非正義（不合理）的人的主動性。

---

[86] 《俄羅斯思想的宗教闡釋》49頁。

[87] 同上，44頁。

[88] 同上，102-103頁。

[89] 同上，133頁。

[90] 同上，178頁。

「馬克思主義不僅包含著有關人對經濟的完全依賴的、歷史的或者經濟的唯物主義，還有關於無產階級拯救的天職、關於未來實現的社會——其中人不再依附於經濟，有關於人征服自然和社會的非理性力量的強大威力和勝利等學說。」[91]馬克思從德國理性主義中獲得了對人的積極性的信念。所以確定一切的，除客觀的物質生產力，還有革命的階級鬥爭，即人的積極性。「運動的根源在內部，而不是在外部。精神性——積極性、理性等轉移到物質身上，即賦予物質以靈魂。在蘇維埃哲學和社會主義文獻裏經常重複：主要的因素不是『生產力』，即經濟的發展，而是『生產關係』，即階級鬥爭。」[92]就這樣格外強調人的精神積極性的俄羅斯共產主義專政應該是對每個人世界觀的專政。「共產主義專政不僅是政治的和經濟的，而且還是理智方面的、精神的專政，是良心的和思維的專政。」[93]這樣一來「在共產主義裏，存在著對每個人的生活的健康的、可信的理解，認為它服務於最高目標。」[94]共產主義不僅追求創造新的世界，而且還希望創造新人。「新人的優秀典型，即全副身心為思想服務，有能力致力於巨大的犧牲和大公無私的熱情的人，樂意做共產主義建設過程中的螺絲釘的人。」[95]

就這樣，別爾嘉耶夫在探索蘇維埃共產主義文化根源時，注意到在農奴制下的農民的痛苦和對抗專制政府的經歷，怎麼樣帶給知

---

[91] 同上，101 頁。

[92] 同上，147 頁。

[93] 同上，165 頁。

[94] 同上，151 頁。

[95] 同上，167 頁。

識分子良心上的指責，怎麼樣去形成反文化的、反個人的，帶著禁欲主義色彩的、集體主義的民粹思想，怎麼樣去建立正義和非正義，善和惡之間的道德判斷標準；而且廢棄無法再救濟痛苦現實的東正教，而作為其代替物，即解決現實一切的不合理和矛盾的完整的答案，在經過無神論、唯物論和初期空想社會主義之後，怎麼樣去選擇馬克思主義的整個過程。

下面將這種對真理的信奉，對善、道德的追求，還有為了實現真和善的世界要採取的最佳（美）姿態以圖標方式處理，以獲得更簡單、明晰的理解。

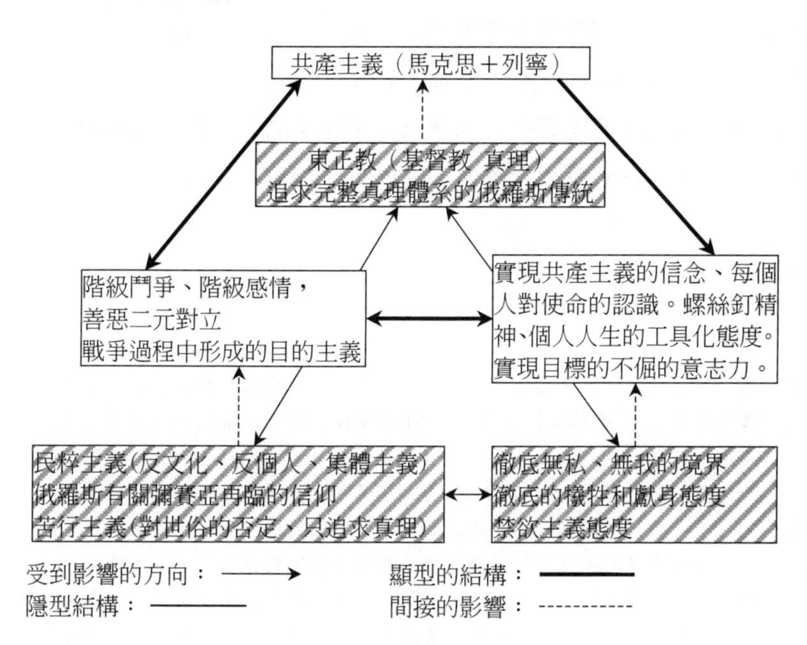

圖 1

按照別爾嘉耶夫的分析完成的上面圖 1 明確地展示出社會主義新人所信仰的真（真理的馬克思主義）、所行的善（為集體否定個人的犧牲）、所以為的美（堅持信念，實踐善行時採取的禁欲態度），都融入到一個互相緊密結合的有機體框架的面貌。圖 1 模型在考察革命烈士型知青小說的知青英雄（社會主義新人）所體現的各種反應機制方面，有很大的參考價值。因為別爾嘉耶夫對蘇維埃社會主義文化分析的各種樣態，同樣出現在知青英雄的各種表現中。其實 1950 年代中國接受的蘇聯文化影響是一個很值得注意的話題。這不僅存在於 1950 年代中國知識分子的文化傳統裏，在知青一代身上仍然能找到其痕跡。如《鋼鐵是怎樣煉成的》這一本書以及保爾的名言[96]曾經影響了無數知青的扎根之心[97]。1980-1990 年代發表的很多知青小說都提到俄羅斯思想家、革命家、小說家的名字以及 19 世紀俄羅斯的小說、蘇聯電影等等[98]。1949 年到 1965 年為止，經翻譯而

---

[96] 「人的一生應該……，當他回頭望時的時候，不因虛度年華而悔恨，不因庸庸碌碌而羞愧，他自豪地說：我將我的一生獻給世界上最偉大的事業——為共產主義而奮鬥。」

[97] 張抗抗曾說《鋼鐵是怎樣煉成的》這本書對她有過強烈影響，其次是《延安文藝座談會上的講話》。參見 “MORNING SUN; interviews with Chinese writers of the lost generation” Leung, Laifong, 1994, Armonk, New York, p231. 張承志曾在 1998 年《中華讀書報》近百年經典推薦中把該書列為第一。

[98] 8、90 年代發表的很多知青小說都提及了俄羅斯以及蘇聯的文化作品，如；《地球，你早》中提到的話劇《以革命的名義》的亞什卡、流浪詩人、《卓婭和舒拉的故事》、《青年近衛軍》、《鋼鐵是怎樣煉成的》；《桑那高地的太陽》中提到沙俄時代民粹主義者大學生巴扎洛夫；〈賊船〉中提到電影《第四十一》；《血色黃昏》中提到十二月黨人被流放到西伯利亞、《真正的人》馬列西葉夫、普列漢諾夫、保爾·柯察金、車爾尼雪夫斯基、勃列日

播放的外國影片當中占最大分量的就是蘇聯電影。[99]

上述的理由可以表明，以圖1模型為基礎，將革命烈士型知青英雄的文化模式與此進行比較，是一份有意義的工作。接下來，我們察看革命烈士型知青英雄所信的真、所行的善、所以為的美的模式。

首先，最重要的一點是這些知青英雄們和上述的俄羅斯革命家們一樣，不僅在思想方面，而且在行為、感情等全人格的表達方面，都體現出完整而統一的面貌。其實，中國的知識分子同俄國知

涅夫等人並援引他們的格言；《隱居的時代》中提到屠格涅夫《羅亭》、《父與子》、托爾斯泰《安娜·卡利尼娜》、《復活》、高爾基的人生三部曲、陀思妥耶夫斯基《罪與罰》、涅克拉索夫《俄羅斯女人》、普希金《假如生活欺騙了你》；《萬里無雲》中提到蘇聯電影《鄉村女教師》的女主角瓦爾瓦拉·瓦西里耶芙娜等等。在此涉及的例子都不是專門查找的，筆者閱讀知青小說的印象中很多小說提到俄羅斯、蘇聯書籍的。

[99] 蘇聯電影的譯製情況又如下：1949年至1959年翻譯製作的外國影片中蘇聯影片占65%（合計1038部影片中669部是蘇聯影片。1960年外國影片合計119部中64部、1961年合計120部中67部、1962年合計119部中64部、1963年合計81部中30部、1964年合計53部中17部、1965年合計8部中2部是蘇聯影片。蘇聯之外還有20多個國家；如民主德國、捷克、匈牙利、波蘭、羅馬尼亞、保加利亞、阿爾巴尼亞、朝鮮、蒙古、越南等。其它的有墨西哥、阿根廷、印度、日本、西班牙等等國家影片。資料來源：自1955年至1965年每年度中華人民共和國電影局出版的內部材料《漢語譯製外國影片分類統計表》。中國電影資料館提供。分別為：「歷年譯製外國影片分類統計表」1959年版第162頁、「1960年譯製外國影片分類統計表」第13頁、「1961年譯製外國影片分類統計表」第14頁、「1962年譯製外國影片分類統計表」第13頁、「1963年譯製外國影片分類統計表」第14頁、「1964年譯製外國影片分類統計表」第13頁、「1965年譯製外國影片分類統計表」第7頁。

識分子一樣，把馬克思主義作為一個完整的真理體系來接受。也就是說，「五四」以來，一部分中國知識分子面對當前現實中的各種問題，不斷追求和選擇其解決方案的過程中，認為馬克思主義是最適合且最完整的答案體系，因此選擇了社會主義道路。馬克思主義是作為真理（一切問題的答案）的面目浮現在中國知識分子面前的。再說，他們面對馬克思主義時，常常缺乏分析性的、客觀而冷靜的、相對比較的態度，反而表現出一種在別無選擇的情況下找到唯一出路時的興奮。當然，長期戰爭後的光榮勝利也提供了可以驗證毛澤東指導下社會主義路線的真理和合法性之根據。

第二，在戰爭和革命進程中形成的集體主義、大眾化方向與中國傳統的平均主義相結合，進而巧妙地與馬克思主義的階級鬥爭理論相交織，形成了強烈的階級感情表徵；即對富裕感到恥辱和憎恨，而對廣大普遍的貧窮具有好感並視為光榮。以憶苦方式進行的對歷史的講述規範了正義和非正義、善和惡兩種勢力的鬥爭史，以此培養對階級敵人的仇恨和對階級同志的愛惜之情：階級鬥爭論穿上了代表善惡的道德價值觀外衣[100]。作為新人形象的知青英雄當然據此善惡的二元世界，被要求具有明確的道德判斷。這種二元對立[101]的思維模式、傾向也是很相近於上面蘇聯模式的。

---

[100] 李澤厚曾經在他的著作《中國現代思想史論》中用啟蒙和救亡的雙重變奏解釋了中國的當代歷史，並且很早就指出了深深根置於救亡意識中的善惡二元結構。90 年代他又批評過「毛澤東的『文革』所表現的泛道德主義，比如當年紅衛兵就是非常純潔地、高尚地、禁欲主義地進行大破壞的，而目標是一個道德主義的『新世界』。」（《東方》1994 年第 6 期）

[101] 文革時期的知青小說理所當然地呈現出二元對立模式，不過文革後 80 年代初

當然，知青英雄的禁欲主義態度以及發揮超人之忍耐而克服肉體的局限和痛苦的表現，並不像俄國革命知識分子那樣，根源於東正教否定世俗價值的虛無主義文化。而是主要來源於在抗戰和內戰等長期戰爭經驗中積累下來的英雄和犧牲的傳說，這些傳說和經驗被左派知識分子（中國共產黨）用於樹立、維持其傳統合法性工具，從而形成革命烈士有關身體受傷的審美符號[102]。更值得注意的是知青英雄的「宗教性」獻身姿態。為了革命這一絕對的使命，知青英雄把自己的理性、情感、肉體進而靈魂都樂意於完整地獻上。世界觀、價值觀、人生觀等這一切都與革命這一絕對使命結合成為密切而完整的有機體。這已經是超越了在集體中依賴他人眼光而採取善行的階段，而進入了更高層次的、個人單獨地面對自己靈魂時，甘心樂意選擇接受「革命」之絕對控制的階段。

不過，中國並沒有東正教的這一真理信奉體系。在俄國東正教的既成框架下，社會主義蘇維埃的新的真理體系能夠成為代替物，而更充分、容易地起到使社會每個成員都認同於各自存在的終極意義和目標的作用。在中國的情況下，社會主義為了達到使社會的每個成員都把馬克思主義認同為完整的真理體系（信奉的對象），為了

中期，甚至在 90 年代以後的大部分知青小說都仍表達這種二元對立的人物，以及這正面和反面人物所體現的對立價值體系。注意知青小說之對立模式的評論不少。如，應光耀：〈兩極對立——知青文學發展的內在動力〉（《文學評論》1988 年 1 期）、梁麗芳〈覺醒一代的聲音〉（《小說評論》1994 年 2 期）、另參見趙園《地之子》（北京十月文藝出版社 1993 年版）等。

[102] 張承志在《金牧場》中展現了紅軍一代流下的鮮血和在越戰中犧牲的知青「大海」，怎麼樣形成「我」的「流血審美觀」，怎麼樣影響著「經過血河進入天堂」的宗教選擇。參見本書第三章第三節。

更有效地實施對每一個人心靈的高度專政，需要的就是建立這種宗教性統治框架，宗教性替代物。這就是文革時期神化毛澤東的「造神運動」。

按照這樣的理解，我們在下面把知青英雄所信的真、所行的善、所以為的美進行圖表處理，作為可能的中國社會主義文化模式之一來認識。

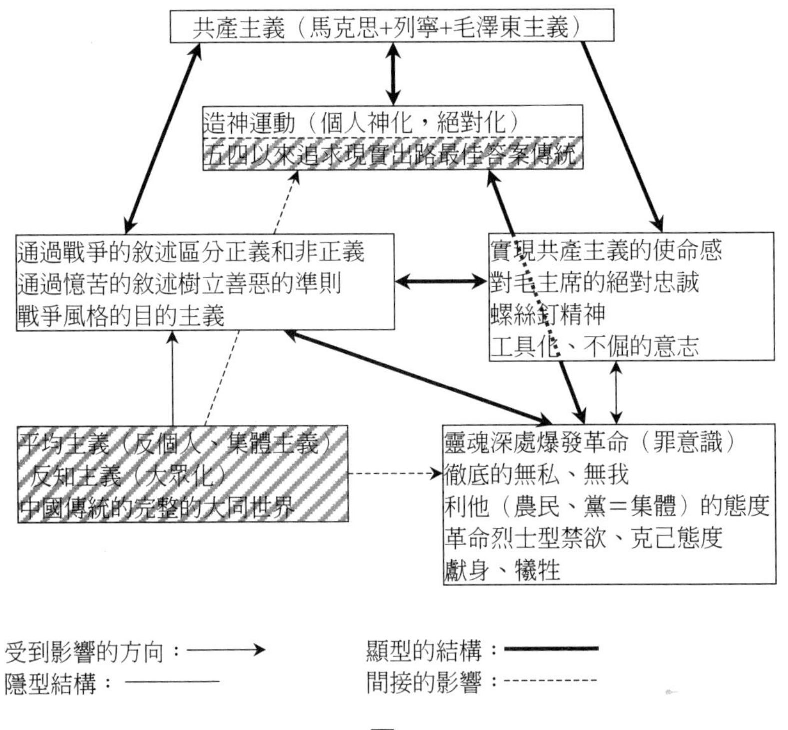

圖 2

與圖1模型一樣，真、善、美各領域仍然都緊密結合而呈現出完整的有機體面貌。不過，在圖 1 模型中屬於隱型結構的東正教（真理）信奉體系，在圖 2 模型中成為了製造而推進造神運動的鮮明因素。再說，圖1中用點線處理的東正教文化資源在整個蘇維埃社會主義文化模型（模式）中屬於隱型結構的，它在共產主義新人形象所具備的種種態度方面起到內在的、自然而然的影響。可是這種屬於隱形結構的、以東正教的虛無主義文化為基礎的禁欲主義態度，卻在圖 2 模型中得到了全面的（更少點自然而然、卻更多點人造味兒的）突出，成為了直接影響著其它相關領域的關鍵因素。這讓人想起在革命烈士型知青小說中一律出現過的知青英雄之代表性符號——依靠戰爭時期革命烈士的鮮血、犧牲的記憶（憶苦）得到力量，由此克服身體受傷之痛苦的情況。因為冒生命的危險而做出的身體受傷的表現是知青英雄對自己要求的禁欲主義實踐中最強烈的，同時為革命（真理）表達的最純正的獻身（信仰）。因為絕對真理所能發揮的吸引力之最高境界就是對人的全方位（思想、感情、行為、靈魂包括生命）的徹底支配。

綜上所述，圖1和圖2這兩種模型的比較考察不僅暗示我們造神運動必須得陪伴高度專政（即涉及到人的靈魂深處的支配）的事實，與此同時也告訴我們作為其相反含義的事實；能夠引起人全方位的既強烈又有深度的反應，其唯一渠道就是對絕對真理（啟示）的徹底認同（信仰）。就這樣，在真、善、美各領域都融合在一個框架裏的這一完整體系中，知青英雄能夠擁有該體系所指示的對世界和歷史、對自身人生意義和目的的完整而明快的理解。

三、忠誠的類型——「符合口味的忠誠」

上面的分析都以文革時期公開發表的知青小說塑造的知青英雄之各種反應為根據。不過，當把圖 2 模型看為解釋文革中出現的一切忠誠、獻身的表現時，會遇到不少來自當時公開發表的上述作品所沒有涉及的例子。正如當時流行的、後來被看作封建性專橫支配方法的[103]、另一種「忠誠」的表現。如「句句是真理」、「一句頂一萬句」、如「高舉」、「緊跟」等表現，還有「三忠於」、「四無限」、「早請示」、「晚彙報」、「忠字舞」、「語錄操」、「萬壽無疆」、「永遠健康」、挨整的老幹部每飯必須低頭「請罪」等等。這些都沒有在上面公開發表的知青小說中出現。對這種情況的一種解釋是，在知青小說中，知青英雄始終展示出很有規矩和教養的忠誠面貌。這也可以看到文革當時的忠誠，存在著若干有差異的表現。

其實不僅僅是某些差異，因為這種對忠誠的不同理解有時正引發了悲劇。如那些拒絕在權力面前奴顏以獲得安身之路者，自以為是在以真正革命的方式去忠誠毛澤東主義的人們，他們即使受到迫害，也要表明自己的一片忠心[104]。這裏的問題是：他們表現得這麼

---

[103] 見於王毅〈文革中爆發流行的人身侮辱方法及其巫術原理〉http://www.028cn.com/forum，2001 年 6 月 22 日。

[104] 比如郭小川（1919-1976）1969 年隨同文化部眾多幹部被下放到湖北咸寧五·七幹校，進行勞動改造。當時他認為自己不可能跟×××這樣的人受到同樣的罪名。作家韋君宜在回憶文章中說，她總是能看到郭小川毫不氣餒地走在隊伍中，像個農民赤裸上身，手中握著鐮刀，邊走邊使勁唱歌。他寫的〈歡樂歌〉有這樣句子：「我們怎能不歡樂！／——因為我們拼命勞動；／我們

崇高、忠誠，可為什麼被投入監獄？他們的忠誠表現為什麼得不到認可？他們既然已被文革的主流派所否定，為什麼又都不改變忠誠的純度？

在此想提及一位在當時表現繼承革命烈士遺志、追求成為真正毛主義者的知青詩人。他就是自願去北大荒，沒有期待任何報酬，使自己成為真正的「零」的郭小林[105]。他寫的《誓言——獻給最敬愛的偉大領袖毛澤東》曾在東北建設兵團在佳木斯兵團總部召開的「文藝創作學習班」[106]上轟動一時。《誓言》主要記述一個紅領巾見到了毛主席，送給毛主席一個紅蘋果。後來紅領巾長大了，經過艱苦的鬥爭生活，把對毛主席的純正的愛情昇華到了對毛澤東思想

怎能不歡樂啊！／——因為我們拼命革命。」可他的實際情況是，自運動以來，他被打罵，侮辱，隔離，監禁，上廁所有人監視，往來家信被拆檢，1974 年轉到天津靜海團泊窪幹校，又被剝奪了寫這種革命詩歌的權利。以上見《文化大革命中的地下文學》251 頁。

再比如《野火春風鬥古城》的李英儒在監獄裏，在《資本論》的邊白上，偷偷寫了《女游擊隊長》的「秘密小說」，他的兒女偷偷拿回家看，驚訝父親小說的內容竟如此革命。李英儒在另一本《資本論》上寫的詩歌有：「我的名字叫黨員／堅定意志闖難關／報效領袖甘一死／笑灑碧血染杜鵑。」以上見於《文化大革命中的地下文學》375 頁。

[105] 郭小林：（1946 年-）郭小川的兒子，1960 年入北京男二中，次年轉入北京景山學校。1964 年初中畢業報名赴北大荒國營 852 農場（後為黑龍江生產建設兵團 320 團）墾荒。在邊疆 12 年中曾寫過不少詩歌，有的曾在知青中傳抄。1976 年轉調至河南林縣，任農村中學教師。1981 年回京，現為《中國作家》雜誌社編輯。

[106] 1971 年夏天，北大荒當年彙聚了來自北京、上海、天津、哈爾濱、蘇、杭、溫州等地的知青 40 多萬人，該學習班集中了兵團各師的創作骨幹 40 餘人。李龍雲、梁曉聲、肖復興、陳可雄、陸星兒都在其中。

理性的認識。這個故事基本是郭小林的親身經歷。下面是詩的一部分：

浩浩的天海泛起了黎明的波瀾，／……／毛主席結束了一夜的工作，／走出辦公室，把太陽拖出海面。／……我便飛跑過去，像一隻輕捷的小燕。／我把蘋果放進那健壯的大手。

自從我游過了無知的河流，／登上理智的彼岸，／我才第一次看到了，／
毛主席的偉大是遼闊的大陸一般。／……

我看見，發電量七億瓦的汽輪機，／正源源不斷地向全世界供電；／
我看見，毛主席思想的太陽燈，／已經把光明送到了地球邊緣；／……

不，這些又算得什麼？／毛主席胸中更有偉大的雄圖十萬；／
當無產階級得到整個世界之後，／當資本主義已被我們收拾入殮；／
我們不光是要高山造湖，南水北調，／還要讓風雲雷電聽候調遣。／
削平世界的屋脊／造就一個新的華北大平原。／
填滿那巨大的太平洋，／讓海水只占地球的十分之三。／
然後，我們將高舉馬列主義的太陽，／驅散籠罩宇宙億萬年

的嚴寒。／

用我們創造一切的雙手，／把整個銀河系都變成人民的樂園。

白天幹活，晚上在帳子裏寫的這首對毛主席表達真誠讚美的詩的郭小林，1971 年聽從父親郭小川的囑咐，把它寄給毛主席，同時另寄一份給人民文學出版社。可是始終沒有獲得發表的機會。楊健在《文化大革命中的地下文學》中指出如下原因：「郭小林的背景——郭小川的兒子，而郭小川在被打倒之列，當然不行。另外，這首長詩《誓言》帶有較突出的『個人』色彩。這種個性化的作品，在文革中也屬被掃除之列。《誓言》這樣的作品只能以手抄的形式，在下層私下流傳。當時《理想之歌》，眾所周知為高紅十所作，最後發表時卻經改動後冠以北大工農兵學員文藝創作組的名義。這說明當時除了極少數被江青看中的作者之外，是不允許有影響的作品個人署名的。更何況《誓言》這樣具有個人色彩的作品，郭小林又是『可教育子女』」[107]可是郭小林決不動搖，反而更加革命，要徹底「拋棄自我」。他在北大荒整整 13 年期間，不說入黨，連團也沒入上。甚至一般知青羡慕的開機車，當教員等工作也輪不上他。76 年調到河南林縣時仍然是一名農工，政治上的「白丁」[108]。可是郭小林面對生活磨難仍然採取如一的態度。甚至以如

---

[107] 見於《文化大革命中的地下文學》248 頁。

[108] 楊健將其理由解釋為：「因為他不願同連隊幹部拉拉扯扯，不會同連長，指導員喝酒拉近乎，不會給幹部送油，烟，糖果，布料」，「因為他的出身，他的孤傲」見於上書 245，253 頁。

下的詩歌勸勉那些失去扎根信心的知青朋友。

> 討厭寒冷，／就應當靠自己的熱情去創造溫暖。／鄙棄落後，／就應當激起實現理想的更大勇敢。／要知道，任何一個先進的地方，／都曾有過一個落後的從前。／改換一個地方的面貌，／決不是一蹴而蹴，在一日之間。／怎麼能設想，／別人改造好的地方再任你參觀游覽？[109]

該時期公開發表的知青小說的知青英雄的獻身和忠誠，確實是這種沒有考慮報酬的。當然，如上面反復說明的，作品中知青英雄一旦將自己的精神、言語、行為、甚至身體和整個靈魂都放在祭壇上燃燒時，肯定能獲得入黨等的榮幸。而且知青英雄在整個作品裏占有的中心位置和絕對影響力，已經充分地給予了心理滿足。郭小林的忠誠所以得不到現實報酬，即他的忠誠不被認可的原因，楊健認為是郭的成分和孤傲的個性。與同時期被公認的知青代表詩歌《理想之歌》相比，可知所謂「孤傲」的所指。高紅十通過《理想之歌》歌頌了跟朋友們一塊去中南海貼表示忠誠的標語的興奮，從

---

[109] 〈大雁〉引自《文化大革命中的地下文學》第 255 頁。這首詩的另一個版本登載在 1998 年中國文學出版社出版的《中國知青詩抄》中，內容如下：〈致大雁〉／……／嚴惡寒冷，／就應當以自己的熱情創造溫暖／鄙棄落後，／就更應當激起實現理想的無比勇敢。／為什麼要甘做害怕困難的懦夫？／為什麼不爭當那不畏風暴的海燕？／啊，大雁，／讓艱苦磨難把翅膀練得更強更硬吧，／讓崇高的理想使你目光更廣更遠！／讓我們共同去奮勇創造吧，／創造一個永遠溫暖，無限幸福的明天！

貧下中農學習耕地一塊進行階級鬥爭的快樂。而郭小林的詩歌更多表述著詩人自我的成長歷程、忠誠的誓言，以及徹底消滅自我時感到的個人內心之喜悅。這種浮現在詩歌裏的屬於個人的空間，恐怕是不完全符合當時對「忠誠」的主流理解的。

作為該時期展現了另一種忠誠樣式的知青作家，可以提及郭路生（食指）。郭路生在文革時期曾寫作了紅衛兵戲劇《歷史的一頁》(110)等，表現了與文革激進思潮相近的思想情感。後來又創作了當時不能公開發表的系列名作《這是四點零八分的北京》、《相信未來》、《魚兒三部曲》、《命運》等，都是吐露出個人內在世界的真實而敏感的感受。郭路生在文革初期加入了地下社團活動，受到現代派詩創作的洗禮(111)。同時他又從賀敬之等代表十七年時期政治抒情詩的詩人那裏學習詩歌寫作(112)。因為他的一些抒發個人敏銳感性的詩歌，有關機構對他進行審查。那天晚上，他喝醉了之後忍不住痛哭表白：「毛主席呵，我熱愛你，我就是死了也要歌頌你啊！」(113)

與創作傾向一樣，郭路生在現實生活中追求價值的道路也是複雜的。比如，下鄉後他給山西杏花村的知青們朗讀不能公開發表

---

(110) 見於《沉淪的聖殿》71 頁。1967 年老紅衛兵自發組織的第一個劇團。《歷史的一頁》郭路生編劇，李平分導演，姜昆主演。

(111) 《沉淪的聖殿》在第 45 頁、49 頁、50 頁中提到郭路生與郭世英和太陽縱隊的來往的事實。而且張郎郎把郭路生放在太陽縱隊人員當中。

(112) 見於《沉淪的聖殿》72 頁，何其芳，他女兒和郭的來往。

(113) 見於《沉淪的聖殿》76 頁，同時可以回顧如下細節；北京第五十六中高中部時，因他思想活躍和文學追求而受到學校批評，並要求他退團，他很難接受，後經父親等的反映，才恢復了他的團籍。

的、已被禁止的自己的詩歌，而且企圖到白洋澱去跟那裏的地下知青詩人匯合，這些都表明他對於那些「異端」詩歌的愛惜。可是他的最終選擇並不是白洋澱而是參軍。有關他這種參軍的選擇當然不能看作與郭小林自願支邊一樣具有同樣濃度的忠誠表現。也有可能郭路生這時更多考慮的是生活的因素，他可能明白當時現實中的某種默契。在《命運》[114]中他寫道：

> 好的榮譽是永遠找不開的鈔票，
> 壞的名聲是永遠掙不脫的枷鎖，
> 如果事實真的是這樣的話，
> 我情願在單調的海洋上終生漂泊。

本書關注的其實並不是他的參軍與他的忠誠的表白之間的關係等問題，關鍵是詩人那敏銳的心靈在軍隊生活中破裂的事實。考察作為朦朧詩前身的文革時期地下詩派的《沉淪的聖殿》一書，將食指評價為白洋澱詩派創始者，並列出了三點主要理由說明他的精神分裂症：一，詩人深感難以徹底接受參軍以來被強迫接受的極左路線思想。二，每次關鍵性時刻（如入黨等）在檔案裏頭不無例外出現的有關文革初期現代派詩歌創作的過錯記錄。三，愛慕至極的女性對他的拒絕。總之郭路生的忠誠表現不僅沒有達到主流要求的含量，而且方向上也有問題。

---

[114] 《食指的詩》（人民文學出版社，2000 年）20-21 頁。創作年標記為 1967 年。

最後提及該時期表現了另一種忠誠面貌的知青作家梁曉聲。梁在文革中寫的短篇小說《邊疆的主人》[115]，其中敘述者「我」[116]的表現值得注意。「我」並不是孤軍作戰、為達到自我「零」的徹底忠誠的境界而不斷堅持靈魂戰鬥的形象，再說梁曉聲沒有特別注重成為完全祭物之後充滿著內心喜悅的個人空間，反而描述了在關係裏面分享情感的、重視互相依賴的他者（集體）中的「我」。

比如「我」是拖拉機新手，領導派「我」去「七連」支援麥收，「我」一想能見到全團聞名的車長老嚴師傅很高興，很興奮地在暴風雨當中快速地開著機車，但被「小嚴師傅」擋住。理由是「車開太快了，容易使大梁鉚釘鬆動，造成大梁變形」。這樣圍繞拖拉機保護問題，「我」和「小嚴師傅」之間發生幾次衝突。起初「我」以為「小嚴師傅」很自私。可是後來「我」終於被「小嚴師傅」為了保護拖拉機，不顧自己身體安危的態度所感動。「我眼淚禁不住流了出來」，「半天才說出一句『你狠狠地批評我吧』」。在這裏梁曉聲的「我」跟郭小林孤傲的詩歌自我相比很不一樣。梁展現更多親和力的「我」，並通過眼淚完成融解跟他人之間的隔閡。

梁曉聲在下鄉之前已在哈爾濱做過宣傳動員工作。下鄉後主要為《兵團戰士報》寫宣傳報導。也擔任過一段時間的學校教員。後來以工農兵身分被推薦入學復旦大學中文系。梁可以看作當時被接

---

[115] 《邊疆的主人》1975 年，上海人民文學出版社。

[116] 其實該作品的知青英雄不是「我」而是「小嚴師傅」。可是設定一個向知青英雄學習的敘述者「我」本身足夠提高作品的教育作用。

納為主流忠誠模式的例子之一。梁在 1988 年曾接受 Laifong Leung 的採訪，關於在文革時期寫作的提問他這樣回答：「一半是真誠，一半是順從，不然當時決不會得到作品發表的機會的」[117]。可見他以作品發表為前提的寫作動機。這和同時期創作了十分符合「主旋律」詩歌（如〈致大雁〉等）的郭小林，沒能獲得發表機會仍堅持這種忠誠，和在現實與理想之間無法拉近的隔閡之中自我分裂的郭路生之態度相比，不能說沒有任何不同。

郭小林的忠誠為什麼得不到主流文革的回報？除了家庭背景等方面原因外，可以解釋的另一種因素是，他把自己的身心都祭物的表現，反而稍微忽略了在日常場景中出現的損己利他的善行表現。這樣做就導致了如下結果；即，郭小林們不一定非要依靠他者（集體）的眼光才能得到道德合法性，依靠對自己真誠的確信也可能獲得以主體的面貌站立的可能。可見文革的「主流」思維不太欣賞郭小林們不那麼依靠集體而「孤傲」地自立的傾向。雖然在革命烈士型知青小說中公開地承諾了完整的圖 2 模型的運轉，可是在實際上文革「主流」的要求無論你內心、情感有多崇高，也先得看你和他人，和集體的關係。

既然得不到回報，那麼忠誠的表現為什麼沒有變質？到底是什麼力量引導他們堅持這種表現？在此要重提圖 1 以及圖 2 模型所表明的驚人的吸引力。這是一個真、善、美各領域都緊密結合在一起的完整的有機體，同時其運轉機制也很有效。知青英雄在這完整的

---

[117] 117page “MORNING SUN; interviews with Chinese writers of the lost generation” Leung, Laifong, 1994, Armonk, New York.

有機體框架中能夠得到關於自身存在（人生的意義、目的等）和關於世界的認識（唯物歷史觀、共產主義勝利等）問題的答案，剩下的只有他們遵照這答案去實踐。在這一完整的框架裏面的指示（真理）內容是以「科學」的面貌、以合理的語言出現在知青英雄面前的。他怎麼能夠不被這強有力的框架所吸引呢？因為這框架本身來自於人類對永恆的需求。

第二章　70 年代末至 80 年代中期的知青小說

對知青文學的研究是從傷痕文學時期開始的。在 80 年代初知青題材小說形成熱潮時，以分析主題為主的研究也一同開展。對知青小說主題的評述，大體上沿著如下思路展開：從《傷痕》、《在小河那邊》等否定文革、告發知青生活的「控訴思潮」開始，經《本次列車終點》、《南方的岸》等不適應城市的知青主人公重新選擇下鄉地的「回歸」思潮，到梁曉聲的《這是一片神奇的土地》肯定過去的價值，樹立知青集團意識，引出了知青文學的最強音。80 年代初到 80 年代中期，這類敘述是評論知青文學的大部分文章中的觀點。❶評論界普遍認為，此時期知青文學是經歷傷痕與回歸再到塑造知青主體的這一過程。

本書把文革後到 80 年代中期的知青小說，看作是「十七年」中開始出現、在文革中定型的知青小說框架被打破，經過開頭的碎片性作品（還沒有定型）的混亂階段，又重新形成新主流的發展過

❶ 姚新勇在最近的研究中也繼續確認了這一觀點。《主體的塑造與演變》暨南大學出版社，2000 年版。

程。就是隨著文革時期小說敘述框架的迅速變形，知青英雄具備的符號特徵也經歷了一場複雜的採選過程，並且找到了符合 80 年代的表現方式。這種轉變主要表現在價值觀方面，即，在解釋過去的基礎上確定現實立場。曾經在文革時期被否定的價值隨著文革的終結，重新得到認同。但屬於「地下文學」譜系的一些刻畫嶄新的知青主人公的小說，仍然受到這時期評論家的批評，不過，這些評論文章有效地起到建立知青小說新主流的作用。另外，在這個時期形成的主流知青小說中，還可以見到另一種主題（農村主題）的發展可能。

具體來看，從 77 年到 79 年為止，知青小說的文革型框架被打破，同時，文革時期知青英雄具備的符號又混亂地被繼承下來。從 78 年的《傷痕》開始，知青的被損害者的形象大量出現在這個時期的知青小說中，一直延續到 80 年代初。這期間《晚霞消失的時候》、《波動》等屬於文革地下文學譜系的作品公開發表，不過它們在當時被放在受批評的地位上。而知青文學的「主流形態」也在加快形成，在 82 年出現了《啊，青鳥》這樣的典型框架。到 83 年，知青小說的主流價值觀重新與農村、農民主題相交織，出現了諸如《大黑》這樣刻畫農民英雄的作品。❷

---

❷ 史鐵生和阿城以知青為題材的成名作也在此時期發表，成為重新描繪農村的基礎。不過，考慮本書敘述的安排，這兩位作家的作品到第三章去探討。

第一節　文革形式的破裂

一、破裂的開頭

論文的第一章考察過，文革時期的知青小說，由知青英雄和反面人物起主要構成作用，他們具備各自的象徵符號體系。並且，根據知青英雄是造反紅衛兵型還是革命烈士型，老領導和貧下中農在作品中所占的比重變化，相應的反面人物的符號也側重不同方面。也就是說，當知青英雄是造反紅衛兵時，老領導的位置被知青英雄的光輝形象擠到一邊，而貧下中農作為支持知青英雄的角色，比老領導更靠近中心地位。主要以上級幹部形象出現的反面勢力，提醒知青處於接受再教育的地位，並以經濟和效率為主要理由，反對知青英雄引領的革命事業，也由此使反面人物引起的階級鬥爭具有實質內容。相比之下，當知青英雄是革命烈士型時，老領導的地位被重點刻畫，知青英雄的成長歷程被強調，並出現忍耐身體傷害的痛苦而高度獻身這一符號。貧下中農只在擬定的結構中起一定的作用，有時被省略。另一方面，反面人物雖不斷給革命事業搗亂，但對其行為動機的說明缺乏說服力，削弱了作品情節發展的邏輯性。

另外，論文也曾論及，革命烈士型知青小說無論從數量上，還是從對文革政治思潮的體現上，都構成此時期的知青小說的主導型態。但是從整體上看，無論是革命烈士型還是造反紅衛兵型，知青英雄不僅擔負與生產建設相關的革命事業，其更重要的任務是消滅階級敵人。還有，個人的所有欲求徹底受到抑制，被「一切為了集體」的利他主義精神所武裝，——這些都是要具備的符號。反面人物也擁有相同的性格、行為的符號，這就是：追求個人的發展，精於計算個人利益，以經濟效率、創造財富為革命事業的評價標準。

但是，從 77 年開始出現的一系列知青題材短篇小說，逐漸呈現出與上述形態相異的方面，最突出的特點是「老領導」人物的消失。《軍隊的女兒》中被稱為太陽公公的老領導這一人物類型的消失，不能不說是時代風貌急變的反映。這是此時出現的不少作品❸都具備的共同特點。在這些作品中知青確立其主人公的地位，貧下中農起到輔助作用，顯出與文革中造反紅衛兵型相近的形態。另外一個新變化，是增產和經濟建設漸漸受到重視，成為主要主題路線。其結果是，重視階級鬥爭路線的這一符號，反而轉加給了反面人物；原本屬於反面人物特徵的強調經濟的思維方式，在追求科學、知識的方法論的裝飾下，成為正面知青主人公的專用符號。

《額吉卓爾的女兒》雖仍以階級鬥爭路線為主要情節因素，但已經由知青主人公烏日娜擔當獨立的領導作用。《蘭蘭出差》、《一日官》、《阿衣古麗會計》這三部作品正面描寫了知青主人公對追求「私」勝於「公」的上級幹部的鬥爭。而且這些知青主人公不僅強調政治原則，也以靈活、老練的態度去照顧經濟實際利益。

---

❸ 《蘭蘭出差》，葉之蓁，《湘江文藝》76.5；《額吉卓爾的女兒》，申建軍，《內蒙古文學》77.2；《柿樹林中》，師雲，《汾水》77.3；《一日官》，邱陶亮，《廣東文藝》77.3；《丹梅》，葉文玲，《人民文學》77.3；《鐵鷹》，于富，《內蒙古文學》77.6；《高高的紅石崖》，張賢華，《人民文學》77.7；《北大荒人物速寫》，陸星兒，《人民文學》77.11；《向春輝》，王蒙，《新疆文藝》78.1；《阿衣古麗會計》，張國柱，《新疆文藝》78.2；《夜路》，鐵凝，《上海文藝》78.8。

知青主人公對階級鬥爭的忽略，和在經濟建設事業中的作用，在《鐵鷹》、《北大荒人物速寫》等作品中表現得更加突出。如《鐵鷹》中，知青主人公強烈主張要找回因四人幫的錯誤路線而耽誤的經濟建設時間；《北大荒人物速寫》同樣出現不顧自己生活，而狂熱獻身於農業生產的女知青形象。在此時期作品中，把堅持階級鬥爭的符號賦予知青的作品也不是完全沒有，如《柿樹林中》就描寫了欲以科學方法改良品種以求增產的知青，和反對試驗工作的富農之間的階級鬥爭。但是與《柿樹林中》同時發表的《丹梅》已經把重視階級鬥爭的符號轉加給了反面人物。❹

《丹梅》是這個時期知青小說中最早對「以階級鬥爭為綱」表示明顯反對的作品。主人公丹梅比起重視階級鬥爭來，更願意當赤腳醫生來幫助民眾。作品表現了強調實幹美德的價值取向。相反，楊秘書作為反面人物，要求丹梅「千萬別陷入好人主義的泥坑」，因為「為了做好事，不積極參加階級鬥爭，耽誤了參加重要會議，就是丟了政治榮譽，以後入黨提拔都沒有了資本」。重視階級鬥爭已經跟反面人物慣有的以個人利害為主的思考方式聯繫在一起，成為了反面人物代表性的符號。在這時期，和《丹梅》一樣直接把階級鬥爭符號轉加在反面人物身上的作品還有《高高的紅石崖》、《向春輝》和《夜路》。

階級鬥爭符號被轉加給反面人物，而文革時期反面人物專用的

---

❹ 76年四人幫垮臺後，華國鋒的凡是論和鄧小平的實事求是論（實踐是檢驗真理的唯一標準）相互對立。在十一屆三中全會之前，對文革和階級鬥爭路線的歷史評價還不確定。《劍橋中華人民共和國史 1966-1982》，399頁；華國鋒的階級鬥爭持續論。

增產路線符號則被賦予知青主人公。《丹梅》較早採取與文革知青小說的敘事形態相對立的結構。不過，這種敘事形態的轉換，在《丹梅》等作品中還呈現一些不穩定的、矛盾的狀態。當然，這一狀態很快得到整理。同樣採取對立結構的作品《高高的紅石崖》、《向春輝》、《夜路》等，就在某種程度上展現了這種被整理的面貌。例如，《高高的紅石崖》中出現老紅軍爺爺，他在文革時期被定為走資派，文革後熱心參加批鬥以「階級鬥爭」來折磨人民的四人幫。知青主人公繼紅作為襯托爺爺的配角，主要是繼承爺爺的「為人民服務」的紅軍精神，她作為縣委書記的身分也因此贏得合法性。《向春輝》的知青主人公向春輝重視科學增產，面對批判自己立場的村書記，不像丹梅那樣當面反駁上級、扔掉「代表證」、離開扎根地，而是說：「只要允許我為人民服務，允許我向人民學到的知識和技能還給人民，那麼對於我個人來說，在誇獎聲中還是在辱罵聲中工作，那不要緊」。

這種現象讓人想起文革時期造反概念出現在知青文學中造成強烈衝擊後，其概念漸漸被整頓而馴化，進而滲透進整體秩序體系裏的情形。新登場的階級鬥爭符號的被破壞、被否定帶來的衝擊與混亂，經過短暫的時間迅速找到自己的合適位置，從而使得知青主人公在主張階級鬥爭的反面人物面前所要採取的態度得到了調整。文革時期知青小說所展現的「破壞→衝擊、混亂→整頓」的結構，在 80 年代初的過渡性知青小說中得到重現。不過，其符號和價值系統發生了翻轉。

還有值得注意的另一點是，在這一過渡期，過去忠誠於革命（毛主席）、獻身於對階級敵人（反面人物）的鬥爭（擊敗反面人物是堅固知青英雄地位的決定性砝碼❺）的知青主人公，在「為人民服務」口號下，以「人民」符號代替過去的「革命」（毛主席）符號，以保持獻身的態度。換句話說，當階級鬥爭符號屬於正面符號時，反面人物出於經濟實用主義思想，反對知青英雄領導的革命，他們因此被指責為沒有革命覺悟，並因為重視個人利害甚於對待集體的事業，被批評為自私自利。但是，在時代發生變化時，反面人物不再被寫成追求利用科學知識增產，而是堅持積累個人政治資本的階級鬥爭。不過，他們仍然被批評為自私自利，擺脫不了自私而邪惡的道德缺陷。

綜上所述，此時期的知青小說開始迴避直接談及階級鬥爭，致力於刻畫重視生產建設的知青主人公。階級鬥爭路線符號正式地從知青主人公身上開始移開時，知青主人公的立場處於受衝擊且混亂的短暫狀態。但很快地利用科學知識增產的主要符號與為人民服務的絕對使命相聯繫，使知青主人公的歸屬感重新獲得穩定，獲得自立的位置。同時「為人民獻身」的終極目標更加突出知青主人公的道德合法性。也就是說，在圖 2 中，忠誠於絕對真理（毛主席）的領域被「為人民服務」取代之後，集體主義、利他主義、善（道德）的領域得到正面突出。這種道德價值的突出在以後 80 年代初期到 80 年代中期出現的知青小說所刻畫的知青主人公形象裏，獲得充分的強調，成為 80 年代初中期的主旋律。

---

❺ 《青春》中的苗苗和她的同伴平平，雖然同樣以科學實驗成功而做出了增產的貢獻，但只有苗苗（知青英雄）因揭露反面人物的階級敵人身分，且捨身俘虜反面人物，最終入黨。

二、「傷痕」❻階段（英雄的消失和受難者的出現）

對於文革後這個時期的知青小說，論文歸納了三類知青主人公。第一類是像丹梅那樣，文革時期曾在社會生活中處於主導作用，而到現在才省悟積極表現被誤解為追求政治資本，考慮是否要返城；第二類是像向春輝那樣，雖然在文革時期受了苦，但把科學知識貢獻給農村，連結婚都忘記，並認為留在農村是理所當然的；第三類，即《夜路》中農村出身的回鄉知青滎巧。78 年末❼出現、以《傷痕》為首的一批作品，大致都描繪了這樣的返城知青主人公；作為受害者的形象，他們過去自豪地跟隨著文革路線，在文革被否定後也跟著被否定，從而認識到生活「真相」。可見，他們承續了丹梅的形象。接著出現的《相思草》等一批作品，其中的知青主人公（男）雖然由於出身等原因度過坎坷的文革時期，但他們用科學知識為增產做貢獻，最終得到周圍的認可和女知青的愛情。可以看作向春輝的演變脈絡。下面把前者歸納為 A 類，後者歸納為 B 類進行分析。（第三類的回鄉知青滎巧，很自然地扎根農村，且具備向春輝那樣重視科學和增產的符號，因此在以後的分析中將與B類一同論述。）

A：《傷痕》，盧新華，《文匯報》78.11.11；《上帝原諒他》，盧新華，《上海文藝》78.11；《鋪花的歧路》，馮驥才，

❻ 以「傷痕」的概念來稱呼該時期控訴性的知青小說有值得考慮之處，因為 80 年代末至 90 年代初出現一批作品，同樣（或更加）赤裸裸地描述知青悲慘生存狀態。但依照已有的文學史敘述，仍沿用這一說法。

❼ 華國鋒的「兩個凡是」路線被壓倒，鄧小平的地位得到鞏固是在 78 年底舉行的中共第十一屆三中全會上。

《收穫》79.2；《殊途同歸》，崔武平，《收穫》79.4；《風浪》，孟久成，《北方文學》79.4；《白罌粟》，張抗抗，《上海文學》80.8；《江堵，在暮靄中延伸》，葉之蓁，《湘江文藝》80.12；《火的精靈》，張抗抗，《當代》81.3；《龍眼湖》，孟久成，《北方文學》81.8

B：《苦難》，鄧興林，《紅岩》79.1；《青春插曲》，張斌，《人民文學》79.3；《藍藍的木蘭溪》，葉蔚林，《人民文學》79.6；《相思草》，王士美，《草原》79.9；《我們這一代年輕人》，葉辛，《收穫》79.5.6；《風凜冽》，葉辛，《紅岩》80.2，3；《蹉跎歲月》，葉辛，《收穫》80.5.6；《夏》，路遙，《延河》79.10

上述作品中最大的共同點是知青主人公作為被害者形象的出現。這在 A 組作品中更為突出。在文革期間，知青小說中的知青主人公常具備英雄符號，他們以精明而老練的態度指出上級幹部的錯誤，識破反面人物的陰謀詭計，並有能力引導落後知青倒向正面勢力，是精於處理人際關係的。但現在知青英雄突然消失，取代的是天真地受騙上當、被利用、完全被動的受害者「孩子們」。原來的知青小說基本框架遭受重大的破壞和衝擊。這一裂痕的產生和深化，根源於在當時的政治語境中，知青運動本身隨著文革路線的被否定也發生動搖，因此過去的知青英雄喪失了認同的主體對象。突然喪失作為主體而站立的合法性的知青英雄，他們的心理反應是回到幼兒期，以此從他人的責問中得到無責任的安全保障的庇護。

舉《上帝原諒他》為例。知青主人公曾在文革時期背叛右派父親，告發父親對張春橋的批評言論。現在他要返城回家，父親不能接受，理由是他不僅出賣了父親，甚至公開了女朋友的信件，自私地只顧往上爬。但「真相」得到矯正，事實是知青主人公曾無意對自己的班長偶然提過女朋友的信，萬萬沒有想到班長會出賣自己，公開信件內容。基於這一狀況，父親的老鄰居勸告說：「都是小孩子，又是從小受革命教育，對毛主席有深厚感情的孩子們，所以有錯也是四人幫的錯，再說也不是他自己幹的，是那班長公開了的信，所以他其實也是受害者。」結果，作家設定了在作品中形象模糊的人物班長，來承擔過去的惡行，以此解救了知青主人公。當然，父親接納知青主人公是在他為了撲滅農場的火災，付出嚴重的燒傷的代價以後。由此，過去的加害者（知青）與過去的受害者（父親）恢復關係所需的要素如下：知青主人公的未成熟＋身分模糊的第三者充當惡的載體＋知青英雄付出代價＝解決矛盾、光明未來。

這是 A 組作品所展示的解決矛盾的基本方法。張抗抗的兩部短篇都體現了這一典型的三個步驟；首先出現因未成熟而跟隨形勢行動的「我」和文革中受過苦難的受害者，還有要承擔罪責的匿名惡者。因這惡者的存在，「我」在加害「受害者」行為的責問上，能享受相對的優越地位，並通過一定的代價和偶然事件，得到跟「受害者」關係的恢復。《傷痕》中「我」、母親（受害者）、「隊長」（真正惡者）；《風浪》中「我」、知青同伴（受害者）、上級幹部（真正惡者）；《江堵，在暮靄中延伸》中「我」、男知青（受害者）、縣委書記（真正惡者）；《鋪花的歧路》中女知青、男知青（受害者）、暴發新官僚（真正惡者）等，這些作品都出現相類似的敘述模式。

上面從心理學角度分析過，知青主人公的未成熟和身分模糊的第三者充當惡者角色這兩個要素是為了「轉嫁」責任。與這類作品中具有「加害者」與「受害者」雙重身分的知青形象不同，B 組作品中的知青主人公可以說是較典型的「受害者」形象，他們在文革中失去正常的社會地位，精神、肉體受到傷害。他們因此沒有必要像 A 組的知青主人公那樣為自己的過去辯解，也不必展示傻氣而天真的樣子。B 組的知青主人公默默接受因出身、成分等帶來的一切悲劇命運，並在一段時間無人認可的狀況下，在各自的崗位上盡心盡力。

例如，《藍藍的木蘭溪》的男知青在惡劣的條件中，拖著病體一天工作 18 小時，獨自管理發電站。村書記說，表現比出身更重要，認真工作就有可能入團。對此知青主人公一笑置之，提醒自己年齡已過三十，只說是因為對機器有興趣。這種態度確實比 A 組作品的主人公灑脫。但他們的受苦形象和知識分子魅力足以引起女主人公的同情。雖然個別作品顯出稍許差異，但大體上具備「文革時期的苦難＋科學實驗的成功＝獲得女知青的愛情」的模式。此模式迅速穩定，出現了葉辛創作的中、長篇的那種成果。B 組作品值得注意的一點是知青主人公的苦難得到重點突出，並成為構造正面角色時的重要條件。

也就是說，A 組和 B 組的作品中都設定作為受害者的知青主人公的立場，體現了「苦難符號是得到某種報償所必需的前提條件」這樣的思維。這種思維體系和文革時期進行的憶苦教育，即「過去的苦難」＝「善良的受害者」＝「現在合法性資本」的思維體系是否有關聯呢❽？是否如過去憶苦的主體是正義和善的代言人一樣，苦難符號也賦予知青主人公道德合法性？可見，是否擁有「苦難」成為判斷是否善良的道德試金石的基本思路沒有被破壞而獲得稍加變形後的保持。傷痕階段的知青小說賦予知青主人公以受害者的形象，這既是對以強調階級鬥爭符號的文革框架的衝擊和破壞，同時又是對以往知青英雄突出道德領域的思路的繼承和保持。❾

另外，A 組作品表現了要用眼淚洗刷四人幫帶來的悲劇，以此表明達成團結一致迎接明天的意向。B 組作品則以愛情作為新的表現對象，以之淡化過去的悲劇色彩，展現出在控訴「傷痕」方面恰當的分寸感。如何適當地處理歷史、留下光明的尾巴，在這一問題上，A、B 組都為今後知青小說敘事的主流脈絡打下了基礎。但是，需要注意的另一點是，在 A、B 組的「傷痕」系列作品在破碎文革框架以建立新的敘事模式之前，在 80 年代初期，出現了另一批不同於 A、B 組的作品。雖然這些作品在塑造作為受害者形象的知青主人公方面，跟 A 與 B 類作品沒有很大不同。可是，一旦考慮到它們中存在的激烈的控訴，缺乏分寸的眼淚和對明天的絕望等

---

❽ 再加上，這種思路是否與 90 年代知青文化熱的口頭彈「將過去的苦難作為今天的財富」有聯繫呢？

❾ 當考慮在第一章圖 2 中真理（毛澤東）的領域由人民、祖國等來替代填空之後，重點刻畫的知青主人公獻身於人民（集體）的、利他主義、善的形象，與這種「苦難」形象不無關聯。正如反面人物的「自私自利」正與「苦難」相對立一樣。

（破壞文革型知青小說的框架之後，80 年代初期到 80 年代中期的知青小說，趨向於道德、善行價值的問題，以作品《啊，青鳥》為代表例子，在第二章第三節繼續考察。）

因素，就明白這類作品與 A、B 組的不同之處。

第二節　破裂之後的碎片

一、「碎片作品」之可能與趨向

按照評論界原有的分類，屬於傷痕文學的知青題材作品有：《萱草的眼淚》（陳建功《花城》79.2）、《月蘭》（韓少功《人民文學》79.4）、《在小河那邊》（孔捷生《作品》79.3）、《燃燒的愛情》（李銳《上海文學》80.2）、《西望茅草地》❿（韓少功，《人民文學》80.10）等。考慮到這些作品控訴傷痕但把握住分寸的特點，可以把它們看作「類似」A 組的。或者考慮到《燃燒的愛情》、《在小河那邊》等突出愛情主題並以此消減悲劇程度，也可以把它們看作 B 組脈絡的作品。可是《萱草的眼淚》、《月蘭》、《西望茅草地》都描述了女主人公的死亡，加強了控訴的力度。尤其面對「月蘭」的死，「我」（知青）甚至吐露出對社會主義體制本身的懷疑⓫。可見這些作品跟上述的 A、B 組作品又不完全一樣。當然《月蘭》的敘述者「我」的困惑只停留在「使我奮發，叫我沉思」上。而在

❿ 該作品一般被看作反思潮流的作品，但本書把它看作傷痕系列的作品。這種看法在姚新勇《主體的塑造與變遷》（48 頁）中也提到。

⓫ 「我無意推托我身上的罪責，也不敢求你對我饒恕。可這是怎麼回事呢？你熱愛社會主義，我們工宣隊員也熱愛社會主義。我絕不相信那逼得你走上絕路的是你我都熱愛的社會主義。可我怎麼會成為殺害你的工具之一？到底是誰吃掉了你？這是怎麼回事啊？月蘭……」見於《人民文學》79.4，37 頁。

《西望茅草地》中，「我」對於過去已開始期待「變成黑色的煤，為明天燃燒」，而且注重刻畫對於「過去」後悔不盡的場長和他痛楚的淚，以此來彌合昔日的對立和矛盾，這不能不說是跟 A 類很相似的典型思路。但是這些作品已經開始消除知青主人公明顯的加害者或被害者的身分描述，而以更加複雜的角度——甚至試圖以客觀的角度——去面對敘述。

跟上面的幾個作品相比，更容易見到原來的框架、模式破裂之後，其碎片自由分散的作品群的面貌，是下面要提及的 C 和 C1 組。文革型框架剛被破壞之後馬上出世的 C 組的作品。它們的特徵是，過分展示敘述者的思辨和獨白，在小說的完成度上顯出不夠完滿；另外，還具有揭露傷痕的赤裸裸的暴力描述特點。

C：《被囚的普羅米修斯》，華夏，《花城》79.1；《無果的花》，王劍，《紅岩》80.1；《躲藏著的春天》，岑桑，《花城》79.2；《黑玫瑰》，盧勇祥，《花溪》80.1

《被囚的普羅米修斯》雖然具有涉及特殊政治事件（76 年天安門事件）的傷痕階段小說的特徵，但描述打手們的暴力、監獄的壓抑，尤其因作家處在過分激動狀態而產生的作家與主人公聲音之間混合的敘述狀態，傳遞給讀者的信息是控制不住的悲憤。另一部描述監獄風景的小說《無果的花》展現幾個知青人物走投無路的生存狀況，控告壓迫他們的暴力專政勢力，作品到處可見的思辨同樣傳達出作家長時間處在被壓抑的狀態之後，一瞬間的爆發。《躲藏著的春天》也粗魯而原始地描述了男知青的死和女知青的發瘋。這三部作品不是因為敘述內容而是作家敘述的狀態本身傳達出毛骨悚然

的真實感。⓬

雖然不能跟上述三部小說一同處理，但盧勇祥在 80 年第一期《花溪》發表的《黑玫瑰》，無妨在此提及。因為整個屬於「傷痕」系列的知青題材小說當中，《黑玫瑰》最赤裸裸地刻畫了一個在特殊環境中「蛻變」的女知青形象。她為文革政治誤導，被社會丟棄，在貧困的經濟條件下，自己也變成欺負別人的流氓；最終在一場激烈的幫派爭鬥中，被刀刺穿四十多處，滿身流血死去。整個作品充滿著知青女主人公過分的被害意識與怨恨、激烈的復仇之情。女知青終於找出當初以招工為幌子強暴自己的騙子，誘其入圈套，並同樣讓其喝下安眠藥，進而切掉其下體，這些描述給人留下強烈的暴力印象。

當時《黑玫瑰》在主題思想和表現技法方面都受到批判。理由是：「魯迅先生說，悲劇是將人生有價值的東西毀滅給人看，留給讀者的印象應當是對被毀滅者的愛和對毀滅者的憎恨，堅定人們對生活對鬥爭的信心。」而《黑玫瑰》則是一切盡皆毀滅，雖然也可能使人有所憎恨，但卻沒有獲得什麼鼓舞。擁有正義、善良的品質和崇高的心靈，具有偉大的道德力量的人才能充當悲劇主角，這樣的正面人物的悲劇才能發射出異彩，因而能使人從中汲取力量。而且《黑玫瑰》的這個人物採取了在社會主義時期不可能有的對社會惡勢力以毒攻毒的方式。小說寫「黑玫瑰（知青女主角，葉秀）的墮

⓬ 其實，這三部作品在內容上都沒有忘記暗示悲劇的即將結束，強調表達主人公戰勝惡勢力的信念。它們還不能說是完全脫離了或徹底破壞了 A、B 組系列知青小說的構架。

落行為時，渲染得太過份了些，流露出對墮落行為的贊賞態度。」⓭

對《黑玫瑰》的批評的另一根據是：「現實主義文學又決非純客觀地摹寫現實，它要求作家在作品中反映出生活的某些本質方面，如高爾基所的，『文學的真實——是從同類的事實中提出來的精萃，這是典型化了的』。『表現現實的真實面貌』並不是那種照像式的，所謂『自然主義』似的真實，而是綜合性的，概括性的真實。……應該樹立革命的責任感，要透過生活的表面深入到它的本質，對複雜的社會現象作出正確的評價，給人們生活的信心、勇氣和力量才行。《黑玫瑰》作者在作品中流露的不夠健康的藝術趣味，是不負責任的表現。」⓮

當時評論界的用以批評這類小說的主要支撐點，是反對自然主義手法的典型化、寫真實論等原則。這些原則，在文革前（包括文革期間），是文學批評的主要依據。這些評論言語、主張，可以看作對當時一種「回到十七年」的思潮和政策的認同。只不過在大規模的歷史性崩潰之後，面對敏感的青年作家憤激的狀態，這些言說已經失去十七年那種朝氣勃勃而新鮮的氣勢，顯出道德論者有些無力的規勸的語調。稍後出現的《春風吹又生》（梁曉聲，《新疆文學》81.12），同樣描繪了女知青返城之後找不到出路而開始走向犯罪的境況。但梁曉聲塑造了正面男知青人物，並寫他的影響下，女知青開始對生活重建信心。雖然發生了一場女知青因被誤解為偷竊犯而

⓭ 上述的敘述，是論文作者對於《文學要給人力量和希望——致〈黑玫瑰〉》（羅義群）一文的觀點進行的整理。原文見於《貴州日報》80年4月17日。

⓮ 王鴻儒：〈作家應如何對待膿瘡和潰瘍〉，《貴州日報》80年4月26日。

企圖自殺的事情，作家還是以眼淚達成寬恕與和解的結局，滿足了有關光明、信心和健康的要求。

下面歸入 C1 組的作品，都沒有提示悲劇性結局的任何解決方案，沒有安排光明的未來。有的作品內涵著尖銳的問題意識，展示了在整個 80 年代都難得一見的人物形象。換句話說，這些就是文革框架解體後最嚴重的破壞和飛得更遠的碎片。因此（當然它們之間有程度上的差異）更加符合成為要求文學產生「健康影響」的評論家的批判對象。另外，這些作品和當時的其他知青小說相比，其質量較高，尤其是《網》、《我曾經在這裏生活》、《波動》等作品，其中蘊涵著不亞於 80 年代中後期的知青小說的藝術美感。作品目錄如下：

C1：《凝結了的微笑》，鄭義，《花城》79.3；《網》，阿蕾，《鍾山》80.1；《冬天的童話》，遇羅錦，《當代》80.3；《我曾經在這裏生活》，陳村，《上海文學》80.3；《聚會》，甘鐵生，《北京文藝》80.7；《波動》⓯，趙振開，《長江》81.1；《晚霞消失的時候》⓰，禮平，《十月》81.1

《凝結了的微笑》寫的是知青姐妹聽到父親平反的消息後，逃出北大荒的知青兵團，卻在去往北京的火車貨廂裏凍死的故事⓱。《冬天的童話》描寫了遇羅克被處以死刑後，其家庭的悲慘生活狀

⓯ 74 年 11 月初稿，78 年 6 月修改，79 年 4 月再次修改。曾經以手抄本的形式在青年中間輾轉流傳。

⓰ 這部作品最初登載於魏京生所辦的《探索》。

⓱ 這與《文革中的地下文學》中介紹的知青題材地下文學小說《逃亡》的故事很相似。

況，其中敘述者「我」和男知青之間的愛情，因出身成份帶來的壓力下最終以失敗告終。《我曾經在這裏生活》⓲中對於女知青的死一直保持緊張感，直到結尾才揭示真相，為所有原因埋下伏筆的整個結構，引起了讀者的閱讀快感。

曾屬於「地下文學」作家譜系的甘鐵生的《聚會》的人物，是幾個沒法進城而留在農村的知青。他們的聚會表現了絕望和近於瘋狂的精神狀態，其中一個女知青後來投水自盡。作家成功地刻畫了善良而敏銳的女知青邱霞形象。當時這部作品也成為爭論的對象。登載這篇作品的《北京文藝》編輯部認為，「作品中的色彩內涵上頹傷之情也是異常濃重的，收到這樣的作品，我們的心情是矛盾而複雜的」；在提出意見後，「作家終於改變了作品中的幾處細節，重寫了作品的尾部，使其透露出若干曙色」⓳；這使編輯感到滿意：「作者接受意見，擇善而從很使我們高興！」⓴但是發表之後仍遭遇到不滿之聲：「這篇作品的內容和色彩，的確有些沉重的壓抑，作者對於生活的理解有點片面，對現實的概括還欠周到」㉑；「對於那陰雲隙縫裏的光明，對於那風雨之舟的前途，對於那些苦悶的心靈中的信念，表現得不夠明快。一位作者即使表現了人們的

⓲ 值得注意的是，雖然同樣是寫沒能回城的女知青之自殺，《聚會》受到批判，《我曾經。。》卻逃脫了爭論之網羅。這是為什麼呢？《我曾經。。》不重視心理描寫或思辨活動，也沒有營造特殊的氛圍，主要以描寫人物的單純行動和過去記憶中的事件為主，其中多為對話描寫。而《聚會》則直接談到不能回城的絕望。

⓳ 《北京文藝》80.2，《編後記》。

⓴ 《北京文藝》80.2，《編後記》。

㉑ 《北京文藝》80.6，《我們期待著——讀〈聚會〉有感》孟偉哉。

痛苦，其終極目的也應是為了讓人們擺脫痛苦、獲得希望和歡悅。」㉒

要求表現前途、信心、光明的思維體系，在這時期另一部作品《網》的批評文章中同樣出現。《網》描寫了那個特定的環境裏，華歆和蘇里這兩個「多餘的人」。同樣因為無聊走到了一起，同樣因為無聊而失去愛情的結局。作品暴露他們無所作為的日常生活：「如果現在有部很好的電影，比如『牛虻』，或者……我們讀書，上課，或者像我父母年輕時在大街上宣傳抗日救亡……再不，就事論事吧！在我們插隊的這個公社，能按我們的主張辦，那些僵化的政治訓條，滾它媽的，我們要讓農民從原始蒙昧中，解放出來……」「可是，這一切，都是不可能的！只有你和我。」就在這樣的生存境遇裏，他們互相應答的「我愛你」的聲音，顯得疲憊，雖有意地想提高點音調卻又沉了下去。作家以簡單的對話，傳達了欲愛而不能的他們的絕望。一種互相都感到的孤獨，貧乏，而進發出壓抑已久的呼喊：「饒恕我，老天爺，我們再也不能忍受這樣的日子了！」

整個小說是一種壓抑的、憂鬱的基調。作者採用了自然主義的描述方法，細膩地表現了他們的沉淪、墮落。這是一部探索男女愛情的，也通過愛情的「不可能」控訴時代的作品。這部作品在當時受到了「思想傾向是頹廢消極，作品的基調是灰暗低沉」的批判。批評的要點㉓一是指責男主人公蘇里性格的孤芳自傲、憤世嫉俗。

㉒ 同上。

㉓ 〈從蘇里的形象看《網》的思想傾向〉，樊小林、陸辛生《鍾山》80.2。考

這個精神空虛、脫離人民群眾、縱情酒色的墮落青年，卻被作者當成正面人物渲染和美化。批評的另一要點是從美學思想上進行，指責作者使用自然主義的創作方法。「社會主義文學，要求作家在歷史唯物主義和世界觀指導下通過對生活的深入觀察，透過紛繁複雜的現象看到生活的本質，而自然主義則利用生活中瑣碎的細微末節掩蓋、委曲生活的本質。《網》實際上宣揚了一種空虛無聊，其思想傾向是頹廢的、消極的，社會效果是惡劣的」㉔。

但也有文章㉕不僅對《網》的美學成就表示充分的贊賞，而且對蘇里的形象表示認同。這篇評論以為《網》「描寫了那個特定的環境裏，中國式的多餘的人……一大批有才能、有理想的人，由於在社會現實的壓抑下得不到發揮和施展，於是只能在病態的生活中放縱」。然而評論認為這種「思想上的多餘：才使這些青年人敢於思考問題、分析社會……面對高壓仍能保持自己的立場，這些人的編隊中，我們曾看到過張志新、韓志雄、李春光……蘇里也是這樣的青年」。「他一針見血地看到，『我們將長久地受著這場風暴的衝擊……』，他『詛咒某些人的奴性和勢利』。也許，他對當時的社會是冷眼旁觀。而這正是因為他對改造社會和世界的理想得不到實現時才出現的。」這篇評論激勵辯護蘇里之外，還公開向上述批評《網》的論者發出挑戰：「《網》應該遭到責罵，因為它直率，

察這些評論的主張，可見知青主人公的「與眾不同」和「孤傲」到了文革後仍是不被容忍的性格缺憾。

㉔ 同上注。

㉕ 〈我們也曾生活在網中——推薦小說「網」〉，阿戎、小蠻，《鍾山》80.2。

因為它真實。它和目前一些有爭議的文藝作品一樣，勇敢的赤裸裸的解剖了生活，這當然要引起一些正人君子、道學先生主流的莫敢直視、疾首痛心，好在各種型號的棍子尚有一些庫存，有哪一棍將落在《網》的身上？是小資情調？是自然主義？是社會效果惡劣？」。「也許，面對傳統的價值觀念，我們在做一次注定要失敗的撞擊！……讓文學死去吧！沒有什麼了不起的。郭小川的《望星空》不是死了嗎？」㉖可見當時悲壯的批評氣氛。

二、碎片之危險飛行

上面考察了 C1 組作品的狀況和對它們的批評。評論家希望作品通過悲劇主人公形象，在控訴現實的同時也能傳達對光明前景的信念，留給讀者健康的影響。這無疑在表明，當時仍不容許在理解世界和認識人類之中的多種視角的存在，也不容許存在基本的分歧。這幾位作家在文革後的作品中，對於進化論式的歷史觀深深懷疑，對現實的合理性表示不信任，拒絕以簡單、絕對的根據來理解人和世界。這種對人類局限的認識和對世界不確定性的感知，顯然使批評家感到不安。雖然主要用對話和思辨描寫人物狀態的技法略顯不成熟，但是這種精神動向正是在中國土壤上生長的「現代派」思潮的痕跡。因而《波動》也理所當然地遭受到將「革命現實主義看作是最能真實的、歷史主義的反映社會生活的一種藝術方法」㉗的評論家們的拒絕。因為他們看來「現代派文學的一些長處，比如

㉖　同上注。

㉗　〈評《波動》及其它〉，易言，《文藝報》82年4期。

意識流等手法，我們應當而且一直在進行研究和借鑑。但作為一種哲學思想的體系，就應當非常慎重。」㉘

《波動》通過女知青肖淩的形象，傾吐了對存在於自身的重壓和對世界不確定性的感知及伴隨而來的絕望。肖淩的思想情緒是在文革背景下生長的存在主義苦惱之花。它確實是這個時期的一部成功之作。所謂成功指的是，它沒有為實驗或創作運動等某種目標意識出發，人為地嫁接西方現代派思潮，而是傳達了作家的敏感心靈在中國的歷史現實這一巨大實體中所不能逃避、必須面對的時代精神。有關中國的現實體驗的傳達不僅通過肖淩的絕望，而且通過肖淩對絕望的反抗而獲得。

肖淩的覺得自己的人生是「空虛，飄灑，漫無目的的」。就像在「街上拾爛紙的老太太」，早就「死了，只剩下一個軀殼，這個軀殼和原來的人沒有任何關係」。她是已「離開這個世界很遠了」的局外人。在她看來，世界「是拙劣的摹仿，正如鏡子裏的火焰那樣充滿著人間的卑俗，那虛偽的熱情沒有熱度，甚至連人們也成了道具的一部分，笑的永遠在笑，哭的永遠在哭」，沒有任何「意義」。「祖國，哼，這些終極的玩意從來都是不存在的」，「都是暫時的」。在她看來，楊訊之所以「總在強迫自己相信什麼，祖國啦、責任啦、希望啦，那些漂亮的棒棒糖總是拽著他往前走」的原因，就是他還沒有達到「撞上一堵高墻」的地步，甚至有可能一生都不會被撞上的，因為「祖國是他們的終生保護人」。楊訊無法瞭解肖淩的藍天、白雲、媽媽的跳樓和正午時分「李鐵軍」的槍聲、

㉘ 同上注。

水泥路上噴灑的小夥子的血。

關鍵是他和她之間開始了渴望瞭解和被瞭解的悲劇。當楊訊不知道「漲潮和落潮之間，都有一次相對平靜的滿潮」的幸福之一刻，更不理解她對那「太短」的滿潮「時間」的認識和遺憾時，她只能感到「一種深深的痛苦」。有了這「痛苦」的感知，她不可能繼續留在冷漠的局外人世界。這種痛苦是由於在「希望和意義的復活」面前，只能「接受一種既成事實」的她的生存狀態所造成的。突然間，她好像被掌握住了，「一種情緒，一種由微小的觸動所引起的無止境的崩潰。這崩潰卻不同於往常，異常的寧靜，寧靜得有點悲哀，仿佛一座大山地下河的流動而慢慢地陷落……」。

可是小說的後半部開始從痛苦和絕望走向再一次的挑戰，以此構成和前半部更多游離於現實世界的描述的對比。肖淩選擇了「反抗自己」。因為她其實是尋找「能舔舔傷口、長久一些的歸屬」的，「渴望別人的愛和幫助，哪怕幾句體貼的話」。而且願意拿「並沒有冷卻的心裏尚存的那小片陽光來去溫暖別人」的。這種反差同樣出現在把李鐵軍的槍殺案和陳伯伯對民族的信心這兩個似乎不大能相配合的回憶，卻前後緊接著安排的構思當中。因此，北島的肖淩到了結尾，還是歸向於批判和介入現實的：「我們不甘死，不甘沉默，不甘順從任何已定的結論！」正如作品的敘述者所言「每個人掙扎，彷徨，苦悶，甚至厭倦，但作為整體來講，信心和力量是永恆的」。作家最後以展示肖淩和被貪污勢力戰敗的林東平的對立，表明反抗絕望的意志：「我相信這個世界不會總這樣下去，這也許就是我們不同的地方。」作家通過描述肖淩徹底崩潰的痛苦，使她的反抗具有了深度，並通過描述她的反抗和重新站立，使她的絕望成為中國土壤的自生物。

但當時對《波動》的評論則只平面地理解了作品，並且對存在主義本身的理解也顯得很膚淺。首先，評論家對肖淩的祖國觀表示敏感的不快：「她把祖國說成是什麼過了時的小調，是逗小孩子玩的『棒棒糖』，肖淩的思想是混亂的。她由於承受了過多的苦難的折磨而變得仇恨祖國，這是一種多麼難以理解的情緒啊！」㉙第二，評論家對小說的整個基調表示不滿：「孤獨、憂慮、苦悶、痛苦、絕望、冷酷、這種沉鬱悲觀的情調，歸根結底就是虛無主義，否定現實生活秩序的合理性，這樣一種哲學思想同我們所主張的革命現實主義文學或用馬克思主義世界觀作為指導思想的社會主義文學是格格不入的」㉚。第三，評論家指出作者竭力肯定和歌頌肖淩身上的人性的錯誤傾向：「從作者描寫中可以看出：現實是醜惡的，冷漠的可惡的，而人的內心卻是高尚的，美好的，充滿人性的。他想把這矛盾統一起來，用內心的自我完善，用自我的自由的『存在』來拯救世界。」

顯然，對《波動》等的批評，在當時並不是作為單獨的作品來對待，評論界是把它當作當時的一股有害的潮流來處理的。他們指出從 79 年中篇小說《公開的情書》發表開始，經過《聚會》和《楊泊的「污染」》等短篇，到了 81 年《晚霞消失的時候》和《波動》，「一種以存在主義為指導思想的文學流派出現。其共同

㉙ 〈評《波動》及其它〉，易言，《文藝報》82 年 4 期。
㉚ 同上注。

思想特點是：現實是荒謬的、人是自由的㉛。同時對客觀世界採取虛無主義態度。主張人性的自我完善，企圖用普遍的人性和人道主義來代替馬克思主義的世界觀」㉜。這些評論告訴我們的是在文革框架的破裂之後，重建以確定性準則為基礎的秩序工程的進行。這種工作開展得最激烈的戰場爆發在《晚霞消失的時候》的數量很多卻貧乏而欠缺色彩的評論文章㉝中。

㉛ 眾所周知，存在主義的基本前提就是人面臨著自身的存在狀態無法迴避的局限意識，西方近代以來過分強調人的理性和合理的歷史規律之後經歷的世界大戰，所帶來的包括人和世界的認識上進行的對不確定性的觸摸和瞭解。可是評論家易言在此涉及的人的自由、普遍人性和人道主義等概念來源於近代開始的人的解放意識，直到風行於歐洲19世紀的批判現實主義的文學精神。像易言這樣把西方的存在主義為主的現代派思潮，理解成重視人的自由和個性等價值的思路，在該時期知青作家陸星兒的作品《啊，青鳥》中通過反面人物秦辛的追求重複出現。

㉜ 〈評《波動》及其它〉，易言，《文藝報》82年4期。

㉝ 〈人生價值的思索〉，于建，《讀書》81.8；〈朦朧的哲理和哲理的朦朧〉，《作品與爭鳴》81.10；〈談《晚霞》創作上的得失〉，葉櫓，《文藝報》81年23期；〈應該正確描寫人的感情〉，《作品與爭鳴》81.11；〈評《晚霞》〉，莊臨安、徐海鷹、夏志厚，《文藝理論研究》82.1；〈道德的追求和歷史的道德化〉，敏澤，《光明日報》82年2月8日；〈讓光明升起來〉，郭志明，《中國青年報》82年4月15日；〈《晚霞》讀後斷想〉，張曼菱，《北京青年報》82年4月15日；〈怎樣評價，《晚霞》〉，《文薈》，82.5；〈戰鬥唯物主義還是宗教信仰主意〉，劉燕光，《光明日報》82年6月3日；〈一個不可忽視的戰鬥任務〉，盧之超，《光明日報》82年6月13日；〈中篇小說《晚霞》在繼續討論〉，陳思，《作品與爭鳴》82.9；〈評《晚霞》的宗教傾向〉，李長慶、孫乃民，《吉林大學社會科學學報》83.1；〈南珊的哲學〉，若水，《文匯報》83年9月27日，28日連載；〈應該向哪裏尋求信念〉，《解放軍報》83年12月8日；〈敵人·人

禮平的《晚霞消失的時候》受到評論界的批評主要不因其美學特點，為自然主義描寫技法過分揭露了生活黑暗面，或者營造了頹廢的、自嘲的、陰鬱的美學氛圍等，而是因為發出了與眾不同的聲音，因為塑造了整個 80 年代中國文學罕見的形象南珊。該作品發表在 81 年《十月》以後，在相當多的青年讀者中引起了熱烈的反響。《青年文學》為此召開了座談會，作者也在會上發言（該刊 1982 年第 3 期）。而且圍繞《晚霞消失的時候》而開展的討論一直持續到 85 年方告結束。禮平拒絕承認自己作品的錯誤傾向，而批評家王若水也否認作家對自己作品辯護之說服力。此後，禮平本人也從文藝界消失。

《晚霞消失的時候》在當時受到批判主要由於懷疑黑格爾的進步、樂觀的歷史觀，由於不是通過復仇而是通過饒恕來追求個人人格的實現，不是持改造客觀環境（對象）的立場，而是追求保持一定距離並相互認同的立場。這樣一來，南珊的第一個問題就是她的歷史觀。她認為「並不是一切問題都能最後講清楚。尤其是當我們試圖用好和壞的這樣的概念去解釋歷史的時候，我們可能永遠也找不到答案」。而批評家對這種看法非常不滿：「人似乎永遠無法擺脫愚昧，罪惡、暴行帶來的慘禍。難怪南珊的話語中帶著濃厚的悲天憫人色彩。黑格爾在《歷史哲學》已講到：歷史是進步的，通過

格·人道〉，王炳銀，《解放軍文藝》84.2；〈略論當代青年題材創作中的錯誤傾向〉，陳自仁，《人大複印報刊，現當代文學研究》84 年 3 期；〈評《晚霞》〉，《實踐》84.2；〈《晚霞》是宣揚抽象人性的小說〉，《文學報》84 年 3 月 29 日；〈談談南珊〉，禮平，《文匯報》85 年 6 月 24 日；〈再談談南珊的哲學〉，若水，《文匯報》85 年 6 月 24 日。

無數矛盾和矛盾的衝突，由較高階段代替較低階段，由較高文明代替較低文明的過程」㉞。

第二，批評家也不滿於南珊依靠宗教信仰而觸發的寬容性格：「南珊對於文化革命，對於紅衛兵，沒有反抗而屈服了。這時她說的是『寬容所有的人』，是『嚮往至善至美的人格』，是『永遠不會把自己的意志強加給別人』。小說寫的是南珊如何『克服』了那種對不公正的待遇和人格侮辱感到憤怒的感情。」「可是恩格斯在《英國工人階級狀況》中說，只有靠著對當權的資產階級的烈火般的憎恨，才能保持住人類應有的意識和感情。如果他們馴服地接受這種命運，那他們就真的變成牲口了。」㉟在批評家看來南珊的「寬容」，這是很荒唐的，因為「強權是一種物質的力量，物質的力量只能用物質的力量才能打倒。才能戰勝障礙歷史發展之路的反動勢力」。㊱

第三，批評家認為南珊的性格和追求是不符合時代號召和對「歷史責任」的承擔。因為南珊認為「這個世界的希望，更多地是在人類自己的心靈中，而不是在那些形形色色的立說者的頭腦中。」批評家指出，她追求的是自我的人格完善，「至於她對祖國

㉞　〈再談談南珊的哲學〉，若水，《文匯報》85年6月24日。

㉟　同上。

㊱　「物質的力量只能用物質的力量打倒」這種主張很讓筆者聯想起主流評論曾對《黑玫瑰》進行的批評話語；則「在社會主義時期不可能有的反對社會惡勢力的方式，則以毒攻毒。」（參見本書第二章91頁）這兩者之間的差別只是，前者所指的「物質力量」意味著文革政權，後者指的「社會惡勢力」意味著文革後的。

的未來、社會的未來有什麼理想，反而看不到。南珊對改革社會沒有興趣，離開了改革社會就不能有什麼『至善至美的人格』，因為人們只能在改造客觀世界的過程中改造自己。」「今天應當提倡的『天下興亡，匹夫有責』的氣概，是為祖國富強和人民富裕奮鬥的精神。今天我們多麼需要青年獻身四化，立志改革，振興中華啊！」㊲這些批評話語非常忠實代言了文革後所提倡的文學創作要反映四個現代化和改革開放的路線。

在這場爭論中，評論家其實是對文革後的中國文學進行新的規範，防止「碎片」的發展與擴散。這種規範的思想邏輯，是立足於合理的歷史發展階段理論、以鮮明的善惡、是非標準為基礎、通過鬥爭爭取光明的前景。當然，作家禮平多次引用作品為自己辯護，證明南珊的哲學並非只是消極和悲觀。不過作品中的南珊比他對南珊的解釋更具創意和新鮮感。那是因為，她不僅具有像《波動》中的肖淩那樣由對不確定性、對善惡和是非混雜的現實、對偶然世界的驚愕的感知等因素所構成的歷史觀與世界觀，並且還確立了與眾不同的「主體」。實際上，從肖淩身上看到的對絕望的反抗在中國現代文學作品的人物形象中並不陌生㊳。但是，南珊選擇的不是爭取（戰勝、所有、說服、啟蒙）對象的自我，而是作為自己存在的「自我」；不是作為鬥爭的主體，而是成為饒恕的（開放性、多元性）主體。這一形象提示了出現嶄新空間的可能性。恰好是這一點，使該

㊲ 同上注。

㊳ 不過，如果肖淩的這種冷漠，是因渴望歸屬卻被世界隔離開的被動性放逐所引起，那麼一旦得到「新的起點」，冷漠和距離伴隨的敏銳也可能有所改變。這一點就跟南珊不同。

作品比起同時期其他脫離「主流」軌道、以碎片形式出現的作品，都受到更強烈批評。因為禮平通過南珊所做的工作，不僅是對文革型模式的破壞，而且提示了另一種與文革後的主流形態不同的新主體的建設。

如上面的考察，跟A、B組作品相比，C、C1組作品沒有掌握好必要的分寸，並且不符合某種潛在的規格。因此也可以說，對C、C1 組作品的批判過程正好是把這種背後的頑強的思路充分地表現出來，靠此建立文革後知青小說新的合法定型框架的過程。考察下面A組系列的作品，這一事實就會顯得更清楚。

如在第二章第一節中所述，B組中知青主人公作為文革時期受害者角色，迅速定型為在科學實驗中取得成功、在當地農村得到認可、在愛情中得到收穫的形態，且發展到中長篇的規模。A組作品和 B 組作品一樣，迅速形成了一定的模式，如：在文革時期作為加害者的知青主人公，文革後則以幼稚天真的受害者形象返城，以眼淚和和解來整理過去，並以光明的未來為結局。但 A 組作品大多沒有發展到中長篇，而多以短篇為主。這本身表明它沒有建立到完整模式。

下面考察的A1組作品，就是上述的A組作品中還沒找到合適模式的知青主人公不斷演變的類型。A組作品裏的知青主人公為了回城所做的低調訴苦，隨著在80年代初被歸入「回歸」思潮的A1組知青小說的出現而消失。則，A1 組作品中的知青主人公雖然繼承了 A 組作品主人公的身分符號——文革當時積極表現過的經歷。但成功地脫掉了為了回城而所帶的未成熟的「孩子」的形象。因為他們不再追求「城市」的價值，所以不必要得到「城市」的認同。或者更確切地說，他們已經找到了在城市中能夠表明自己的合法的言說方式。

第三節　新的定型化與「道德」主體

一、「回歸」的理由

大概在 83 年[39]前後，新出現的一批知青小說得到評論界的注重，被稱為表現「回歸」思潮的作品。它們描述返城知青的新的命運、遭遇，表現了對原來知青生活的某種程度的重新肯定。在談到「回歸」思潮出現的原因時，不少評論文章認為，主要根源於返城知青的經濟問題和適應城市的難題[40]。本書贊同以經濟原因作為主要因素來解釋「回歸」思潮，但還要關注知青主人公的形象問題。因為（直接或不直接地）涉及到經濟因素的 A2 組作品在其數量上，跟主要探討精神價值方面提出「回歸」的 A1 組作品相比，明顯地少。再說，知青的社會形象和自我認定在這期間的巨大反差，引發知青主人公尋找適當位置、重塑自我形象的願望。換句話說，是頂天立地的知青英雄突然成為傻呼呼的受害者形象發生的巨大的失落感，推動了旨在恢復其昔日光輝的形象的出現。

---

[39] 其實在城市和農村的選擇問題上表達矛盾的作品在 79 年已經出現。如，胡爾樸〈這裏更需要〉，79.6《新疆文學》。

[40] 劉思謙、孔凡青：〈舊夢與新岸的辯證法〉中國人民大學書報資料中心複印報刊《中國現代、當代文學研究》，83.7。

短篇《贖》[41]有著如下線索：發誓堅決扎根農村的知青主人公終於以頹廢面貌回城，但是由於不適應造船工廠的不合理經營，出於對廠長的反抗，把機器部件扔進大海。小說在結尾，因各種原因工廠倒閉，知青主人公感到對國家財產的責任，潛水打撈那些部件時觸礁身亡，廠長在葬禮上以眼淚達成和解。這可以說是典型的通過代價（死亡）達成和解的 A 組模式的繼承。但筆者注意到這篇作品的題目，它使人想起「贖罪」。那麼，支配知青主人公行動方式的是什麼價值觀？它是在表現返城確實是不光彩的？而適應城市又必須作出某種妥協？讓我們先看看下面的作品。

A1：《車到分水嶺》，李國文，《人民文學》80.6；《那過去了的》，孔捷生，《花城》80.6；《愛情詠嘆調》，劉恒，《廣州文藝》81.1；《邊疆人》，李永歡，《新疆文學》80.7；《南方的岸》，孔捷生，《十月》82.2；《糖為什麼這樣甜》，尚久驂，《花城》81.3；《回城》，季冠武，《人民文學》80.5；《達紫香悄悄地開了》，陸星兒，《收穫》83.4；《林中的野刺莓》，陸星兒，《十月》85.1

A2：《我們尋求幸福》，趙峻防，《上海文學》80.8；《本次列車終點》，王安憶，《上海文學》81.10；《寶塔底下的人》，蔣子龍，《延河》82.4；《卵石雨》，胡爾樸，《新疆文學》84.3

A1 組小說主要描寫知青主人公在農村和城市之間徘徊矛盾的心理狀態。《車到分水嶺》中背棄扎根誓言離開農村回到城市的女

[41] 王滋潤：《贖》，《北京文學》，1982年第12期。

知青在面對男主角的扎根決心表達時，只能訴說「生活在理想裏的人是幸福，所以他們管他叫『理想』(李響)，而我永遠是個弱者」。《那過去了的》、《愛情詠嘆調》等也是表現回城的男(女)知青主人公向正扎根農村的昔日戀人(知青)表示尊敬之意的作品。這些作品描述了兩個對立的審美符號；實踐扎根誓言的昔日戀人一平有「兩片城市姑娘決不會有的乾裂、粗糙的嘴唇」，「她的手，好像一個皺巴巴的樹根」。而現在「我」的妻子雪晴是「容貌秀麗的姑娘」，她有「白嫩乾淨」的皮膚和「瀑水」般的頭髮。可是在「我」的眼裏，雪晴是「讓現代生活揉成的實用主義和浪漫主義的劣等綜合體」，「我的軟弱以及充滿世俗觀念的生活潮流，使我抵擋不住從一個漂亮女人身上散發出來的誘惑」，「我」真心羨慕一平身上的生命力和勇氣，因為「我」這樣生活下去覺得不能再找到「能使我挖出肝臟並將慨然獻給索取者的純真的愛，能使我嘔心瀝血用整個生命去加以追求，能使我不為任何坎坷和侵襲而永遠樂觀前行的燦爛的信仰」。㊷

《邊疆人》、《南方的岸》、《糖為什麼這樣甜》都講述了回城的知青主人公因從城市所代表的追求物質和安逸的生活中找不到意義，重新回到能夠負載過去追求的真誠和理想的農村的故事。尤其是《邊疆人》、《南方的岸》的男主人公，都同樣具備文革時期知青主人公不可缺少的符號——在生活中強有力的影響力。另一方面，《回城》、《達紫香悄悄地開了》、《林中的野刺莓》都把堅守扎根誓言、對農業生產出貢獻的知青主人公刻畫為正面人物，並

㊷ 劉恒《愛情詠嘆調》，《廣州文藝》，1981年第1期。

有因被主人公的愛情和親情所吸引而選擇農村的敘述者登場。有趣的是，拒絕農村、追求城市和城市價值（主要以物質享受為表現）的反面人物同樣承襲了文革時期知青小說中出現的反面人物的特徵——庸俗、自私的品性。由此，圍繞農村和城市符號體系，出現了正反面人物所代表的兩種價值觀的對立。描述扎根派和返城派之間爭論的《邊疆人》，體現了這種價值觀的鮮明對立。

《邊疆人》出現四種代表各自立場的符號性人物：⑴林漠與冰子、⑵東麗、⑶東麗的弟弟、⑷肖珊。林漠與肖珊是昔日的戀人，林漠打算動員肖珊一起回到他扎根的新疆，但肖卻打算托東麗父親把林漠調回上海。這種分歧終於使他們分手。而一直追求理想的冰子，則決定跟隨林漠到邊疆去。他們各自主張扎根或返城的合理理由。結果是，東麗、東麗的弟弟、肖珊的價值觀，一個個都敗[43]在林漠與冰子有條有理的、富有使命感和犧牲精神的演講下。這樣一來，踏上回新疆火車的林漠在冰子眼裏顯得更加英氣勃勃。因此，知青男主人公林漠的形象是堅持扎根的信念而獻身於貧窮人民的英雄知青形象。相反，東麗追求個人的安逸和發展，卻強辯為是建設物質文明現代化，就顯得自私，缺乏犧牲精神。而東麗弟弟對偏僻農村的審美態度被批判為連糧食是美的基礎都不懂、不關心貧窮造

---

[43] 其實再過幾年東麗的意見，充分地被肯定在李陀、肖建國的一些短篇和陳建功、甘鐵生等人的具有分量的中篇知青題材小說裏。還有東麗的弟弟對農村的陌生化和審美接近也被80年代中後期的尋根小說和第五代電影充分接納。最後肖珊對鄉親們具有親切感情但拒絕當英雄而獻身的生活態度也在王安憶以後的知青題材小說裏有所體現。從此可以看見圍繞城市和農村的當代中國話題沿著道德和價值觀的河流不斷流動的脈絡。

成農民的悲劇，是徹底的不道德。在這裏，小說建立了對立結構的價值觀，明顯展示了以道德為主要根據說服（治理）對方的結構。

A2 組作品解決城市和農村之間矛盾的重點不在道德主題上，而是集中在實際的經濟生活環境問題上。《我們尋求幸福》中出現為了更幸福的人生而回農村的女知青，她認為與其在城市鋪著毯子賣瓜子，還不如選擇既是畜牧專家，又出過國的男知青主人公。《本次列車終點》也描寫了知青主人公由於經濟上的不適應而考慮回農村的彷徨。尤其是《寶塔底下的人》深刻地描寫了城市的失業問題。

不過在 A2 組作品中經濟問題也並不是被敘述為選擇農村的唯一理由。例如，胡爾樸 79 年的作品《這裏更需要》就提出城市適應問題，他 84 年的作品《卵石雨》雖然也描寫返城知青主人公的經濟問題造成家庭困境，但對最終堅持扎根誓言的主要動機，則動用很大篇幅進行其他方面的敘述。在《這裏更需要》中，知青主人公看到在比自己更不幸的環境中也為社會主義信念而犧牲的廠長，從而放棄自己的返城欲望。《卵石雨》中，知青主人公為了履行誓言，雖然可以頂替母親的崗位，也因有相同志向的知青的相互激勵，而堅定留守的決心：富於犧牲和獻身精神的善良的他人的存在[44]，堅固了他對農村的選擇。可見，在誠實地吐露經濟原因的上述作品中，有幾部作品仍感到有必要附加道德動機。

---

[44] 「他人」成為道德標準的思維體系在知青小說中很常見。筆者將在第三章第一節中繼續對此進行考察。

二、作爲道德主體的知青形象

跟「回歸」思潮幾乎並行的另一類作品，本書把它們歸為 A3 組進行分析。A3 組作品裏的知青主人公已經擺脫了農村與城市之間徘徊不定的不適應狀態。這些作品以返城之後的城市為背景條件，建立另一個對立結構。以此表明返城後的知青仍不斷絕其價值觀追求的態度。這對立結構的主要矛盾表現為：一方面是追求城市中的物質利益、名譽、權勢以獲得個人安逸的自私的反面人物，另一邊則是警惕、拒絕受城市社會的世俗潮流影響，而追求真正的理想、價值，對社會的未來持樂觀信念，為集體（他人、祖國）發揮獻身精神的正面人物。這類作品有：

A3：《廣闊天地的一角》，王安憶，《收穫》80.4；《呵，這一夜》，陸天明，《新疆文藝》80.7；《留在記憶中的長辮》，陸星兒，《上海文學》80.12；《風從小林子裏吹來》，陸天明，《新疆文學》81.3；《北極光》，張抗抗，《收穫》81.3；《上穀》，許子東，《上海文學》82.1；《啊，青鳥》，陸星兒，《收穫》82.2；《春夜，凝視的眼睛》，汪漸成、溫小鈺，《當代》82.3；《小清河流個不停》，陸星兒，《北方文學》82.3；《啊！野麻花》，陸天明，《十月》82.5

《廣闊天地的一角》和《留在記憶中的長辮》展現了與任何利害關係都無關的純淨而善良之心的存在。《北極光》、《上穀》、《呵，這一夜》和《風從小林子裏吹來》描述了在城市生活裏否定庸俗的物質追求，而追求精神價值、真實的眼睛、人生道德原則的昔日的知青形象。其中《北極光》對比了世俗化了的男主角和不能適應城市以物質為主的價值觀的女主角之間的隔閡。《風從小林子裏吹來》對比了兩個姐妹的不同選擇，姐姐為了擺脫貧困的生活，選擇了比自己大八九歲的經理的兒子，而妹妹惠玲不顧母親和姐姐的反對，終於選擇了貧窮而身體有殘障的「小關」。因為「小關」是一個很堅強的人，他的精神支柱和動力來自保爾和牛虻、來自十九世紀人性與人道主義。可以看出陸天明（也包括張抗抗）在新時期的作品裏怎樣把昔日知青小將的形象發展下去。

換句話說，從原來農村與城市對立的善惡結構中去除農村後，城市內部陣營中重新建立起善惡對立的結構。A3 類小說的大部分繼承了 A 類作品對知青運動表示積極、肯定態度的昔日知青小將的形象符號。本書將 A 類和繼承其主人公之身分符號的 A1、A2、A3 類這一群作品，看作文革後形成的知青題材小說新的主流脈絡。所謂「主流」，並不意味著它們在 80 年代初的文壇上都占有引人注目的位置，或引起了眾多爭鳴，或獲得了廣大讀者的喜愛。稱之為主流㊺主要考慮到它們在人物形象符號上與文革期間作品之間的繼承關係。因為本書以文革期間確立的知青主人公的思維模型和價值觀為基點，進而考察其繼承、破裂以及變形等狀態，以之為

㊺ A3 組作品的多產作家陸天明和陸星兒個人的經歷對本書「主流」概念的理解有所幫助：陸天明是 50 年代末自願奔赴新疆的早期知青，其妹陸星兒在哥哥的影響下不顧母親的反對，寫下血書，往新疆和東北去「改造地球」。文革時期陸天明發表劇本《揚帆萬里》，在全國巡迴公演，接著 72 年被搬上中央電視臺的熒屏。陸星兒在 77 年發表富有文革時期作品特色的《北大荒人物速寫》，78 年進入北京中央戲劇學院。文革當時和其後，他們在社會身分上和創作傾向上，以及作品人物形象脈絡上，都屬於被肯定的「主流」位置。

主線索，來表明文革前後的知青小說之間的關係和影響。同時，這些知青小說都沒有受到 80 年代初評論界的批評，其創作傾向屬於被認可的一類。加上，當時這類小說在知青小說的數量上，占最多的比例。

陸天明的《啊，野麻花》的正面人物施國良曾是知青的領袖，返城後聯合知青夥伴創立「塔拉肯特兒聯營公司」。在經營過程中奉行先集體、後個人的原則。而反面人物利用各種關係，通過陰謀詭計來圖謀出人頭地。反面人物的妻子不滿於丈夫自私的生活態度，感情產生矛盾，而遇到施國良之後，卻認同他，並支持他的價值觀和事業。施國良的創業、奮鬥過程中，老幹部和知青慧文大姐充當了精神支柱的符號性角色。結尾，通過男主人公的犧牲，反面人物也悔過自新，重新被妻子接納，一起追隨犧牲的男主人公的價值觀。這是通過「付出代價從而走到一起」的典型的主流（A 類）模式。

從陸星兒的《啊，青鳥》可以更清楚地讀到對上述價值選擇的追求。先回城並大學畢業、在報社工作的丈夫舒秦，對剛從東北深山回來的無知而粗魯的妻子榕榕失望，對另兩個女性產生好感。分居的一年裏，男主人公發現另兩個女性令人失望的種種，而妻子則經過努力奮鬥，上了大學，生下孩子，並翻譯出劇本《青鳥》。此過程中她還得到昔日紅衛兵頭頭、中學同學趙國凱的幫助，在知識和生活上都有了進步。像尋找青鳥的孩子們發現在家裏養著的鳥的羽毛變成藍色一樣，丈夫也重新從妻子身上找到最具魅力的女性理想。在這部作品中，三位女性（肖點點、秦辛、榕榕）的形象，分別起到不同性格、價值觀符號作用。肖點點，代表智性、理性，但正因為「看透了，什麼熱情都沒了」。她雖然能用清晰的頭腦對現實作出尖銳的分析，但她的冷靜的理性建立在對人的不信任之上，因此對生活的熱情已不復存在。秦辛則有美麗的外貌、表現享受生活的態度。她信奉的是「薩特的哲學觀：他人是地獄，人生就該追求自我的價值」。她雖然對事業熱心並積極，但其所有的熱情都是為了滿足自己的需要。榕榕則溫情、忍耐，是意志、生命力的符號。她並不很聰明，為了考試「熬了兩夜，還是不及格」，在丈夫舒秦的朋友們之間「默默坐著插不上一句話」。當初她在東北兵團裏時，曾經擔任過女子採伐隊隊長，也引起過舒秦等的注意。但在城市裏，卻失去了這一位置。在意識到這一點之後，她開始努力改變自己，「開始注意相貌」，也努力追求知識。

在這一過程中，作品設置的、起到精神引導和支撐作用的是中學時的紅衛兵頭頭趙國凱。他使她重新認識、領悟到生活的目標和使命，讓她認識到要為自己，也要為國家找到「青鳥」，不僅要有熱情，而且要具備「各種本事」和「真正的知識」。在這裏昔日的紅衛兵頭頭（趙）和知青小將（榕榕）在他們原有的樂觀、無私獻身的終極價值的信念之中，賦予以對科學知識的重要性的強調，從而成為新時代的英雄。相反，反面人物則冷漠、悲觀、自私、不承認道德的力量而無法獲得其合法性。

這種分歧、對立，在《春夜，凝視的眼睛》通過人物之間的爭辯[46]來表達。反面人物質疑：「只要不妨礙別人，為個人生活得好

---

[46] 在梁曉聲的《雪城》（下）正出現已經當工廠主任的回城知青和新進來的年輕工人之間展開的、同一內容的爭辯。

而奮鬥，有什麼不好呢？現實生活中毫不利己的人是沒有的。……即使是好人，也是主觀為自己，客觀為別人。」正面人物左麗的回答是：「你看問題的方法不對，還受了點性惡論的影響，把人看得太陰暗了。人們願意吃得好，穿得好，這是正常的要求。但是，假如我們為了自己能獲得這些，不顧甚至加害別人利益，那就是破壞社會公德。如果我們不但不損害公眾利益，相反為了他人的幸福，還能夠放棄自己的一部分利益，那就是一種美德。這種美德的極致，就是為理想而獻身，捨己為人。」

顯然，回答者的思路就是「榕榕」的，也是所有正面人物的。這正是這一時期知青小說主流脈絡的正面人物的性格特徵：竭力堅持「信念與樂觀」的態度。這種「信念樂觀主義」在人性的理解上是拒絕性惡論的，同時要求你面對現實選擇的看法上，面對生活樹立的原則上，和面對別人採取的態度上，要保持主流思路賦予的分寸。這種「信念樂觀主義」試圖迴避、掩蓋或拒絕、否定一切終極原則以及善惡、是非的標準失去了其權威之後，諸多問題轉換成為立場問題、角度問題時，顯露出來的人類自私的本性。㊼這樣，知青主人公的絕對價值、終極目標存在的可能性，當然是和鮮明的善惡標準有密切聯繫。即因為是絕對的善，才能成為終極。知青主人公利他的獻身等道德行為使祖國、人民等終極目標獲得合法性，並且這種道德意志又促使了對生活的樂觀信念。可見在第一章圖 2 所

㊼ 本書特別強調指出這種「信念樂觀主義」所發揮的掩蓋、誤導真相的作用，是為了表明文革結束之後，仍在支配著主流知青小說思路的某種文革意識形態的繼承與演變。

說的善的理解與其運轉方式仍然得到保持。

A3 組作品中如王安憶的《廣闊天地的一角》描寫了純潔無暇的雯雯給周邊人的影響，陸星兒《留在記憶中的長辮》中出現不計私人利益、給予別人真誠關懷的女主人公，陸天明《啊！這一夜》寫沒有得到工作卻不對生活灰心的姐姐的正面形象，可見健康、樂觀的思路已在發展形成中。當然，這種富於道德性和「信念樂觀主義」的知青主人公形象的建立充分接納了主流評論要求的「寫本質」的主張。

這裏要緊問題是，要有分寸地揭示生活中的膿瘡和潰瘍；表現現實的真實面貌時要綜合性和概括性的（整體、典型），要透過生活的表面深入到它的本質；真實地反映生活中的各種鬥爭，對複雜的社會現象作出正確的評價，因而給人們生活的信心，勇氣和力量。如果社會主義現實主義成了這「信念樂觀主義」思路內含的第一源頭的話，從呼籲恢復人類固有人性的人道主義㊽動向中可以找到「信念樂觀主義」的第二個來源。因為「信念樂觀主義」以肯定人、人性為基礎，正是對人性起碼的信任才使正派人物的影響力有發揮的空間，對人性的肯定正是人道主義的前提。這樣，西方 20

㊽ 實際上，在 50 年代的少年時期、60 年代初的青年時期，知青作家閱讀並受感動的小說除了蘇聯的革命小說以外，就是歐洲 19 世紀的、充滿人道主義觀念的批判現實主義小說。例如，雨果、巴爾扎克、托爾斯泰、屠格涅夫等人的作品；《悲慘世界》、《簡愛》、《紅與黑》等等。人性的呼籲和主張在文藝復興時代被表現為肯定人性、發現人性的時代氛圍，進而在 19 世紀歐洲批判現實主義文學作品中被表現為解放悖謬的社會制度下被壓制的人類、人性的呼籲。而這些人性的恢復、人道主義、博愛主義等觀念基本上以對人固有本性的信賴為基礎。

世紀現代派思潮對人類局限意識的掙扎表現遭到主流批評的否定，然而 19 世紀的人道主義卻自然地融進這個時期小說的主流脈絡裏。此時期的主流導向要求刻畫採取積極、主動態度以征服外部環境的人物形象。對人性和人道的籲求，與之迅速合流。到 80 年代中期，知青小說的人道主義傾向與社會主義現實主義巧妙合流，一起構成主流思路的面貌。㊾

三、另一種變形主體的合法化

上面考察了繼承文革時期知青英雄符號的 A 類作品群中的知青主人公的狀態。他們或再次選擇農村，或在城市追求近於終極目標的利他的生活來獲得道德合法性。另外，A1、A2、A3 類作品中出現的反面人物的共同特徵是，由於通過享受城市的物質生活來追求個人的安逸，所以具有自私的道德缺陷。A3 類的反面人物以相對主義思維來質疑絕對的善惡界限與終極目標的存在。

下面涉及的作品群所塑造的知青主人公形象不同於上述的情況。它們更傾向於城市而非農村，更強調個人的價值而非集體主義，比起文革時期的道德（平均主義）負擔，更主張輕鬆的個人自由、個人的奮鬥和發展。這種傾向很容易被看為主流 A 類作品所描述的反面人物的代表符號：自私。其實在此我們可以想像改革開放以後，經濟復蘇的任務與符合於市場經濟的、不同於以往集體主義的價值觀之間必須做出的共謀。這就出現值得關注的問題：合流

㊾ 這種面貌最明顯地體現在張抗抗此時期知青小說的具有「社會主義人道主義」特徵的人物身上。參見本書第三章第二節。

允許到什麼程度，會帶出什麼樣的面貌，如何把更重視個人的「反面」特徵引進到正面的領域裏。下面的考察也主要是對這些的回答。本書將這類作品歸納到 C 類去，因為在正、反面人物所具備的特徵問題上，它們確實展現與 A 類相對立的符號特徵。

C2：《白色頭盔下的美和夢》，李陀，《上海文學》80.6；《年輕的朋友們》，鄭萬隆，《當代》81.2；《那條路，有多少夢幻和希望》，肖建國，《延河》81.10；《現代派茶館》，甘鐵生，《小說界》82.3；《船過灘頭》，陳世旭，《人民文學》82.7

C3：《明天，再見！》，鄭萬隆，《當代》84.1；《我們已不年輕》，嚴平，《收穫》，84.1；《地球，你早！》，楊代藩，《收穫》84.6

值得注意的一點是，雖然在重視個人、個性上有其共同點，但仔細閱讀這類作品就可知，同樣強調現代化建設，但不同作品對這一問題的處理有所差異。比如《白色頭盔下的美和夢》、《船過灘頭》這兩部短篇可以被直接看作屬於表現改革思潮的小說。肖建國的《那條路，有多少夢幻和希望》又有點不同於充滿陽剛之氣的改革小說，而是追求更加私人化的寫作道路。從甘鐵生的《現代派茶館》所描寫的女主人公可以看得出「地下文學」氣氛的脈絡。引起不少爭議的鄭萬隆的《年輕的朋友們》塑造了既具備道德水準或又追求個性的女性形象。雖然在反對文革時候的做法而主張現代化方面是統一的，但有的更強調個人的價值，有的比較重視社會經濟方面的發展。

首先考察一下甘鐵生的《現代派茶館》。該作品通過回城女知青主人公形象，展現了在同時期主流譜系（A組系列）作品中被看作反面人物符號的因素，比如強烈的個性表現，對自我的重視，強調效益，批判不合理的保守勢力等。這顯然不同於陸天明、陸星兒作品中所突出的正面主人公的品德。經營這家茶館的回城知青女主角王穎和上級管理部門、知青勞力科的張主任之間對立的價值觀，是這個中篇描述的著力點。王穎的茶館播放西方現代流行歌曲，年輕人跳迪斯科。認為這體現了「現代化」的努力。而張主任則指責這些做法超出了國情，是給「墮落青年以墮落場所」，而進行干預。

知青們感到了危機感：「一種是刻板的道德觀念，你不注意它，就要受到滅頂之災；一種是無所顧忌地向上奮爭的欲望，你順遂了它，就表現出生命的價值。」對此，王穎鼓勵他們說，「現在的社會生活是不正常的。貧窮和落後導致了許多陳規陋習。」她確信經濟發展到某一階段的時候，肯定需要休閒和娛樂文化，「現在就培育它的幼苗」，「為祖國的現代化貢獻力量」。

這篇小說的正面人物所強調、提倡的「首創精神」其內涵是認同國外（主要是西方）的發展方式。她認為經常以「道德」的面貌出現的其實是陳規陋習，導致社會的貧窮、落後。但是「反面人物」張主任以「國情」、「廣大人民」、「傳統美德」為理由，堅持這種習慣和平庸的價值。這樣一來，這一時期占主流位置的知青小說要樹立的道德主體（重視為他人、集體、人民的利益），在《現代派茶館》中成了被批評的反面人物的符號特徵。不過有趣的事實是，不僅反面人物張主任通過代表集體（顧客、居民委員會等）的名義來證明自己的合法性，正面人物王穎同樣以祖國的經濟發展和四個現代化等集體目標作為後臺。再說，雖然在王穎身上可以找到肖淩（《波動》）、秦辛（《啊，青鳥》）、肖點點（《啊，青鳥》）等的個性特徵，如自尊、尖銳等，但是，顯然不同之處是，王穎強調這一切是在為祖國的四個現代化著想。可見，主流評論一直批評的、主流知青小說一直排斥的某種「現代派」因素，倒在王穎身上跟主流話語相結合，出現的是另一種變形的、合法的主體（「現代派」＋四個現代化建設）面貌。在西方 20 世紀指責「現代性」而出現的現代派藝術潮流，在 80 年代的中國，反而被理解為推進現代化進程的因素之一。

當時受到了不少非議的《年輕的朋友們》也值得注意。回城知青李輝同樣展示不同於「主流知青小說」的、繼承了「地下文學」的某種主人公形象符號的特徵。廠裏正在評選出席市新長征突擊手大會的代表，李輝能不能當選成為議論中心。雖然她三年來一直保持下線二百五十米的最高紀錄，但她的衣著打扮、她的個人愛好和風度作派，使領導和很多人看不慣。對李的表現，團委書記艾麗明表明強硬的反對立場，「看她那打扮，瞧她那頭髮，還戴著個項鏈，怎麼配當質量標兵？」李輝也不示弱加以反駁：「艾麗明是一種沒有自我意識的『機器人』，幹嘛人活著要裝得那麼一本正經，像貨攤上的石膏像一樣？」

李艾之間對話火藥味最濃的焦點仍體現在從群眾中尋找合法性上。艾有群眾為後盾，質問「你為什麼不和大夥一樣呢？」時，李的「我從來就不想隨大流」這種回答，很快地使李周圍「那些親切的目光變得凌厲，那些熟悉的面孔變得冷漠，甚至曾經追著她討衣服的人也換上了一身藍」。如此，李輝宣布自己與群眾不同的那一瞬間，她的思想行為的合法性也就變得可疑起來。不僅如此，艾書記也和《現代派茶館》的張主任一樣指責李輝「迷戀於西方表現方式」而違背國情。其實，鄭萬隆把李輝描寫為具備西方古典音樂素養和知識、富於幻想、感情豐富，正直坦蕩、沒有灰塵和雜質的人物。可作家也明白讓李輝獲得合法性單靠這些優秀品質是不夠的。所以，有分寸感的，以老實、文靜、規矩的符號裝飾起來的人物梁啟雄在拒絕「像個道學家，思想僵化、半僵化狀態」的艾麗明的同時，也不認同李輝的尖刻、偏頗、敏感、激動。

結果，作家為了奪回梁等中間人對李的認同，給李輝加上一套主流話語，很相似於王穎談論祖國經濟發展和現代化的語言：「我愛祖國，愛老輩子人流血犧牲換來的祖國。我有時候也有急躁情緒，發發牢騷，甚至悲觀失望。但我從沒有忘記，我是一個中國人。沒有忘記要富強我們的祖國。這也就是我工作和學習的動力。」只不過她像「理查德貝奇的《海鷗喬納森・利文斯頓》中的海鷗喬納森・利文斯頓一樣，喜歡飛行勝於一切」。可「我主要的還不是為了飛得痛快，我是渴望我們的時代，我們的事業，我們的理想，往高處飛！」可見強調個人價值，主張對個體人格的尊重和個體的多樣性，在當時能取得合法性地位，讓人們認同這種價值觀，交待其行為的目的是有益於祖國的現代化，是非常重要的。

稍後出現的，歸納為 C3 組的作品，正是這種既要重視個人價值又要得到周圍認同的思路發展的必然結果。《明天，再見！》的女主人公已經作為工廠技術部門開發新科技的先進工人，展現出其回應現代化號召的面貌。《我們已不年輕》明顯地弱化了正面人物和反面人物之間的對立，展現出將矛盾互相歸結為對方性格因素的寬容。《地球，你早！》也刻畫了在科研部工作的、充滿生活信心的丈夫來影響感情豐富而懷疑生活意義的妻子的故事。

《現代派茶館》與《我們已不年輕》，這兩部作品向我們提供的信息表明，在 80 年代初中期的知青小說中，不容易出現為敘述者認同的、純粹代表自我的主人公形象。同時，這類作品通過對國家經濟發展口號的反復申明獲得了合法性，因此也與此時期另一類主流文學——「改革文學」產生一定的關聯。例如，陳世旭的《船過灘頭》更接近於改革文學的要求，直接主張經濟發展和效率，並有力地控訴與此對立的保守勢力戴著道德面具的平均主義。當然，這也不同於典型的改革作品中表現的正面人物的品性，因為後者更直接地把重點放在經濟性和效率性上，而並非側重於和集體相對的個人的價值。

《船過灘頭》主要人物有回城當報社記者、原為知青的「我」，代表保守立場的政治中心人物「黃村支書」，還有經濟骨幹、代表改革派的公社社員郭長康。作家著重刻畫了黃書記和郭之間的對立。郭曾在文革期間為了生計到處轉悠，弄來爆米花機，給村裏人爆米花，被黃書記批判為，「是走資本主義道路」。在文革結束、家庭聯產承包責任制代替公社制後，郭和黃偶然在回村的船中相遇。郭得意地先攻擊黃：「你不喜歡責任制，因為責任制害得你也要跟我們平頭百姓一樣分責任田，害得沒人上廟門燒香。可是你又何必呢？你又分田，又照樣拿補貼，當了這麼多年幹部到處是熟門熟路，隨便往哪個老上級屋裏一坐，批個一噸兩噸化肥農藥，這樣的日子還虧得了你嗎？」聰明的書記回答：「你能講責任制就沒有一個問題麼？就說你們隊上的劉細仔，昨天半夜裏縣醫院斷了氣，丟下孤兒寡婦一大堆，以後日子怎麼過且慢說，目前他的後事就是個問題，住院費、醫藥費、殯葬費，動隊上的錢哪個肯，各顧各。就是你，連著兩年進款，也只知道買架照相機，要是讓你拿出一文半文，你肯？」沒有想到，話題引到實行責任制後成為問題的社會保障制度上。結果，船上其他人都激發了對不幸死者和孤兒寡婦的憐憫，意見偏向黃書記，郭又被孤立。結果郭白白獻出本要辦照相館的錢來資助劉的葬禮，並拜托「我」寫報導。他說，這不是為了想上報紙的虛榮心，而是真心為了防止黃那樣的壞蛋推翻責任制。

由此看出，帶有個人主義行動模式而重視效率的市場體制，在落腳中國時觸到的第一個暗礁是來自平均主義的、對於貧窮者的道德性責任等觀念。更重要的是，這種觀念構成主要的道德判斷標準。這表明改革開放之後到了這個時期，雖然引進基於個人發展、重視效率為主要思路的西方資本主義市場制度，可是中國傳統的平均主義傾向和當代建立的把貧困與道德、善聯在一起而敘述的思路仍占主流位置。上面分析的《現代派茶館》、《我們已不年輕》和《船過灘頭》直接把這種道德符號加於或狡猾或死板的「反面人物」身上，可是為了獲得個人價值的合法性，「正面人物」（王穎和李輝等）在其敘述裏也要懂得怎麼運用「祖國」等話語。可見逃避道德之軛而談個人自由是多麼的吃力。

第四節　農村話題正面出場

80 年代初、中期出現的知青小說的又一類作品，更直接地涉及了代表「廣大人民」的農民問題。這些作品又可以分為兩個作品群，一是知識分子面對農村問題而反思知青本身面貌的作品群，和直接以農民的立場上敘述城市與農村問題的作品群。本書把前者設定為 D 類，後者設定為 D1 類。

D：《從疾馳的車窗前掠過的》，王安憶，《人民文學》80.6；《山路蜿蜒》，莫申，《延河》81.10；《大黑》，吳歡，《當代》82.1；《抹不掉的聲音》，肖復興，《青年文學》83.2；《瓜棚記》，肖復興，《文匯》83.6；《雪，白色的，紅色的……》，吳歡，《當代》84.3

D1：《姐姐》，路遙，《延河》81.1；《我們都有明天》，范小青，《上海文學》81.10；《誘惑》，范小青，《花城》83.1；《鳥兒飛向何方》，王小鷹，《上海文學》84.10；《枸杞子》，鄭家學，《北京文學》84.7；《五花草地》，肖復興，《花城》84.6

《從疾馳的車窗前掠過的》中的知青女主人公在離開農村時，向一直關照愛護自己的農村老婦女表示歉意。《山路蜿蜒》中的男知青返城後再次訪問農村，由於自己一塵不染的皮鞋和筆挺的西裝和農村的貧困形成鮮明對比，因此感到尷尬和內疚。《瓜棚記》中到城市的知青追憶愛自己並不求回報地幫助自己辦返城手續的農村女青年。《抹不掉的聲音》寫珍惜並懷念知青時代與當地農民結下友誼的丈夫，和將現在困窮處境歸咎為知青歲月的妻子之間的矛盾。可見，D 類作品表現了在善良、完美而貧困的農民面前道德有缺陷的知青主人公的深深自責。

吳歡在《大黑》和《雪，白色的，紅色的……》中，以第一人稱的敘述，寫東北農民老黑和大黑的英雄父子形象。大黑與城市女知青結過婚，這一次他到北京來看他的女兒，大黑說：「現在我不能對她好。按說我這趟到北京來都是不應該的，我怕她忘不掉我。」大黑同時又表白：「我同意她把孩子抱走，將來送她上學，像你似地，成個大學生，為社會主義出把力，為我們農民出把力，多給咱造點兒機器。」並且說「你們說在農村受了很多罪，那我們呢？我們土生土長的大老粗算什麼，算受罪嗎？為自己的國家賣力氣是受罪嗎？可這不是受罪，這是建設社會主義。」而大黑的父親老黑當時在替知青們搬運大木頭時，過分用力當場吐血而死。他和兒子大黑最後的對話，是對於「咱們的國家啥時候才能發達起來啊」的期盼。在這樣的人物面前，「拼命用功，拼命學外語，躊躇滿志地爭取出國留學」，並表示「一旦到了外國，決不再回這個窮光蛋的國家」的敘述者「我」，感到萬分內疚，發出「我是什麼時候這樣墮落的」的自責。

值得關注的一點是，在農民大黑和老黑的思維結構裏，國家、社會主義和農民的「自個兒」身分差不多成為三位一體，具有強勁的凝聚力，理所當然地期待著作為知識分子的「我」早點為這「三位一體」作出貢獻來。而知青「我」自己也完全認同於以犧牲和獻身為表徵的這一道德體系。

進而歸入 D1 組的作品更加明顯地站在農民的立場進行敘述。《誘惑》、《鳥兒飛向何方》、《枸杞子》等作品描述了和農民結婚的女知青，在城市的誘惑面前感到心理矛盾，但最終還是選擇淳樸而善良的農民丈夫，並和他專一生活的愛情故事。《我們都有明天》的女知青展現出自覺開拓農村生活的面貌。《五花草地》和《姐姐》卻寫了被城市男知青拋棄的農村女青年悲慘的故事。不過

《五花草地》給農村女青年安排了昔日戀慕她的農民青年這個歸屬，緩解了悲劇持續的氣氛，同時也交代了屬於城市貧民階層的男知青沒法解決戶口問題等難處。反而，《姐姐》把城市和農村的對立、矛盾更加尖銳化了。

《姐姐》從一個農民的兒子——「弟弟」的角度敘述了姐姐和黑五類出身的城市知青之間的愛情。其故事主線是：姐姐為落難的城市知青獻出了自己全部的愛情。但後來返城的知青背叛昔日的承諾，以要順從平反的父母的意願為由，拒絕娶農民身分的姐姐為妻。路遙在這裏指出了城裏人與農民之間難以逾越的身分上的不平等。這在當時可以說是唯一沒有從知青主人公角度，而是從農民立場看知青的作品。類似的以農民的視角評價知青運動的作品直到 90 年代中、後期[50]才出現。

同類作品范小青的《我們都有明天》，寫城市女知青成為了農民家庭主婦，雖然比城裏人努力得多卻仍然過著貧窮瑣碎生活。原先，她「和城裏人一樣瞧不起鄉下人，如今她又和鄉下人一樣看不慣城裏人。賺那麼大的工資，小器的讓人沒辦法」。小說中提出的問題是：「鄉下人，人們總是用鄙夷的眼光看著他們，甚至他們自己也用自卑的聲音評價自己……三十年了，早就是主人了，為什麼比別人矮一點呢？」最後，小說以知青女主角、農民丈夫、丈夫的妹妹和農村鄰居之間互相珍惜、支持的溫情來克服現實的疲憊，期待比今天更好的明天為結束。

路遙在《姐姐》裏通過「弟弟」表述對城市知青的不滿情緒，

---

[50] 98 年發表的《大樹還小》（劉醒龍）為代表。

范小青在《我們都有明天》裏依靠溫情解決現實問題，吳歡通過老黑和大黑農民的形象，直接把問題拉到知識分子和農民在社會主義中國所占的位置及角色的設置上。其實，這三者各自的立場、出發點並不一樣。中國 20 世紀 80、90 年代的文化格局，是在堅持改革開放和社會穩定政策的強有力的支配下，在這格局裏，有時不容易分辨出其真正所表達的意義。有關農民（農村）話題本書將在第三章和第四章更深入地探討。

小　結

作為文革模式的繼承與對此的演變，主流 A 類的知青小說，首先有在 70 年代末打破了文革模式中的階級鬥爭符號的作品，它們提供了為人民和祖國的實際益處而獻身的正面知青人物形象，在其對立面塑造了以重視政治表現圖往上爬、追求個人利益的自私的反面人物形象。進入 80 年代的「傷痕」階段之後，知青小說面臨了對於以往文革框架要作出整體否定的轉機，知青主人公不可能繼續維持昔日知青——小將的形象，而只能採取某種低調處理。不過，主流 A 類作品，在塑造知青主人公形象時，重點突出他天真地受到四人幫迷惑的未成熟，與此同時添加匿名的真正惡人使得他（她）來擔任悲劇的責任，加上安排知青主人公付出種種代價的細節，成功地得到重新與城市（過去被自己否定的父母、情人等）整合的光明結尾。到了「回歸」思潮的階段，這種知青主人公的低調處理很快得到調整。主要通過設定代表道德、理想、獻身的農村和代表物質、享樂、自私的城市的二元對立的符號系統，實現選擇前者的正面知青人物光輝形象以及選擇後者的反面人物形象。緊接著出現在城市的環境裏仍堅持這種精神價值的知青人物作為道德英雄的形象。這些作品在祖國、人民等作為終極理想作出利他主義的犧牲、堅持信心而樂觀的正面人物的對面，設置了追求自我滿足的自私或選擇冷靜的理性而導致的冷漠、缺乏熱情與信念的反面人物。

第二，受到主流評論界的否定的 C 類知青小說，首先有以自然主義手法赤裸裸地展現文革時期及其後期的殘酷現實與對此失去分寸地絕望、控訴。他們主要受到不夠健康、不負責任、不能給讀者希望的批評。還有繼承文革時期地下文學傳統的作品，它們提供了對於歷史、世界的不確定性的感知與對人類的局限意識的表現。其中《波動》成就了較高的審美世界。《晚霞消失的時候》雖然過度的思辨導致了小說完整程度的損害，可是提供了不同於主流模式的、完全嶄新的「饒恕主體」。這些作品受到了違背社會主義時期唯物主義歷史觀提供的價值體系，而處在價值觀混亂狀態，以及主人公們只注重個人世界等的批評。另外，在這一 C 類作品的變形中，有雖然繼承了個人主義傾向，可是成功地與主流的經濟復蘇意識形態相整合的作品。它們提供了追求個人的創造力、自由的表現正面人物，同時還提到了他（她）們把自己追求的終極放在祖國、人民上等話語，以此在個性的實現與廣大群眾的認可方面一舉兩得。

關於 80 年代初中期主流知青小說的正面知青形象所體現的道德符號，本書在此要提出兩個概念。其一，是為了獲得自我的合法性需要受到群體認可的結構。正如榕榕需要丈夫的認可（本章 113 頁）、李輝需要工人們（本章 120 頁）的支持一樣。將它叫為「依靠外界型道德判斷結構」，簡稱為「依靠外界型」道德。其二，在堅持理想的信念和樂觀態度下，以自己主動、積極的精神力量克服外面環境的結構。正如引導榕榕的昔日紅衛兵頭頭（本章 114 頁）和《野麻花》的施國良（本章 113 頁）一樣。將它叫為「依靠自我意志型道德實現結構」，簡稱為「依靠自我型」道德。

這兩個概念成為在下一章探討梁曉聲和張抗抗時的重要切入點。

第三章　80 年代中後期的知青小說

第一節　梁曉聲[1]

80 年代初知青小說的「傷痕」思潮剛要過去，「回歸」思潮正在形成的時候，梁曉聲的《這是一片神奇的土地》獲 1982 年全國優秀小說獎。接著他的《父親》和《今夜有暴風雪》又獲得了 1984 年全國小說獎。梁的這些作品獲得了廣大讀者的共鳴，《這是一片神奇的土地》和《今夜有暴風雪》分別在 83 年和 84 年被拍成電視連續劇。而且，在第三屆「大眾電視金鷹獎」評選中，山東

---

[1] 1949 年出生於哈爾濱，工人家庭出身。作為忠誠的毛主義者，曾經動員了同學參加上山下鄉運動。毛主席發表「最新指示」的 6 個月前已經自願。在黑龍江生產建設兵團第二團中當過兵團報紙記者、小學老師。74 年被推薦為工農兵學生入學復旦大學中文系。75 年出版《邊疆的主人》。大學畢業後擔任《新港》（現在《天津文學》）的編輯，82 年轉入北京電影製片廠。90 年轉入中國兒童電影片廠。梁曉聲引起的討論話題：知青歷史評價問題（得到的比失去的還多）、知青情結問題（青春無悔）、知青道德問題（回到當年的道德風尚）。

電視臺拍攝的《今夜有暴風雪》名列優秀電視連續劇榜首。可以說梁曉聲通過這兩部作品的成功走上知名作家的道路，一般大眾對梁的理解也通過這兩部作品而定型。

當時的評論者認為梁曉聲理直氣壯地重新謳歌理想、熱情、毅力和意志❷；早期的知青小說，即傷痕文學主要表現了淒楚和感傷的感覺，而在此時梁曉聲的《這是一片神奇的土地》、《今夜有暴風雪》等卻道出了知青生活的真諦，唱出了知青小說的最強音❸。《今夜有暴風雪》的電視劇導演孫周說，「我們落筆並不放在留下或返城這點上，而是立足於歌頌這一代青年人的英雄主義精神、歌頌了他們的理想，要給他們說句公道話」❹。當然，對梁曉聲小說及改編的電視劇，也有表示不滿的意見。這種批評性文章主要涉及的問題是對歷史的評價：如果對過程中所激發出來的英雄主義精神加以絕對的神聖化，是否會產生一種把整個過程合理化的現象❺？

然而郭小東將知青小說的理想主義迷戀解釋為，宗教性信仰的破滅之後知青作家們在深刻的悲劇基礎❻之上，重新尋找能夠代替其位置的熱情❼。還有應光耀也表示認同知青小說的這種回歸姿

---

❷ 劉思謙：〈舊夢和新岸的辯證法〉，《文藝報》，83.7。

❸ 王富榮：〈為千百萬知識青年樹碑〉，《萌芽》，85.8。

❹ 王戰：〈為四十萬知青說句公道話〉，《當代戲劇》，85.6。

❺ 代表性文章有，蔡翔：〈對確實性的尋求〉，《當代作家評論》，85.6。

❻ 張承志在《北方的河》中說到「我相信，會有一個公正而深刻的認識來為我們總結的，那時，我們這一代獨有的奮鬥，思索，烙印和選擇才會顯露其意義。但那時我們也將為自己曾有的幼稚，錯誤和局限而後悔，更會感慨自己無法重新生活。這是一種深刻的悲觀的基礎。」

❼ 郭小東：〈論知青作家的群體意識〉，《文學評論》，86.5。

態，因為他覺得「歷史是什麼？這很重要，但更重要的就是『歷史應該是什麼？』」，而且要回答這個問題就需要理想、價值，包括所有倫理、道德等的談論❽。理想是在現實裏找不到的，所以尋找過程本身就具有價值❾。最近姚新勇也發表了新的解釋：「《這是一片神奇的土地》等代表性作品，已在特定的意識形態話語場的作用下，對前述理想主義話語模式進行了改造……還轉移和模糊了理想的具體內涵，使其具有了多樣性指涉的可能。」❿這樣它提出了理想在其所指方面的問題。⓫總的來說，對他的評論有肯定性的也有否定性的，但擁有了讀者廣泛的喜愛，證明梁迎合了群眾的某種情緒。

有關梁作品的評論主要圍繞對文革歷史的評價，和文革中知青

---

❽ 應光耀：〈尋求人的理想價值〉，《當代文壇》，91.1。

❾ 應光耀：〈尋找人的終極價值〉，《上海文壇》，92.2。

❿ 《主體塑造與變遷》（暨南大學出版社，2000年版）84頁。

⓫ 有關主體性論證方面值得注意。姚新勇把同樣的邏輯推行到與之相反的方向。在對知青小說《桑那高地的太陽》的分析中他認為：「當他將一代人定位於歷史的犧牲者，並以一代人的名義向歷史犧牲的要求發出質疑和挑戰之時，實際上又將這一代人超歷史化了，賦予了他們以歷史中心主體存在的永恆性。這種永恆的知青主體自然要求在具體存在上配之以為其獻身的客體對象。而在抽象歷史層面上，也要求為之配對的獨特的主體化的客體性歷史……我們知識青年上山下鄉究竟錯了沒有？這困惑中蘊涵的絕不僅僅是個體知青情感的肯定需求同歷史對那場運動的否定性評判之間的矛盾，而是接受了意識形態虛假主體蠱惑的個體主體（或屈主體）對歷史真實存在之境的茫然與困惑。因此嚴格地說，在十幾年之後再去苦苦地追問知青『本身』的理想主義，知青『本身』的上山下鄉的行為究竟有沒有錯，這本身就很可能是一個陷入虛假歷史問題的不可能得出真正結果的虛幻性的歷史問題。」同上，89頁。

的生活道路、追求等的評價展開。主要觀點有：1.對於從文革歷史中把知青的追求剝離出來，並加以肯定的梁的意圖，表示贊同；2.對於將文革和知青運動分開評價的做法表示懷疑，提醒知青追求的實質內容及其後果；3.在梁肯定「知青的理想」時，質疑知青一代對理想、對歷史具有的主體性。知青一代從小受國家的意識形態教育。Jonathan Unger 在 *Education under Mao* 中用社會學的統計學方法分析當時的升學競爭，對於青少年時期追求上進的願望與追求理想的旗幟相重合的狀況做了暗示。即，確實不容易分辨當時紅衛兵——知青小將們的造反以及理想真正的所指，也很難說清他們在整個過程之中角色的分量。筆者認為，對參加國家所動員的造反運動的紅衛兵——知青小將們的理想（追求）進行對錯判斷不大具有意義的。更重要的是通過考察梁曉聲的作品，來探詢其所說的理想、道德等追求的價值的實質。

本書把梁曉聲的知青小說大致分為三個階段。第一階段為 80 年代初到中期的短篇、中篇小說，第二階段是 80 年代後期的中、長篇小說，第三階段是 90 年代以來的長篇小說。從作品內容上看，第一階段小說把時間和空間都局限在文革時的知青兵團生活，給人的感覺與 80 年代的文革時期知青小說相似。第二類在 80 年代後期出現，以回城知青的生活為主要內容。出場人物像 80 年代初傷痕文學類的知青小說中的主人公一樣，被描寫為城市冷酷現實的受害者。屬於第三階段的長篇《年輪》在 90 年代初批判物質主義的社會狀況，被評價為號召知青一代重建道德風氣的作品。具體目錄羅列如下：

第一階段：《這是一片神奇的土地》（《北方文學》82.8），《今夜有暴風雪》（《青春》83.1），《荒原作證》（《文匯》83.6），《為了收穫》、《為了大森林》、《興凱湖船歌》（《上海文學》85.2），《高高的鐵塔》（《上海文學》85.4），《邊境村紀實》（《文匯月刊》85.4）

第二階段：《雪城》（上）（《十月》86.2、3、4），《一個紅衛兵的自白》（《海峽》1987.1、2），《雪城》（下）（《十月》88.1、2、3），《春風吹又生》（《新疆文學》81.5）

第三階段：《年輪》貴州人民出版社，1994 年版

暫不管時期上的次序，先從對《雪城》的分析開始。87-88 年間華人學者 Leunglaifong 採訪了 26 位知青作家，當對梁的理想主義和英雄主義的作品進行提問時，寫完《雪城》下卷的梁回答自己已與理想主義、英雄主義訣別了⑫。當問到怎樣評價知青運動時，梁回答：「老實說，從知青運動中並沒有得到什麼。各國人民都應有開拓精神，這是沒錯，但之前要有一定的物質保障。具備這種生活條件，才有可能開發荒地。」⑬這裏或許有 Leung 引導提問的動機影響⑭，但也有可能是處在 80 年代後期快速變化的中國社會狀況下的梁當時的坦白。⑮實際上，在《雪城》上下卷之間發表的中篇《一個紅衛兵的自白》中，作家已經去掉紅衛兵的造反運動的神

⑫ *Morning sun*, Leunglaifong, 1994, Armonk New York, p120。

⑬ 同上。

⑭ Leung 在序文裏把知青作家的經歷表述為 Victimizers→Victims→Critics of Maoism 的過程。

⑮ 就如寫《南方的岸》的孔捷生寫《大林莽》，寫《啊，野麻花》的陸天明寫《桑那高地的太陽》一樣。

聖光圈，賦予它日常性的視角。主人公「我」不再是指揮造反運動的英雄人物「潘二嫂」，而是傳聽炮轟派的傳奇故事的聽眾之一，沒能參加武鬥、只能勉強跟著示威隊伍的幼稚的冒牌小英雄。由此看來，1991 年的作品《浮城》等與其看作是對物質社會敲響警鐘⑯，不如看作處於這種過渡期狀態中的作家在嘗試新的藝術手法的結果。

如此長篇大論地解釋《雪城》的過渡性，是因為通過處在過渡期作品的研究，可以獲知在既往的框架被搖動而還沒找到新的定型時暴露出有趣的信息。⑰也就是說，通過考察《雪城》中描述的梁曉聲原有英雄主義、理想主義崩潰過程的各碎片，可以考察作家原有框架的基礎和結構的構成，以及碎片飛往的方向。《雪城》（上、下）中知青要面對城市這個新敵人。梁的知青們以為，城市對他們最大的威脅是物質為主的思維方式和出人頭地的處世哲學。所以他們努力地拿過去的理想主義、英雄主義所伴隨的利他主義的犧牲、信念的等武器擺設在新的敵人——城市面前。如姚玉慧不顧自己的利益，公開內定幹部子弟的考試內幕；講義氣的「輔導」遵守與死去的知青同伴之間的承諾；王志松不顧自己生活的艱辛，領養不知名的知青的孩子；徐淑芳由於生活的逼迫只能背叛王志松，但為了擔負道德責任，回去向王「獻身」；郭力強單靠知青身分的

⑯ 黃書泉：〈拷問靈魂——讀梁曉聲三部長篇近作〉，《當代文壇》，1996 年第 2 期。

⑰ 正因為這種原因，本書在第二章的第一、二節中，也突出強調了文革模式的破裂之後，經過混亂的過渡期，重新達到整合的過程。在此混亂的過渡期中，能不能出現碎片的危險而輝煌的飛行，就要看作家的功底了。

理由幫助生活困難的徐淑芳，同時說服抱怨社會不公、用暴力進行報復的弟弟信任社會、對未來抱希望，使之盡全力準備考試。作品充滿了追求社會正義和生活信念以及知青間義氣的內容。

下面考察城市對他們的回應。城市用正式工人名額來考驗姚守義和嚴曉東的情義；從劉大文身邊奪走知青同伴——妻子；從王志松身邊奪走徐淑芳；從徐淑芳身邊奪走郭力強⓲；使姚玉慧與家庭對立，似乎有可能成為姚另一伴侶的「輔導」也從姚身邊走開。結果，城市把知青人物徹底孤立起來，使過去以集體形式存在的知青們現在不得不以個體的樣式面對城市。他們被作為個體孤立起來，不能確認彼此眼中包含的信息，並失去了他們之間的歸屬感、約束感（同時也從中被解放）。知青們這種昔日的武器，在城市的孤立化工作進行之後，到了《雪城》下卷就徹底暴露出其無效與無能。王志松為了錢與前途，動用人際關係；徐淑芳認為錢和幸福是同等的；吳茵發現自己不能滿足於沒有金錢基礎的愛情；姚守義通過入黨成為廠長；嚴曉東拼命幹個體，物質的追求達到用刀切斷自己手指也要維護財產的程度，終於成為萬元戶，身邊開始出現年輕妓女。

當然，在描述這種沒落過程中，梁曉聲並沒有忘記表現對知青人物的本能的憐憫；他們被寫為在整個過程之中處於被動狀態的被害者⓳的形象。就如 80 年代初期知青以被害者的形象出現在城市

⓲ 「劉妻」和郭力強的死在故事的展開中非常突然，而且剛好在二人死前，作者集中花筆墨描述劉與妻之間、徐與郭之間的愛情，以誘導讀者對兩人物（知青）給予極大同情。

⓳ 把困苦（貧困）符號與正義聯繫起來的敘述方法，在每個激變時期都有出

面前一樣。累費周章地說明和交待他們那悲劇性的理由和立場，使他們對金錢（城市）的追求變得合理。例如，年輕工人說道革命犧牲都是出於一己私利來污蔑昔日革命英雄時，姚守義不存一點私心，用暴力行為教訓了他。但周圍的工人卻毫無懷疑地認為他這樣表現是為了入黨、為了當廠長。在這種沒有解釋餘地的誤解中，他就是被動地入黨，被動地成為廠長。徐淑芳雖然和年過半百的外國人結婚，可是由此救了工廠，增進了工人們的福利。而且，在他們身上殘留的英雄主義也被動地受到城市的徹底破壞。嚴曉東僅存的想當英雄的最後犧牲精神只能被捲進城市的詐騙劇中，成為愚蠢的過勇。仍在乎過去視線的姚玉慧[20]不能成為幸福的徐淑芳，她的最後希望——對北大荒的眷戀也被城市徹底地破壞。劉大文不遵從城市的規則，堅守對亡妻（知青同伴）的愛情，結果其處境最為悲慘。

上述分析告訴我們兩種信息：其一，梁曉聲知青們的昔日的理想主義之所以敗給城市的物質追求是因為他們都被孤立化[21]。其

現。文革時期通過憶苦教育把出身差別制度更加合理化，以鞏固文革；而新時期初的傷痕文學通過知識分子（包括知青）的訴苦，獲得在改革開放以後社會上的合法位置；90 年代中後期的知青小說裏則通過表示不是知青而是農民最辛苦（評苦）來迎合新起來的農民立場。

[20] 把男女職員在自己面前戲謔說笑視為侮辱；到外地買衣服，可平時又不穿這些衣服……這種種行為表明姚玉慧仍被緊緊捆綁在過去視線中。

[21] 《雪城》（上）的最後部分確實描寫了作為「弟兄姊妹」的「知青群體」對城市的抗拒。但是，後來他們只能突變為「拯救城市」的「弟兄姊妹」保衛隊，「返城待業知青們的旗幟倒了，被踏在他們自己的腳下」，因為知青已經認同於作為利益的城市，不知不覺中他們已經把自己規定為要求分配利益的利益集團。其實，類似情況在《今夜有暴風雪》中也出現過。知青們的示威行動不覺之中從反抗變為維持秩序，且在遵守某種秩序之中舉行。這對梁

二，敗給追求物質的價值觀之後，作家不斷重複知青們是被動地走到這一條路的解釋。

被相互分離的知青在努力地拒絕城市物質追求的鬥爭中無法獲得他者的認同。在看不見以前知青同伴的視線的現實中（在喪失參照系的狀態下），他們周圍環繞著如水墻一般密實的、嘲笑利他主義的、犧牲精神的城市。可知梁曉聲的理想主義具有濃厚的、不可缺乏群眾（他者的視線和認同）的英雄主義特徵。梁曉聲對他者的需要同樣表現在描述知青人物選擇城市價值觀的過程中。動用了大量的背景交代，敘述人物被動式的處境。以緊密的相互視線彼此建立關係、捆綁在一起的英雄（知青——小將）們的理想主義，彼此的視線斷裂的那一瞬間（如多米諾骨牌遊戲般）集體地轟然倒塌。倒塌得如此徹底，以至於為了填補那巨大差距，需要大量的說明和理由。這種具有彼此緊密依靠的結構才能說明這種同時的、徹底的崩潰。

另外，理想主義倒塌之後，殘留的是知青同伴之間的義氣（情義）等，這具有民間性、大眾性的倫理特徵。面對莊嚴的大自然和革命事業，知青之間彼此擁有的是英雄主義群體意識，現在面對陌生而冷酷的城市，作為受害者的他們之間，只能變成相互幫忙的世俗的「幫」倫理。當然，這種以義氣和人情為基礎的「道德」和知識分子精英的終極目標以及宗教的絕對原則相比，有更多的集體性，更多的相對性。

實際上，梁的以 81 年為時代背景的《雪城》(上)是寫於 1986

曉聲來說幾乎是本能的、屬於無條件反射的。在那兒就存在不能再侵犯的局限。

年，而以 86 年為背景的《雪城》(下)，則寫於 88 年。因此，閱讀作品時感覺到的一瞬間的崩潰實際上是經歷 5 年多時間而發生的。在這 5 年期間，知青小說經歷了從「傷痕」到「回歸」的曲折道路，如第二章中所述，以「道德」為線索形成了其主流脈絡㉒。那麼，梁曉聲為什麼跨越這種拒絕城市的物質、選擇過去價值觀的回歸潮流，使《雪城》(上)裏那些有著與「傷痕」思潮相近的淒慘遭遇的剛回城知青，到《雪城》(下)就一躍認同於城市、金錢呢？

這是否與「受害者」應得到正當補償的思路有關？再說，80 年代初屬於「傷痕」系列的知青小說費勁地構思真正的加害者，才得到知青主人公「準」受害者的身分。可是《雪城》上卷裏剛返城的知青們，卻沒有任何重新要與城市解決舊債的樣子。也就是說，上卷中知青人物在艱難環境中表現的良心、正義、世俗義氣已經足夠支撐他們受害者身分，因此到下卷，他們的物質追求成為理所當然。換句話說，整部《雪城》可不可以作為一個梁曉聲尋求他者(讀者)對知青們(作家)的城市(物質、金錢)追求加以認同的傾訴活動來理解？那些「傷痕」類的知青小說要求的主要是返城知青——小將們的社會地位，而梁更直接地要求物質㉓上的補償。梁的

㉒ 筆者認為梁此時期正提倡的英雄悲壯美，具有「呼籲者不應在『道德』帷帳後乞求合法性，而應給他們看看我們的偉大」，這樣的敘述。

㉓ 創作《雪城》下卷的 88 年初，已經從 87 年開始出現新寫實主義思潮。當然，新寫實主義是以對人的新的理解為基礎，從此出發，對於外部環境重新評價。如果忽視這一點（對人的更深層次的理解），而只注重對外部（物質）的再評價，可以說是沒有正確理解新寫實主義。新寫實主義是接受了 80 年代中期以來現代主義實驗的養分的。然而，梁曉聲的物質的認可（或追求）沒有經過關於人存在的局限意識的感觸，是從 19 世紀風格的那種對人的

訴苦活動正如晚一點又重新出現的傷痕思潮一樣，它們的創作傾向和脈絡也很相似。如「傷痕」時期的前階段就有文革時期知青小說一樣，《雪城》前階段即 80 年代初中期，就有以文革時空為框架的《這是一片神奇的土地》、《今夜有暴風雪》、《為了收穫》和《荒原作證》等作品。還有「傷痕」階段後，知青小說的主流脈絡進入「回歸」思潮，道德成為中心話題一樣，《雪城》後，經過《浮城》的過渡期，從《泯滅》開始到《年輪》準確地畫出「回歸」的曲線，呼喊道德。這樣一致的結構的重現是偶然的嗎？

為了搞清這一致性關係，不妨從《雪城》前期的作品開始看起。進入下面分析之前，再次復述一下作家對讀者展開的訴苦活動和筆者提出的「依靠外界型」道德結構之間的密切關係。並且，梁的理想主義和需要群眾（他者）視線的英雄主義[24]成雙成對，也可見這與上述結構不無關係。記住這兩點後，開始進行前面區分的第一階段作品的分析。如前所述，屬於第一階段的作品把時間和空間限定在文革時期和當時的兵團生活之內，具有與文革時期知青小說相同的時空環境。而且此時期梁的作品大體擁有相似的結構組成，其故事結構展開的整體框架如下：

梁曉聲 80 年代初中期知青小說的情節模式：

知青（追求理想者、征服者）——對象（自然、傳染病、反面人物、革命事業等被征服對象）——英雄的犧牲（死亡）——勝利（完成事

平面的理解出發追求物質。這就是 90 年代以來在討論道德時，現實主義衝擊波中的談歌等作家兼談梁曉聲的內在理由。

[24] 李銳《黑白》。

業、實現征服、達成目標、實現理想）

這個情節框架對屬於第一階段的幾乎所有作品都可以適用，也可以舉例印證。這樣，就有必要對照梁的這一框架和在第一章第一節中標明的文革時期知青小說的情節框架。文革時期公開發表的的知青小說情節模式：

知青（實現理想者、征服者）——對象（革命事業、自然、階級敵人）——鬥爭（階級鬥爭、生產鬥爭）——勝利（消滅階級敵人、完成革命事業、主人公入黨）㉕

僅從整體框架上看，這兩者很相似。可看出梁的故事情節展開也是通過奮鬥走向勝利的。但梁的模式中不可缺少的英雄人物的死亡在文革模式中則無體現㉖。為什麼在文革模式中克服所有困難和危險，消滅階級敵人、完成革命事業、以入黨為完成成長故事的知青英雄人物在梁的模式中必須死亡？這裏死亡包含的意義是什麼？

梁在此期知青小說中故意把知青人物推進密閉的時間和空間（與文革時期知青小說相同的時空）裏，以此營造只有知青們自己的世界。在此小宇宙中，他們彼此是星星、是行星。文革時期知青小說中的宇宙從大星星到小星星、從主要行星到其周圍的衛星，都按各

㉕ 參見本書第一章第一節的分析。

㉖ 當然，文革當時有不少有關英雄犧牲的故事，這些故事主要表現在紀念英雄事蹟的紀實文學裏，如報告文學、新聞報導等，如〈金訓華之歌〉（仇學寶、錢國梁、張鴻喜：《文匯報》1969 年 12 月 7 日）。但是文革時期的知青小說（包括戲劇）幾乎沒有描述知青英雄人物的死亡，反而這些知青英雄們始終克服所有危險，以戰勝者的面貌，主要以入黨完成他們的成長過程。

自的軌道運行，甚至突然出現而似乎要破壞此軌道秩序的彗星也是井然有序地登場，且有秩序地消失。這是因為，此「宇宙」中存在使所有星星完全服從於其規定秩序的最大的恆星（太陽）。所以，關鍵在於，在梁所描繪的另一個宇宙中太陽已經消失、不再存在。那麼，該怎樣解決在此出現的黑暗和混亂呢？

舉《今夜有暴風雪》為例，其中的主人公「我」是知青英雄，反面人物是馬團長和他的打手們，作為正面人物，有站在知青一邊的孫政委、劉邁克的農民妻子；作為喜劇性人物、且幫助英雄人物的配角有小瓦匠；有知青落後分子，但被英雄人物的教導感化的劉邁克；在英雄人物「我」的周圍還有共同奮鬥的女知青裴曉芸。這樣人物的安排規模完全達到了文革時期知青小說中人物（星星）的布局水平。但是知青們、甚至英雄人物都不約而同地一次都不提「親愛的毛主席」。好像他們與毛主席或與文革當時的政治現實毫無關聯，由知青群體自己搞文革一樣。如，由他們自己拒絕「解散令」，越過鬼沼，決定對滿蓋荒原進行墾荒。

梁的做法是使這些星星彼此成為太陽（光源）照亮對方。英雄人物通過死亡這一行為發出最壯烈的光，進而成為其他英雄人物的太陽。《這是一片神奇的土地》中李曉燕、摩爾人、妹妹的死造成悲壯的緊張氣氛，使剩下的知青嚴肅地站到他們的墓前。犧牲的他們在《為了收穫》中老連長心裏復活，不斷提醒老連長的責任感，因為「無收穫就對不起他們」，所以老連長最終「為了收穫」（為了追隨他們的死）而死去。老連長的犧牲促使「我」，雖然「我」因出血熱處在生命關鍵時刻，還是把老連長在死去時喊出的「柞木」和「收穫」聯繫起來，進而使得其他知青們圓滿完成收穫。當然，肖淑芸醫生為了救護這樣的「我」，不惜和戀人分手，來負責護理工作。所以討論[27]《今夜有暴風雪》中裴曉芸的死到底有沒有價值是無意義的，因為他們就處在必須死亡的結構裏。就像為了墾荒需要鬼沼一樣，他們決心「即使只剩一個人，我也要和她堅守這土地」（《白樺林作證》）。即，他們彼此成為對方存在的理由、追求的目標以及自我認同的鏡像。

上述的考察告訴我們在太陽的消失後（第一章的圖 2 模式中作為真理的毛思想消失之後），為了堅持英雄主義與理想主義，梁曉聲的知青們多麼需要依靠互相之間緊密連結著的關係，多麼需要獲得從對方（群體）而來的強有力的約束力。

那麼，第一階段 80 年代初中期的作品所炫耀的、人物之間完整而緊密的關係網，以及高度秩序的角色安排和由此才可能的英雄主義和理想主義，到了《雪城》，因城市對知青群體進行的個體化、分散化而被徹底崩潰、甚至「道德」概念本身都發生了變化。[28]在這樣的情況下，梁曉聲怎麼能在《年輪》中重新實現道德的「回歸」呢？假如梁曉聲沒有改動自己以前的、受他人視線約束的「依靠外界型」道德結構的話，則答案非常簡單。正因「依靠外界型」道德結構脫離了集體關係就不能存在，所以將分散在城市各角落的知青人物重新召集起來，做成昔日那樣的關係網，就是唯一的出路。

---

[27] 蔡翔：〈對確實性的要求〉，《當代作家評論》，1985 年 6 期。「她（裴曉芸）的死值得嗎？個性在哪裏？人的價值在哪裏？」

[28] 從為了理想徹底奉獻的利他主義變成為幫派之間的義氣。

《年輪》所展現的路子就證實了這一點。可見，作家對「道德」的認識沒能發展為更有深度的省察，只留在停滯狀態。其實，這停滯不僅表現在作家的「道德」理解上，更多暴露在主要靠故事情節而開展小說的模式局限上。因為《年輪》的很多細節和人物，包括推進情節的方式、導引高潮的敘述方法在內，都複製了以往的作品。[29]

《年輪》的「道德」回歸首先從「依靠外界型」道德結構的代表性符號——「訴苦」[30]開始。以 60 年代初貧困時期為背景的幼年期，通過饑餓與眼淚、通過對善良而自尊的母親們的回顧，把貧困和善連接起來，使主人公們獲得因窮困而自豪的道德資本。他們從小感受到貧困鄰居之間依存關係的重要性[31]，團結意識自然產

---

[29] 比如《年輪》的文革時期則是《一個紅衛兵的日記》的複製，知青時期則為《為了收穫》、《興凱湖船歌》的複製，返城以後則是《雪城》的複製。尤其《年輪》的主要人物與細節很多來自於《雪城》。《年輪》的個體萬元戶徐克以及有關他的城市英雄細節正與《雪城》的嚴曉東和他的細節一樣；《年輪》中孤獨的高級幹部子女張萌以及有關她的鄉下女兒細節與《雪城》的姚玉慧與她的故事很相似；《年輪》中經過艱苦經理悟到順氣自然道理的郝梅帶有濃厚的《雪城》中徐淑芳的影子等等。

[30] 過去的貧窮、苦難與善連在一起成為得到道德合法性的根據，這是憶苦教育的典型思路。（參見本書第二章 87 頁）將訴苦（憶苦）看為「依靠外界型」道德結構的重要符號的原因就是憶苦行為本身具有與外界（他人）比較的前提。

[31] 可以參考王小嵩父親的話：「我這次回來，最高興的是——街坊鄰居和我們的關係，還和從前那麼好。這一點對咱們窮老百姓很重要，嗯？」《年輪》165 頁。

生。而到了紅衛兵時期和知青時期[32]，這種集體意識則發展為他們之間一起克服危機的鐵哥們義氣。雖然返城後他們在生存危機中一時被分散、失去聯繫，但《年輪》往往鋪展需要無條件的義氣和幫助的狀況，在每次關鍵時刻不失時機地安排一個負責把 6 名主人公重新拉緊的人物。而且，為了建構他們在城市中的堅固關係，《年輪》還添加了成功人士吳振慶和王小嵩的興北公司，使得他們在城市裏集體地解決生存和成功。且隨著情節高潮的臨近，逐步地突出他們當中警察所所長韓德寶大大小小的利他行為，到了情節發展頂端，通過他的死亡（犧牲），引導他們之間的集體意識進一步獲得感情的凝聚點，繼續發揮其約束力。

《年輪》為了返城後的他們能有「道德」的回歸，除了上述的重新拉緊關係網的辦法之外，同時進行對「道德」含義本身的調整工作。如果說《雪城》因知青時期理想主義和英雄主義留下的烙印仍然很深，與在城市裏被貶低為幫派性義氣的「道德」相比，不能不感到巨大的偏差，導致鮮明的失落感的話，那麼，《年輪》不僅縮短了文革時期所占的篇幅，而且減輕紅衛兵和知青經歷所帶有的理想主義的嚴肅筆法，把它處理為克服危機和困難的插曲，和情節之間的連綴環節，自然地顯露其中所需要的他們之間的俠義、義氣等美德，大幅地抹平了與返城後的行為相比時會產生的差距，由此完成「道德」含義的調整。再說，《年輪》所倡導的「道德」其實

---

[32] 吳振慶的父親對吳振慶說：「你給我聽著。你最大。你他媽的最有主意。你就是他們大哥。他們哪一個出了差錯，或者不學好，你別打算再回來見我！」《年輪》203 頁。

在內涵上和《雪城》的幫派義氣差距不大。《年輪》到處鋪排著「先別問為什麼，借錢，借不借？」這種考驗對方講義氣與否的「道德」評價方式。也幸虧《年輪》淡化掉文革時期的理想主義、英雄主義的氣氛，從而能應付《雪城》式瞬間崩塌而導致的破滅感，使得鐵哥們義氣式的「道德」獲得穩定如一的合法化。若說《年輪》添加了一些東西，就是成功、孝敬父母、愛國家的人倫之常情。[33]

雖然關注的同樣是道德主題，但與下一節張抗抗的思考相比，梁曉聲的「道德」顯而易見是「依靠外界型」、重「關係」型。

第二節　張抗抗

若說梁曉聲通過知青小說表現的道德體系是「依靠外界型」的、集體主義性質的，那，張抗抗則是更集中於挖掘人物的內部世界來探索「道德」。張抗抗 80 年代初的知青小說所體現的價值內涵與堅持信念追求理想、與為了祖國現代化前進的陸星兒很相似。若說梁曉聲作品中的人物因受外部視線的轄制，常以「訴苦」來獲得道德合法性，張抗抗作品的人物則與陸星兒的一樣，在逆境中不失去信念而發揮內在積極性來獲得合法性。不過，張抗抗終於探索

---

[33] 對孝方面，以王小嵩的母親為中心，出現了貧困而善良的父母們，且這些主人公都是孝子孝女。而「忠」方面，吳振慶出於對國家和公司的熱愛，拒絕日本資本家以與興北公司合作的名義為代價、提供巨額現金的提議。不僅如此，梁曉聲在《年輪》正被拍成連續劇播放的 95 年，《共和國的兒女——老三屆》晚會上演講的內容也是忠孝為主。參見本書第四章第一節。

出與陸星兒不同的空間。這是她在 85 年以後仍堅持知青題材同時繼續反思道德問題取得的收穫。根據需要，將張的知青題材小說分類如下。㉞

第一階段：《白罌粟》，80 年 8 期《上海文學》；《火的精靈》，81 年 3 期《當代》；《紅罌粟》，83 年 6 期《上海文學》

第二階段：《愛的權利》，79 年 2 期《收穫》；《北極光》，81 年 3 期《收穫》；《遠的山，近的湖》；《塔》83 年 3 期《收穫》

第三階段：《隱形伴侶》，86 年 4、5 期《收穫》

第四階段：《37°C－41°C－37°C》，85 年 6 期《小說月報》；《永不懺悔》，87 年 5 期《小說界》；《月亮歸來》，92 年 2 期《小說月報》；《沙暴》，93 年 2 期《小說界》；《殘忍》㉟

屬於第一階段的三部作品同樣地體現了當時處於「傷痕」系列的知青小說具有的、以盧新華的《上帝原諒你》、《傷痕》為代表的主流脈絡的特點：因不成熟被四人幫利用過的知青主人公、文革中受過苦的被害者、還有為了政治上出人頭地在利害關係中犯下惡行的匿名加害者，由這三類人物構成的結構。《白罌粟》中的「我」在同伴獅子頭的影響下攫取二勞改老頭的錢。二勞改老頭為了向在異鄉的知青兒子寄錢，過著極度貧窮的生活，卻被獅子頭認為是「連狗都不如的右派死一個也沒關係」，並被他所殺害。《火

㉞ 張抗抗的其他與文革有關的作品與知青運動沒有直接關聯，這裏暫不涉及。

㉟ 收入在作家 2000 年出版的《張抗抗知青作品選》，西苑出版社。

的精靈》同樣重複了這三者結構，即主人公當紅衛兵頭頭時曾燒過浸透黑作家顏莊心血的長篇小說，其後每當看到他的女兒顏冰時就感到愧疚；一直因出身而遭逼迫的女知青顏冰；還有主導對女知青的迫害的匿名人物（副連長、保衛幹事、鬍子頭）。《紅罌粟》也同樣體現了紀小明（中間者、敘述者）、農民老鄔頭（被害者）、祝書記（加害者）結構。但要注意的一點是，儘管第一階段的三部作品展現著與當時屬於「傷痕」思潮的知青主流小說脈絡一樣的人物結構，但主流知青小說重在澄清知青的無辜，而張抗抗則重點刻畫被害者所受傷害的嚴重程度與加害者的惡毒。

到了第二階段的作品，張抗抗展現了與 80 年代初中期知青小說的主流脈絡的主要方面。如論文第二章第三節考察的，就是知青小說形成「回歸」思潮之際，此時道德主題成為這些小說的焦點。引起廣泛反響的代表作之一《北極光》的故事結構和陸星兒的《啊！青鳥》非常相似。[36]當然，從作品的發表時間來看，《北極光》比《啊！青鳥》早。《北極光》同樣出現象徵著三種趨向的人物，通過具有其不同價值觀的人物，來陳述作家所認同的「道德」。在城市和物質面前表示世俗的享受態度的傅雲祥；因十年動亂的悲慘經歷，對理想徹底絕望，變得冷漠，把聰明才智只傾注於個人發展上的費淵。他們都被排除在女主人公的選擇之外。結果如陸星兒認同榕榕一樣，在《北極光》中被肯定的善是曾儲的表現，即：宣告對真正信念的堅持[37]、不怕後果而揭發上級幹部的不當行

[36] 《啊！青鳥》和《北極光》在整個作品中具有的象徵意義也相同。

[37] 「『信念……』他又重複說。『真的信念，怕是不易改變的……』那口氣，

徑、積極解決鄰里間瑣事、召集青年人探索祖國的經濟改革與發展。

《北極光》發表後引起了不少反響㊳。張抗抗為此專門發表了創作談㊴。她引用大量馬克思的話來解釋，《北極光》描繪的對愛情（理想）的追求並不違背社會主義道德觀。經 80 年代初、中期，張抗抗與陸星兒、陸天明等一起所形成的知青小說主流㊵脈絡，獲得當時文壇的主流方向一致的認可，從《主旋律：社會主義的人道主義(張抗抗論)》㊶等文章中顯而易見。此文章稱讚，「張抗抗雖描繪了悲劇但沒忘了人民群眾中的善的力量，給出光明的結局」㊷；「雖肯定了主人公的人道主義呼籲，但並不是資本主義的個人

真像生怕碰壞了一件什麼無比美妙的東西。」《北極光》，貴州人民出版社，1996 年版，第 151 頁。

㊳ 批判性文章反駁女主人公拋棄深愛自己的未婚夫去追求別的男性是否道德。但也有很多評論肯定了《北極光》中不斷追求理想的精神。曾鎮南：〈愛的追求為什麼虛飄？〉，《光明日報》，81 年 12 月 24 日；張志國：〈對美好理想的追求〉，《文匯報》81 年 9 月 22 日；黃益庸：〈謳歌人的美德〉，《文藝報》，81 年 5 期；騰福海：〈求索物知足，更上一層樓〉，《光明日報》82 年 1 月 28 日等。

㊴ 張抗抗：〈我寫《北極光》〉，《文匯月刊》，1982 年 4 期。

㊵ 在第二章第三節中已表述了本書使用的「主流」含義。

㊶ 李貴仁：〈社會主義的人道主義（張抗抗論）〉，《社會科學》，1983 年 3 期。

㊷ 「張抗抗的小說頗多寫悲劇，但她沒有把社會描寫的一團漆黑，沒有渲染悲觀絕望的情緒。她明白甚至在最黑暗的十年浩劫期間，人民之中也蘊含著不可戰勝的力量。」作者還引用張抗抗的話：「儘管我們十年中受盡了苦難，但還有許多人在努力探求著真理，尋找著自己的道路。我相信這一代青年中一定會產生出最優秀的人才來，他們將為振興中華民族、建設祖國去發奮。

主義色彩，而是祖國的發展與個人前途相統一在一起的社會主義的人道主義」㊸。

正如自覺地把國家民族前途與個性解放作為統一目標思考和追求的曾儲一樣，在《愛的權利》中塑造的社會主義人道主義者就是舒莫。張抗抗塑造的這類人物到了《遠的山，近的湖》的李鉅那裏達到了最高峰。主人公李鉅憑自己的實力理應能當上縣學校的英語教師，能當克山病研究小組成員，能得到在恢復高考後報名的資格，但屢屢因知青同伴杜輝煌的政治誣陷受挫。不僅如此，雖然他頂著所有挫折，發表關於克山病研究的論文，但受到醫院同事的嫉妒，院長擋了他調工作的路子，權威的老教授也反對論文。但是作家把李鉅的克山病研究與北大荒農民的生存結合起來，同時突出了他拒絕以同高幹子女結婚換取現實出路的品德，以此塑造了一個以內心的意志與善良（主動性、積極性）勝過外部的不義與惡的道德英雄形象。

當代文學要寫出有新時代特徵的更積極更豐滿的青年人的形象，寫出他們心靈中美好的東西。」

㊸ 張抗抗的這樣具有美好心靈的當代先進青年人物「同資產階級上升時期的先進青年有了質的區別，因為後者在同封建主義作鬥爭時，以人道主義為出發點帶有很濃烈的個人主義色彩。既然如此，在塑造當代先進青年的形象時，著力挖掘出他們能把國家民族人民大眾前途同個性解放結合起來這一特點，突出地予以表現，應該說就是挖掘和表現了有史以來人類最崇高的一種精神境界——以共產主義為理想和旗幟的精神境界。」當時，揭露文革對人性的抹殺、討論怎樣在社會主義框架內把當時時興的話題——人道主義與集體主義文化融合起來的代表文章有，李連科：〈論共產主義道德中集體主義與人道主義的統一〉，《社會科學戰線》82 年第 2 期。

張抗抗的人物所展示的這種模範案例在《塔》開始逐漸出現裂痕。當然《塔》中也出現在艱苦的條件中不放棄哲學思考的顧亦非。但與李鉅的孤軍奮鬥最後贏來哈爾濱大學的研究員職位不同，理想主義者顧亦非的追求所浸透著的更多是在面對城市物質洪流中的無奈嘆息。「如今處處都要講求經濟效益，可是世間真正寶貴的東西，恐怕是難以用經濟價值來衡量的，甚至也不一定具有流行的實用價值。它到底是什麼呢？我在這十幾年中苦苦地尋求它……」結果，顧亦非以「需要直面現實，而且也許根本沒有成功的希望，甚至沒有理解」這樣的結尾收場。另外，很難說以多人視角進行敘述的《塔》所認同的只有顧亦非一個，因為在「每次都不放過機會」的輝煌幹部形象——凌建中身上也看到作家的認同。還有，扎根在北大荒的宋為良不是吐露了只要能回城掃馬路都行的心聲嗎？

這種沉重的現實壓力，使張抗抗 80 年代末以後屬於第四階段作品的主人公，不再是突破逆境、追求理想的先進青年形象，而是在日常生活中適當做妥協的、甚至完全陷入物質享受的形象。《永不懺悔》中出現失身卻適應其生活的香櫃子，偷偷地把蜂王漿用作私人用途的連隊蜂場模範標兵，每天在公家田裏偷吃蔬菜、水果、雞蛋的拉美等知青形象，小說對這些人物的敘述是富有同情色彩的。《沙暴》中的辛建生，當年在草原上插隊的時候，曾經因為無知，參與了知青們獵殺老鷹的行動。後來，他從事實中得知，對於老鷹的大規模獵殺，破壞了自然的生物鏈，使得草原生態嚴重失衡，給草原和牧民帶來巨大的災害。可是，心靈的自責並沒有使他真正改變，一旦面對現實利益的誘惑，他就變得動搖起來，最終是跟著昔日的知青同伴重返草原，再次舉起罪惡的獵槍。

知青主人公的庸俗形象在《殘忍》中達到最高潮。牛鏟，因為不堪連長傅永傑對全連的盤剝和對女知青的玷污，因為無法對他實行正義的制裁，與馬嶸一道，將其活埋在荒野上，並且一個人承擔了謀殺罪名被判死刑。如今，馬嶸在牛鏟的墳墓前哀悼：「你要是活著多好，咱倆一塊兒做生意，你準保是把好手。」可是腦子裏馬上產生如下殘忍的念頭：「假如牛鏟活到現在，同他一起搭檔作買賣，老闆恐怕就輪不到自己來做了。他充其量是給牛鏟打工的……再說在生意場上，親兄弟也明算帳吶。……如此看來，也許牛鏟還是留在這個地方，更妥貼更恰當些。」此外，牛鏟遺言中囑托馬嶸與楊泱結婚，卻因楊泱失蹤而沒能實現，對此馬嶸突然「恍然大悟……如果他真地娶了楊泱，而楊泱心裏始終想著牛鏟，他馬嶸還會有現在的好日子過嗎？身邊那些女人們還能呼之即來揮之即去麼？鬧不好打了離婚，他的財產還得分給楊泱一半吶……」

那麼，由 80 年代初中期具有社會主義人道主義的知青道德英雄，到如此「殘忍」[44]的馬嶸，這種轉變是什麼原因造成的？確實在市場經濟進一步深化的 85 年以後中國出現了更加「自由化」的潮流。張抗抗是善於跟著潮流變化而寫作的作家。80 年代初期她發表了屬於「傷痕」系列的知青小說，80 年代前中期塑造了具有社會主義人道主義的道德英雄，參加了主流知青小說的行列。80

[44] 作家以「殘忍」、「永不懺悔」等題目已表露了她對於第四階段小說人物的批判立場。但是這並不能說明作為道德英雄的知青主體的消失本身。而且，作家從第四階段的作品開始徹底放棄在以往作品中常見的敘述者與主人公之間認同或映射的關係，而將知青人物完全他者化，表明作者已經結束自身的某種牽掛。

年代中後期迎合流行的現代派手法發表了意識流小說等等。不過，張抗抗還是擁有自己的話題的。1986 年出版的《隱形伴侶》就是對她的話題的回答。《隱形伴侶》大獲成功不在於其大量的意識流寫法，而在於她自己一直探索的善惡問題獲得有深度的挖掘。其實在第一階段的作品中作家已經顯露了對善惡的問題意識㊺，第二階段的作品繼續表達她對這一問題的理解。這種理解呈現一種對「自我」的辯駁：若說上述第一階段的作品是對於文革時期發表的《分界線》的否定，則《隱形伴侶》是對於第二階段的作品的否定。

《隱形伴侶》的肖瀟對「善」的理解與知青文學經 80 年代初期「回歸」思潮所形成的主流脈絡，即與《北極光》中的陸芩芩很相似：在阻礙與困難面前也不失去對未來的樂觀信念，並積極追求理想。陳旭被肖瀟看成是「反面人物」，就是因他不像《遠的山，近的湖》中李鉅那樣不與惡妥協，以不屈的意志實現理想，反而在現實的不義前以說謊、欺騙、冷笑、墮落等來表現其絕望和反抗。但小說到了高潮，卻將社會主義人道主義的「三好學生」肖瀟逐步地逼到自己默認的欺騙劇並參與其中的境況。這是作家執著地鋪設背景及運用細緻的心理描寫加以揭露的敘述成果，也是《隱形伴侶》能夠提供對「道德」新認識的原因。

其實作品在很大篇幅上是把肖瀟寫成一個天真少女，她全心依

㊺ 如在第二章 86 頁所述，知青題材傷痕階段的作品主要突出糊里糊塗成為加害者的知青主人公的冤枉，但《白罌粟》、《火的精靈》、《紅罌粟》雖然呈現了相同的三者結構（加害者知青主人公、被害者、真正加害者即匿名的惡人），但更著重突出刻畫的不是作為敘述自我的知青主人公，而是被害者與其受害狀況的嚴重，表露了敘述自我更鮮明的困惑。

賴陳旭，為一些日常的謊話都要臉紅。拒絕過農場幹部要和陳旭劃清界限的勸誘，正勤儉節約地籌備兒子的養育費，懇求不再說謊的肖瀟終於還是提出離婚，看來這完全是陳旭「逼出來的」㊻下場。但考慮到敘述自我對肖瀟的映射和對陳旭近於本能的反感所帶來的隱蔽性敘述，還有兩個人物身分變化的軌跡以及相應展開的各自立場的表明，不得不贊同陳旭對肖瀟的「你才是一個口是心非的東西」㊼的評價：

首先，追溯肖瀟的經歷：與父母分離—與陳旭結婚—在農場文化部工作—與陳旭離婚，成為報社記者—生產隊班長、理論小組組長。可見其身分的上升趨勢。肖瀟以愛情為由違背父親的意願，離開被打倒的父母，選擇紅衛兵頭頭陳旭；又離開遭群眾批鬥的陳旭，以追求上進為由，開始認同郭春莓，由此獲得其「進步」的認可，在七分場有擔任幹部角色。相反，陳旭的經歷則是：紅衛兵頭頭、知青排長—隔離審查—結婚—勞改、群眾批鬥—反革命、離婚。可見其身分的下降。聲稱是對毆鬥、叛逃的懲罰，其實是為了殺掉陳旭的傲氣而隔離他，但這只是貧下中農保衛幹事「小女工」等「上級」長久的「壓殺陳旭」之開頭。陳旭為了自己的生存而作的種種嘗試，反而加增了陰謀家、野心家、奪權主義者的罪名。

㊻　「既然這樣，我想也許還是……分開的好！」是他逼著她說出來的！《隱形伴侶》261 頁。

㊼　「你口口聲聲廉潔喜歡真實，我把一個真實的我交給你，你卻無法接受。你是絕對無法接受的，你要的是一個規規矩矩道貌岸然的假我。是的，要一個所謂善良美好的假我，而把真實當作一塊遮羞布，你！」他突然暴怒起來：「你才是一個口是心非的東西呢！」同上 305 頁。

他們各持的主張如下：肖瀟每當遇到陳旭的謊言和欺騙時，感到內心「有什麼從小受教育養成的神聖受著侵犯」㊽。但是，陳旭卻認為在自己「單槍匹馬」跟農場的騙局搏鬥時，肖瀟在幹部們旁邊卻「屁也不放一個」，她為什麼反而對日常生活中的小謊言「表示格外的注重」。陳旭當眾揭露只顧謀取私利的農場領導無能的經營帶來的經濟弊端㊾，以及郭春莓以政治野心為主的處世態度㊿。在強烈的受騙感中，陳旭看到用謊言使辦不到的事情能辦到，有一種復仇的快感。而在針對謊言與陳旭開展的爭論中，肖瀟仍處於說服不了陳的「詭辯」的單純的弱者位置。肖瀟追求理想的自私性每每這樣隱蔽在脆弱的眼淚背後。

但是肖瀟在「自力更生」之後，驚奇地發現在生活中自然說謊的自己，確認陳的「以我的犧牲維持了你的正直」的評語。進而，發現母親、蘇大姐、北京叔叔都在說謊。即便是這樣，肖的「上進心」仍得不到阻止。她甚至把郭春莓定位為新的認同對象，開始進入美化對象的敘述階段。「拼命睜大眼睛去發現郭春莓的可敬可愛

㊽ 「她從六歲那年開始……她所受到的全部教育都是做一個誠實正直的人。他破壞了她的理想，而不僅僅是前途。」同上 276 頁。

㊾ 「你們如果長點腦子，幹嘛不把苞米棒一塊兒送去粉碎飼料！省得到了冬天又上處磕頭買飼料。」「就這片澇海，搞個魚塘養魚，還能聞點腥味兒，偏要以糧為綱搶個學大寨的頭功……。你這個場黨委書記，還是先下來調整查農場的真實情況，弄弄明白那幫土皇帝們，到底怎樣用國家的財產、知青的血汗，為自己升官發財鋪路再發號施令吧！」《隱形伴侶》245 頁。

㊿ 「危險的不是我，是那五百頭豬，餓得滿分場亂轉啃屎舔尿，茅樓都不用打掃了。希望養豬模範發明一種冷氣的飼養法，在她外出進用期間，不必請專人代勞，而能夠自食其力，自己更生……」同上 227 頁。

之處」[51]。因為肖瀟追求的理想式樣是要美好的；這是維持自我合法性的前提。她強調郭在病床上把紅襯衫說成紅旗的感人場面，作為自己認同的基礎。肖瀟可憐郭春莓被孤立，跟郭談心得知其「不容易」，替她給大家解釋她的立場[52]。不過，肖瀟實現的「理想」還是在陳的直面下暴露其真相。肖瀟是那麼不願意陳旭讀到自己寫的報導，希望儘快地離開農場離他遠點，儘量迴避他。[53]因為她不願意直面「在利己欲望的發動下，以美好理想的追求為由欺騙自己」的自己。終於她不得不面對如影子一般追隨著、控告著的他，正像她到了那個偏僻山村的舅舅家時，依然驅使她對陌生的大嬸說謊的那個魔靈一樣，趕也趕不了、離也離不了的隱形伴侶。

那麼，肖瀟對於上述的善與惡之間隱形伴侶關係的認識（自我認識）為什麼需要那麼漫長的敘述和情節的展開呢？為什麼要通過鄒思竹和北京叔叔兩次嚴肅地探討「人性惡是否真實」這個命題？可見在紅旗下出生、長大的肖瀟為了拋棄正直、美好、神聖的原則，而去肯定她接觸的一切人包括自己在內以自私為行為動機的狀況，是多麼艱難多麼不願意。與坦白承認自己自私欲望的陳旭不同，必須把自己的追求理想化的肖瀟多麼需要敘述，而且為了敘述，她多麼需要站在「郭春莓」的立場上去看問題。就這樣，張抗抗終於認可了自己（人類）的隱形伴侶，不僅如此，細緻地暴露了

---

[51] 「拼命睜大眼睛去發現郭春莓的可敬可愛之處。」同上 351 頁。

[52] 肖瀟辯駁鄒思竹等對郭的批評說。「你們到底同她有什麼怨仇，總是看她不順眼，……可她帶病沒日沒夜地苦幹，總是真的」云云。同上 357 頁。

[53] 「就好像肖瀟是必需、必定會離開農場似的。……因為陳旭在這裏，兩個人應該要徹底分開。」同上 367 頁。

自己（人類）為了迴避它而需要去敘述，並且敘述（說謊）得那麼自然！通過這種敘述而確認其立場之後，張抗抗已不再可能創造「將個性追求與祖國的經濟發展結合在一起的社會主義人道主義的典型」了。這是第二階段作品和第三階段作品所提供的知青人物有天壤之別的原因。

第三節　張承志[54]

梁曉聲主張的集體主義道德觀（「依靠外界型」道德結構）已經把「道德」的含義貶低為幫派式義氣以及世俗的人倫之情。張抗抗塑造的靠內在精神力量發揮主動性、積極性的道德英雄，經過發現內在的「隱形伴侶」，無法繼續保持其完美。跟他們相比，張承志對理想的追求，因信仰對象轉向為宗教，頗似獲得更為一貫的保持[55]。眾所周知，自 80 年代末到 90 年代初、中期，張承志對中國人

---

[54] 張承志，回族，原籍山東省濟南市，1948 年在北京出生。1967 年清華附中畢業後到內蒙古烏珠穆沁旗插隊 4 年。1975 年畢業於北京大學歷史系考古專業，1978 年考入中國社會科學院研究生院民族歷史語言系，1981 年畢業並獲得碩士學位，主要進行北方民族史研究工作。短篇小說《騎手為什麼歌唱母親》，並獲 1978 年全國優秀短篇小說獎和全國少數民族文學創作榮譽獎。此後發表的小說有中篇小說《阿勒克足球》，獲第一屆《十月》文學獎和全國少數民族文學創作獎。《黑駿馬》獲 1981-1982 年全國優秀中篇小說獎，《春天》獲 1983 年北京文學獎。《北方的河》獲 1983-1984 年全國優秀中篇小說獎。1987 年出版長篇小說《金牧場》。

[55] 姚新勇指出「中亞板塊這個群集性意象，為張承志提供了一個強有力的相對恆定的支撐，……」《主體塑造與演變》94 頁。

文界喪失信仰的危機和知識分子對物質的世俗態度的指責，贏得了不少共鳴。與此同時，不少批評富有說服力地指出張承志的理想與信仰正傳遞著文革時期紅衛兵的旗幟，指責他的反歷史態度。

本書考察範圍不包括知青題材小說之外的張承志的作品，正像上述的梁曉聲與張抗抗的情況一樣。但為了正確把握張承志的知青小說，還應參照一些對張的綜合性評論，其中薛毅的《張承志論》[56]最有說服力。這篇評論主要關注的是，在草原母親的慈愛中成長的主體尋到黃河父親之後，作為獨立的主體不斷成長的過程中，排斥與己不同的異質性的特點。該文指出雖然把信仰的對象轉變為宗教理想之後，在擴大其同質性方面獲得更大的可能，可是對理想的信仰所帶來的的黑白二元論，以及對善與惡之間的區別，進而消滅惡（異質性）的強烈意志等，都表現出了不符合多元化文化趨向的文革型思維結構。而且他認為目前中國需要的是魯迅那樣的懷疑，並不是張承志式的信仰。[57]

但是，薛毅的這篇文章在分析和引用具體作品時，也留下了一些漏洞，尤其在長篇小說《金牧場》的分析上。實際上，在張承志的知青小說中，《金牧場》具有如《隱型伴侶》之於張抗抗，《雪城》之於梁曉聲[58]般的重要性。《金牧場》自 87 年發表後引起了

[56] 《張承志論》，《二十世紀中國文學史論》東方出版中心，1997 年版，249 頁。

[57] 「魯迅……為什麼總是那樣彷徨、痛苦、絕望……在我們的時代，懷疑、不信從何否定的態度絕非全是缺乏神聖感的（信仰）的表現」同上，268 頁。

[58] 「就《金牧場》本身對張承志而言，可能倒很類似於《雪城》對梁曉聲的意義。」（姚新勇：《主體的塑造與演變》2000 年，暨南大學出版社，93 頁）

很多反響，其中不少文章[59]注意到了張承志對理想主義的大幅度的修正。他們注意到了由四個故事開展的《金牧場》對理想的追求，都以幻滅和失望為告終。

如，《〈金牧場〉的結構和世界》質疑了《金牧場》的「『尋找者→目標』，結構？還是解構？」[60]的問題。蔡翔評論道，「在今天來說，理想已經成了一個可以供人嘲笑的概念，是一種堂吉呵德式的古典精神」，其實「整個現代主義的文化背景中充滿著一種失樂園的悲觀精神，在理想與現實之間，才產生了許多現代意味的觀念」，這樣「《金牧場》中的理想主義更多的是在美的領域的」。尤其通過像「女兒向太陽跑去的場景的集中突出」，表明了張這種「人文性的、即人類本能的對永恆的嚮往。」[61]

其實張承志通過作品追求理想時，其「理想」所針對的含義是不斷變化著的。作家最近發表的《墨濃時驚無語》[62]中解釋自己的

---

[59] 應雄：〈《金牧場》的結構和世界〉，《當代文壇》，88 年 1 期；劉建英：〈長篇小說《金牧場》引起的熱烈討論〉，《作品與爭鳴》，88.2；樊星：〈宗教與人〉，《當代作家評論》，88.4。

[60] 應雄，《當代文壇》88 年 1 期。

[61] 蔡翔：〈永遠的錯誤——關於《金牧場》〉，《讀書》，1988 年第 7 期。

[62] 張承志：《墨濃時驚無語》，原載《二十一世紀》，東西文庫整理 http://dongxi.126.com。不能否認，經 80、90 年代，隨著語境的變化，對張的評論也經歷了一些變化。初期，草原——母親形象受到集中關注，80 年代中後期，他的理想主義特點甚至得到「以意義對抗死亡」的好評（趙園：《地之子》，北京十月文藝出版社，93 年版，第 333 頁。）；80 年代末開始，尤其在 90 年代中期，張的理想主義不僅因其所表露的文革色彩受到責難。接著，90 年代後期開始，張對以中國穆斯林為代表的少數、弱勢群體的呼籲，似乎重新得到其現實批判性與說服力。

紅衛兵造反精神和革命理想時，謹慎地把文革負面性的東西刪掉[63]；進而，他指責知識界對自己的寫作進行的是「專制性」抹殺，是「非民主」的「反對異己的行為」[64]。這樣，薛毅在批評張承志時使用過的「非民主」、「排斥異質感」等詞彙[65]，同樣在張承志為自己思想合法性申辯時出現。看來，分析張承志作品時要關注的是這種理想的含義，以及張承志的敘述過程。正確地處理這些問題可能需要涉及本書研究對象之外的張承志的所有寫作。不過僅僅探索他的到《金牧場》為止的知青小說文本的過程中，也會起到一定的清理效果。要考察的作品目錄如下：

《騎手為什麼歌唱母親》，1978 年 10 期《人民文學》，《青草》，1980.1《北京文藝》，《阿勒克足球》，1980.5《十月》，《綠夜》，1982.2《十月》，《老橋》，1982.8《新疆文學》，《黑駿馬》，《大阪》，1982.11《上海文學》，《北方的河》[66]，《廢墟》，1985.10《北京文學》，《金牧場》，1987，作家出版社

首先，《騎手為什麼歌唱母親》、《青草》和《阿勒克足球》

---

[63] 張在此文表明他所主張的理想不意味著文革時候的血統論、階級鬥爭等的非人道性質，而是維護受壓迫的少數人的、青年人的反體制思想式的理想。

[64] 「我已經選擇了文學道路，以為文化，藝術的領域已經足夠遼闊。而現實告訴我不是這樣，……今天我們越來越感到，民主的最後的敵人，藏在人反對異己的行為之中。」（《墨濃時驚無語》）

[65] 「但在我們這個時代，正義同樣也可以用各種方式表達，包括張承志所鄙視的儒家思想，包括來自於西方『列強』的民主思想。」《張承志論》（《二十世紀中國文學史論》東方出版中心，1997 年版）268 頁。

[66] 收入在作家 1995 年出版的《張承志文學作品選集》，海南出版社。

中都提及敘述人「我」（主體）是在象徵草原——母親的額吉、蘇米婭、知青巴哈西（他在烏珠穆沁草原懷裏獲得母愛），可以把他看作與草原、母親相一致的符號的強韌、自我犧牲的慈愛中，撫養長大的，並對他們表示強烈的認同。[67]但從《綠夜》起，主體所嚮往的對於草原的完全認同漸漸產生裂痕。半醉的五十來歲的醜惡瘸子喬洛耍酒瘋，奧雲娜卻容忍他對自己的調戲而一起嬉鬧，使得「他噁心，使他感到那為奧雲娜寫的詩淹沒在（表弟和侉乙乙）惡毒的哄笑喚起的痛苦中」。主體在「夢的破滅」之後，還是努力抓住「生活中的那瞬間的美」來試圖得到安慰，他重點刻畫奧雲娜勤奮的勞動場面，由此發現「表弟錯了，侉乙乙錯了，他自己也錯了。只有奧雲娜是對的」的道理，因為「她更累、更苦、更艱難」。這種美化性敘述，到了《黑駿馬》，在徹底消除主體對蘇米婭的異質感同時，加強對於草原的侵犯者——惡勢力的憤怒，獲得轉移效果，更加穩固地得到進一步的發展。[68]

在《老橋》中，儘管作家將自己的理想——過去[69]和死去的老

---

[67] 「我是他們的兒子。現在已經輪到我去攀登這長長的土坡。再苦我也能忍受的，因為我腳踏著母親的人生。」（《我的橋》，《十月》1983.3）

[68] 薛毅認為《黑駿馬》中的主體最完美地接納了與自己不同的異質感，但筆者有不同看法。筆者認為，《黑駿馬》和《綠夜》中對草原異質性的感知和接納是相似的，而《黑駿馬》中通過蘇米婭哭訴「為什麼你不是其其格的父親呢？」，從惡勢力中剝離開蘇米婭，不過在結尾強調對邪惡父親勢力不負責任行為的憤怒，以此真正實現異質感（惡）的轉移，但這並不是消除異質感。

[69] 「埋葬了他們親切的長者以後，就永遠地離開了那裏（老橋）。」（《老橋》12 頁）張承志的知青小說中知青人物所回憶的過去始終被美化處理，並作為理想的真諦來出現。

人一同埋葬了，但依然以面對過去的態度來履行價值判斷的義務。敘述主體是把「坍塌了一塊橋板、散亂著獸糞的」老橋，描述為「厄魯特老人堅守的，黎明留下了生活的選擇，老 Q 健壯了體魄和得到了羅曼蒂克，才子豐富了思想並立下雄心，也是他獲得啟蒙的」美化的對象。這樣的結語掩蓋了並不神奇的老人的平凡、黎明和才子的道德缺陷、「他」的心理痛苦等等的事實。這種為了理想（過去）而履行的敘述工作，在《廢墟》中表現得格外明顯。《廢墟》的問題是應該怎麼處理成為廢墟的過去（理想）。因為這不同於「老橋」或奧雲娜，這實在是沒有一點美化可能的徹底的廢墟。

當年連牧民們都移居的冬天，我們有四名知青成員的小隊在尖厲的白毛風中挖出了一口井，在這一場戰勝凍土的戰鬥裏，我是連手套都不帶猛幹，魯子還受了傷流過血。牧民們看那堆挖出來的紅膠土，把它叫成「紅井」。作為曾經送走了我們青春的艱苦勞動的象徵，「那井可現在是一堆紅土，一堆廢墟」，「就像是在這被世界遺棄了的土地上在立著一個沒有人聽的誓言」一樣「紅得那麼刺眼」[70]。作家採取的方案是把「廢墟」掩蓋掉，而為了填補空白，儘量提升那時為我們做飯燒茶的確加老漢的形象。「我」後來來看望這草原，是要在冬天來的，因為只見到常常迎送我的確加老漢，而「冬日的大雪會把那片刺眼的紅泥廢墟掩蓋。我也會把關於它的事藏起來」[71]。《廢墟》展現了作家對過去（理想）明確的取捨的敘述態度。

---

[70] 《廢墟》，《北京文學》，1985.10。

[71] 同上。

在《綠夜》中，敘述主體說過「不再寫那樣幼稚的小詩」、要「像成年保爾一樣」唱著沉著而有力的「自己的歌」。就這樣，到了《大阪》和《北方的河》，「我」作為完全成熟的獨立主體，離開草原母親的懷抱，追求確立的目標。因此，不同於以往作品對過去的理想化，當主體自己走向理想、成為理想時，作家必要的工作是從自己的範圍裏把不理想的東西剝離掉。正如拒絕疲於「殘缺」生活的女知青對自己的期待，正如不答應處於生產痛苦中的妻子的要求一樣。這種敘述處理也可以看作一種對「我」（屬於「我」範圍裏）的敘述過程。不過，這裏的「我」（理想）已不是回憶過去、美化過去的我而是面對現實的我。難怪敘述處理不像對付記憶那樣簡單，而呈現出了複雜、費勁的痕跡。[72]

敘述主體對理想的這種執著而堅決的追求，到了《金牧場》已經不能再迴避現實的要求了，因為現實在追問你的結果，你必須得交待。正如上述評論所說的一樣，《金牧場》的追求者們的確都面臨了理想（目標）的幻滅。在長征途中受傷而流落的紅軍不僅沒有得到任何歷史的補償，反而過著最底層的孤獨的生活；重踏革命烈士長征的足跡後回來的紅衛兵，等待著他們的是監獄生活與混亂的武鬥；在額吉指揮下冒著白毛風，付出巨大財產損失而達到的金牧場——阿勒坦·努特格已經被劃分為某一部隊所有，連進都進不了；藍貓考慮和「我」的義氣把招工表讓給了別人，而「我」違背對他說過的誓言，返城進入北京大學；在日本舉行的國際學術討論

[72] 比如，《大阪》中妻子的處境一直干擾著「我」的整個登山行旅，《北方的河》中「我」劃出較大篇幅描寫跟她（女知青）的離別等。

會上，「他」雖然發表了自己花費一年心血研究的《黃金牧地》的成果，而在大湯和周先生流利的英文提問和攻勢前，連回答的機會都得不到，會議就匆匆結束。進而，敘述自我坦白紅衛兵時期親手執行的可怕的暴行，並承認自己對母親、妻子等最親之人的殘酷態度。[73]

不過，《金牧場》在幻滅性現實面前還是履行其挽救理想的工作，仿佛是在說明所追求的理想和這些現實的下場沒有關係。雖然作家質問了血污狼籍的紅衛兵武鬥[74]的結果，質疑了對烈士無報償的不公平待遇。但是他關注的不是這些問題。因負傷流落偏僻的村落，過著底層生活，卻寫出「紅軍是窮人的部隊」的那位「老紅軍」，才是他要尋找到的。他最終歸納到老紅軍「你就是我知道的革命」，「我懂得的革命只有你」[75]。雖然沒法進入金牧場阿勒坦·努特格，可是對「我」來說，戰勝逼迫與苦難生活、作為堅韌與慈愛的象徵、在白毛風中銀髮飄舞的額吉，「她本身也許就是一個阿勒坦·努特格」[76]。「他」雖然沒能在日本國際學術討論會上聽到掌聲，但「他」關注的是向永恆的生命——太陽跑過去的女兒給「他」的希望。可見，作家在《金牧場》中交待的「革命精神」

---

[73] 這樣的自白也是面向無條件容納並極度推崇自己的真弓訴說，確實是已經擁有了被接納的保證。只是，自《大阪》以來強韌的成人主體，到《北方的河》從暴力的紅衛兵中剝離自己而投到黃河，成為與父親（理想）一體的完美的主體，再到《金牧場》中的吐露自己真實想法的轉變，還是值得注意。

[74] 「在如此神聖保衛心靈的搏戰中難道在最終——是以殘忍和凶惡解決一切的麼？」

[75] 《金牧場》，作家出版社，1987年版，375頁。

[76] 同上431頁。

和「理想」，是帶有濃厚的主觀性的，屬於精神世界的，屬於文學寫作的表達。

其實《金牧場》還有一個故事，即小說裏面的書《黃金牧地》的故事。五個戰士尋找黃金牧地，最終只留下一個少年，過血河進入天堂的故事。這是一個沒有年代的、拒絕向現實交待結局的故事。雖然《黃金牧地》的故事所占篇幅很少，但充分暗示了作家向宗教信仰的轉變。這樣，《金牧場》不僅把以往的美化理想（過去）的敘述方式改變為直接交待其「理想」的方式，而且通過提及中國西北地區的屬於伊斯蘭宗教的民間信仰，鋪開了繼續追求的可能之路。《金牧場》以後作家採取的散文式寫作方式以及更正面、直接地讚美中國伊斯蘭教蘇菲派的信仰行為，都是這種轉折的表明。那麼，在西北偏僻地區遇到的民間信仰為什麼引起了作家那麼強烈的認同？

對此，張承志在《三份沒有印在書上的序言》[77]中說明了中國紅衛兵精神是反抗官僚主義，同時在貧窮的底層民眾中尋找真理的。[78]不過，造反派紅衛兵思想家們恐怕不一定贊同對紅衛兵精神概念的如此界定；因為他們不僅要反官僚，也要參與財產和權力的再分配。[79]這和張承志筆下出現的對物質的全面否定，靠流血、犧

---

[77] 《三份沒有印在書上的序言》收入在《清潔的精神》中（安徽文藝出版社，1996 年版）。

[78] 「是我們——我們這一部分堅決地與官僚體制決裂的，在窮鄉僻壤、在底層民眾中一直尋找真理的中國紅衛兵——才是偉大的六十年代的象徵。」同上，163 頁。

[79] 參見本書第一章第三節中的紅衛兵運動初期造反精神的分析。

牲、殉教來追求精神價值的審美符號相比，的確不一樣。張承志之所以選擇西北民間的伊斯蘭信仰，很可能是當他遇到他們的貧窮和犧牲的生存壯景時，自己對於貧窮[80]、鮮血、犧牲等的審美觀獲得了強烈的共鳴。難怪「身體傷害」的情節功能符號，出現在張承志幾乎所有的知青小說中。如《騎手為什麼歌唱母親》中，額吉因在白毛風中讓給我袍子而落得下半身痲痹；《阿勒克足球》中的知青巴哈西在火災中為我搶救阿勒克足球而犧牲；《大阪》中主人公咬牙吞血，忍著劇烈的牙痛過了大阪；《北方的河》中的我也在過黃河時肩膀受傷，在隱隱的疼痛中堅持準備考試。而到了《金牧場》，身體傷害符號出現的頻率[81]達到最高峰，並其對傷害描寫的逼真度也更加提高。例如，堅持戰鬥到底的紅軍死時倚靠的槍頭穿透下頷，白狗剜掉紅軍的眼睛，肢解四肢；想進入黃金牧地的少年挖掉眼睛邁進血河時左臂被斷掉；真弓的黑人愛人被挖掉眼睛，吊死在樹上；鞭打階級敵人直到成為一堆爛泥的大海懇切地期望成為流血犧牲時將革命旗幟傳遞下去的英雄；在日本，「他」因熱病昏迷並且手受傷流血，靠著戰勝肉體的意志進入寫作的境界；「他」說「這場傷殘的一瞬才完成了他的美」[82]。

正因為這種「革命烈士型」的身體傷害、鮮血、犧牲交疊而形

---

[80] 「窮人是美麗的人」（《放浪於幻路》，收入《荒蕪英雄路》，知識出版社，1994年版）

[81] 《金牧場》總共有十章，每章都分為J、M兩部分，J部分出現日本留學故事、大西北考察故事，《黃金牧地》一書故事，M部分出現知青時期故事、紅衛兵時期故事。整部小說傷害與暴力的場面達到30多次。

[82] 《金牧場》387頁。

成的審美觀，當「他」聽到楊阿訇懷念殉教的的老人家就拔刀割下頭皮露出頭骨的故事，感覺到發現真理時的驚狂的欣喜。出於這種禁欲主義的、苦行僧的、超人的意志力等等的審美觀，張承志就覺得西藏藏民與西北回民的苦行與襤褸是中國之幸。[83]

張承志對理想蓬勃的熱情推動他的寫作不斷進行刪減、彌補、掩蓋、突出的美化工作，構築了他作品的理想的空間，並使他的追求尋到宗教這樣的突破口。他的這種人文思索的堅持應得到尊重。但問題是，在文革時期定型的審美觀牢固地掌握著他，影響著他「經死亡之路入黃金牧地[84]」的選擇，使他的信仰難免受到「須不斷用生命添入的無底黑洞」[85]的批判。他最近可能想用「關懷少數人」[86]的口號來挽救自己以前的所有寫作，——這就是本書區別「造反紅衛兵型」與「革命烈士型」的理由所在。因為「關懷」與「讚美」是顯然不同的兩種態度。而他的作品（主要指小說）所傳達的審美信息確實是屬於後者的。

當然「讚美」是屬於人類的，正如「懷疑」也是人類的一樣，「信仰」也是屬於人類的。可是作家應該面對自己在堅持的理想、信念等價值是完全靠不斷採取的各種敘述工作才有可能的這一事實，而且他的整個敘述工程（選擇過程）強有力地被某種審美觀掌握

---

[83] 「中國之幸也許就因為有了他們。尤其因為他們不僅是一些苦行的聖人，而且是兩腿泥巴一身襤褸的農民。」（《金牧場》157 頁）

[84] 《金牧場》400 頁。

[85] 薩毅：《張承志論》（《二十世紀中國文學史論》東方出版中心，1997 年版）264 頁。

[86] 張承志 90 年代後期對中國穆斯林的關懷確實具有現實批判性的。

著的事實。還有，支配著他的選擇的審美觀並不是在文革初期紅衛兵造反派的「異端」思潮，也不是白洋澱的文革「地下」思潮，而是文革時期的主流文化「革命烈士型」模式所顯示的信仰體系。這是本書考察張承志 80 年代的、到《金牧場》為止的知青小說的結論。此後他的散文式寫作有什麼樣的突破，在此不進行探討。假如真的有，那也是由「敘述」所改變的，它並不能救贖以往發生的一切。

梁曉聲、張抗抗、張承志的小結

如上所述，這三位作家在其思維和敘述方面，存在種種的類似。如，張承志在《綠夜》進行的對小奧雲娜的美化敘述，使人聯想起張抗抗在《隱形伴侶》中肖瀟對郭春莓的敘述。《綠夜》的「我」和《隱形伴侶》的肖同樣因自己的追求應該完美，而感到敘述的必要。還有在整體來看，梁曉聲的第一階段作品所描述出的「只有知青們的文革」，或者在《年輪》進行的對於「道德」含義本身的調整，也都可以看作是一種全面的敘述工程。梁曉聲在第一階段的作品中表現的通過死亡成為英雄、實現理想的模式，同樣存在於張承志的整個知青小說寫作中。不同的是，梁通過死亡維持了集體的約束力，而張通過流血實現了自我的英雄化。

第二，這三位作家也同樣通過 80 年代中後期（即 86、87、88 年）的創作，表露了在維持以往框架上的艱難。儘管《隱形》在其結尾添加了泡泡兒的角色，但張抗抗靠此明確地告別了曾受過「社會主義人道主義」好評的「依靠自我意志型」道德實現結構。張承志通過《金牧場》承認了在現實中理想的幻滅同時暗示了宗教的選擇道路。不過，他的選擇不僅暴露出強烈的文革流血式審美觀，仍體現著他的敘述策略；則是為了自己堅持理想、信念，為了提供保持的持續而需要另一種支撐而已。《雪城》儘管通過長長的訴苦，解釋了變質的合理，但明顯地表現了「依靠外界型」道德判斷結構是很難在城市的經濟體制下發揮效力的。這些都是在暗示某種轉機，這是一個世界的終結，新的時代精神的需要。

在此有必要提到一個問題。華人學者 Leunglaifong 採訪梁曉聲進行提問時，寫完《雪城》下卷的梁確實回答自己「已與理想主義、英雄主義訣別了」[87]。梁的這種訣別與對以往框架的破裂，為什麼不能迎來嶄新的飛行，而重回原地只有寫出《年輪》了呢？

對此，在第四章分析《血色黃昏》將繼續進行探討。

第四節　道德英雄的動搖與新空間的建立

一、道德英雄主體的動搖

如前所述，梁曉聲的「依靠外界型道德判斷結構」展現了大幅度的降低，通過人性的深度考問，張抗抗告別了「依靠自我意志型道德實現結構」的維持。張承志對理想的美化敘述也以承認宗教作為支撐，靠此來維持其理想。不過，表現出對昔日的信念與樂觀的不能再堅持的，不僅僅有上述三位作家。80 年代初、中期參與創作知青主流小說之道德英雄主體的作家們，如陸天明、孔捷生等，

---

[87] Leunglaifong: *Morning sun*, Armonk New York, 1994 年版，120 頁。

進入 80 年代中期後，同樣表露出知青主人公的、或作為敘述自我的困惑。

在《南方的岸》和《啊，野麻花》中，孔捷生與陸天明都刻畫了具有利他主義道德思想和犧牲精神的知青主人公，與追求物質利益、行為自私的反面人物相反，這些主人公維持了以內在的力量戰勝外在困難的、典型的「依靠自我意志型道德實現結構」。但是孔與陸在《大林莽》[88]和《桑那高地的太陽》[89]中塑造的知青人物已不再展現對於理想、道德的坦蕩明確的認識以及行為，而是以質疑者的面貌站在歷史與現實、世界與自我的面前。《大林莽》對知青人物所追求的理想（開墾森林建設知青點的革命工作），以及追求理想的方法（扔掉指南針，靠革命意志突破密林）都提出了質疑。《忌日》[90]的知青主人公吳卓同樣表現出疑惑，他是為了發展社會主義教育才寫的信，反而不知不覺被捲入政治路線鬥爭中，成為階級敵人。他認為，「如果我被關進國民黨的監牢，我想我也像許雲峰、江姐、李玉和那樣充滿著昂揚的鬥志，但，若是投入共產黨的牢獄，我卻不能不心崩膽裂」[91]，也就是說不能不懷疑依據過去教育所確立的善惡標準和信念。[92]這種疑問同樣出現在《桑那高地的太陽》中，如

---

[88] 孔捷生：《大林莽》，《十月》84 年 6 期。

[89] 陸天明：《桑那高地的太陽》，《當代》86 年 4 期。

[90] 刑卓：《忌日》，《十月》，85 年 1 期。

[91] 同上，19 頁。

[92] 「以往，我的生活經歷告訴我，這個世界上，好人是絕大多數，惡人不過百分之一。而今，我對這個論點產生了些懷疑——眼前所見，變臉的、反目的竟如此之多，真叫人寒心。」同上，21 頁。

「我們上山下鄉到底錯了沒有？我一生就只作了這一件大事，班長你說……」[93]

陸天明通過《桑那高地的太陽》進行了深刻反思。謝平經歷在五號圈的瘸子殘酷而野蠻的操練之後，徹底放棄自己年輕、「幼稚」、忍不住而表示對機關種種慣性的反抗態度，接受老爺子的再教育，採取絕對的順從。謝平這樣「戰勝自己」[94]、忠誠於老爺子 14 年之後，只能得到老爺子的背叛，因為和縣裏提出新鮮生動見解的年輕人相比，謝平變得十分木訥、遲鈍。問題就出現了：「你們不就是要我這個樣的嗎？」雖然謝平用槍奪去返城表，以此恢復昔日的「反抗主體」，拋棄貫穿整個小說的、當作自我存在根據的黨籍，以此保持「道德主體」。[95]但是，老爺子對謝平做出的是他恐怕「只能這個樣子了」的評價，謝平所恢復、保持的作為主體的價值被否決和壓制。在眼花繚亂的城市喧囂的運轉中，他只能回答「我不懂」；看到連當個簡單的機器裝配見習工也困難的自己，不要說追求建設社會主義的理想，甚至還擔心會成為像計鎮華那樣的精神病人。

再說，作家對主人公進行的道德英雄處理仍然擺脫不了歷史的

---

[93] 同上，121 頁。

[94] 知識分子「戰勝自己」的奮鬥，達到「無我」境界，最終在任何事上都拿不了主義、做不了主體的可憐知識分子形象同樣在李曉的《海內天涯》中出現。

[95] 當時評論認為謝平的人性意識演變的「之」字型線路。〈歷史精神與當代意識的結合——評《桑那高地的太陽》對知青題材小說創作的突破〉（《中國現代，當代文學研究》1987 年，第 4 期）。

沉重感。其實與老爺子對謝平毫無主見的服從表示心滿意足不同，趙隊長囑咐謝平雖要為駱駝圈子獻身，但不能成為駱駝圈子之人。提及超穩定結構等概念的《桑那高地的太陽》，和當時 80 年代中期流行的文化熱討論不無關係。《桑那高地的太陽》提出的問題是：「我們當年到農場去，到底是錯的還是對的？就算我們什麼也沒得到，有文化的人應不應該到農民中間去？沙俄時代，還有個巴扎洛夫，大學生，還知道回到鄉下，給農民看病，最後被農民身上的病毒感染，死在自己鍾情的女人面前，也沒後悔嗎！我們又到底咋了？」在這裏，提出的疑問本身已隱含了答案：巴扎洛夫的犧牲面對的是俄國革命時期、蘇維亞的評價，但謝平的獻身所要面對的是市場經濟時期的評價[96]。

《拂曉前的葬禮》[97]則乾脆拒絕如《桑那高地的太陽》般塑造道德英雄人物的尷尬處理，反而以歷史所選擇的時代寵兒這種角度來回答老爺子對謝平的嫌棄[98]。《拂曉前的葬禮》提供的田家祥這個人物象徵著農民、權力這兩個意味深長的領域。他以「典型就是剝削」的敏銳的政治判斷，把自己塑成典型，合法地引進、占領原本在「一鍋飯」裏的文革時期的生產手段。由此，成功地改造大葦

[96] 假如，知青運動不是以全面崩塌宣告失敗，則其後的敘述當然會不同。幸虧，歷史沒有假如。

[97] 王兆軍：《拂曉前的葬禮》，《鍾山》84 年 5 期。

[98] 對《桑那高地》的老爺子拋棄以變為「說不出啥新鮮東西的謝平」，更欣賞福海那兒的年輕人，因為跟他們能商量駱駝圈子的今後。「那時，你成功了，因為你有群眾，因為你在奮鬥，為個人也為大家。現在，失敗了，因為你失去了人民群眾的支持。你的路走完了。」

塘村。掌握農民們的心理的田家祥，每遇危機都以天才的演說鞏固自己的權力，在女知青「我」的眼中是光彩奪目的英雄。但隨著時代的轉變，田永順等人心目中的大葦塘村藍圖，是以個人承包責任制和各種副業來創造財富，進而發展為現代化。田家祥卻把永順他們的一切見解和努力看作對自己權力的挑戰。而在返城後讀大學的「我」的眼中，他已經淪落到把閉塞的大葦塘村認作是「世界中心」[99]。

從塑造道德英雄形象的寫作轉變到直接認同現代文明的另一位知青小說作家就是吳歡。80 年代初、中期的《大黑》、《雪是白色的，紅色的……》，和 80 年代中後期的《黑夜，森林，傻青》[100]和《傻青住院記》[101]，鮮明地揭示出作家從「道德」向「文明」的價值觀的變化。此外，這裏不能不提及《傑出人物》[102]。它暗示，拋棄昔日英雄主義、理想主義之後的價值趨向，除了上述的「現代化」，還有道德思維本身的轉換可能。《傑出人物》敘述者的困惑是雖然「永遠不會放棄我的理想主義」，但同時「卻苦於不能在自己的生活中找到一個實體」。當「我」目擊「搖擺」在與雲香的戀愛過程中得到靈魂的昇華之後，開始注意到善與惡之間的轉

---

[99] 「咱大葦塘就是天地當中央」《拂曉》56 頁。作家把成為權力的奴隸的田家祥評價為具有中國農民典型的劣根性特點：狹益、保守、自私、虛偽、平庸、凶暴等。可見他與老爺子形象的《桑那高地的太陽》一道順應了文化熱潮流。農民和農村話題在下一節進行討論。

[100] 吳歡：《黑夜，森林，傻青》，《當代》，85 年 6 期。

[101] 吳歡：《傻青住院記》，《作品》，87 年 4 期。

[102] 喬雪竹：《傑出人物》，《鍾山》，85 年 2 期。

換。進而通過精通猶太文學的物理學家的「飛碟是沒有先入之見」的教導，醒悟到固定的善惡標準的判斷方式是錯誤的。大家知道了「搖擺」隱藏過去胡同流氓身分而充當天安門事件中的英雄角色之後，孤立他，憤怒地聲討他「你還配得上看飛碟」。與此相比，「搖擺」則認為，「作家能把我寫得有多好，我就能變得有多好」[103]，更接近於對善與惡的正確看法。可見《傑出人物》雖然缺乏作家自覺的提示，但隱隱約約地邁開了認識善惡之不確定性以及世界之變動性的一步。

綜上所述，80 年代中期以後開始質疑、瓦解道德英雄主體的上述知青小說，通過知青主人公或敘述者如實地反映出作家自身的困惑，使得作品整體透露出沉重的壓力感。在道德英雄瓦解之後的空間裏，涉及了封建、落後、前現代等批判對象，同時表現了作為新價值的科學、現代文明等。但深深烙在作家身上的歷史印跡，使上述作品始終繞不開英雄主義話題。與此形成對比的是下文所言及的王安憶、史鐵生、阿城等人的作品。他們沒有經過對道德英雄主體的特殊瓦解工作或沉重的反思工作，早在 80 年代初就直截了當地開始了知青小說話題的嶄新變化。這或許是因為他們那兒並不存在需要瓦解的道德英雄，引導新話題的餘地比上述作家更多的緣故。而且，這與他們文革時期各自不同的境遇、經歷也不無關聯。

---

[103] 同上 64 頁。

二、平凡人物的出現

80 年代初王安憶的知青題材小說《本次列車終點》、《廣闊天地的一角》、《從疾馳的車窗前掠過的》探討了返城知青適應城市的問題、對淳樸農民的記憶、主人公雯雯天真個性的影響力等話題，都呈現出與當時知青小說主流脈絡演變相近的面貌。但早在 1981 年的《幻影》中，王安憶對理想追求和英雄主義，已有了與其他作家不同的出發點。雯雯為了「擺脫無聊的生活圈子」、「想擁有生活的意義」，自己把洋洋英雄化，並崇拜其幻象。她並不是在自覺回應大歷史的呼喚、感到有必要獻身於革命的認識下，認同洋洋的。她只是為了滿足自己生活的需要，塑造了洋洋。這是在大歷史被淡化處理後，伴隨著成長期少女集中於自我的幻想，加上朦朧的憧憬與趕時髦混合而成的。

《69 屆初中生》[104]除了以文革與知青生活為背景外，從少女時代寫到結婚的敘述安排，與一般女性成長小說無大差別。雯雯通過折磨老師體會的是自己做壞事的快感，並跟著街上的紅衛兵去發傳單，得到自己趕時髦的滿足。正如下鄉時一樣，返城時也是跟著周圍的知青們上大學返城風，很自然地跟著爭取招工表。她對成為拉關係、走後門能手的任一感到陌生，與其說是因為理想變質引發的失落，不如說對照是任一「能夠拉攏自己呆了好幾年都不認識的領導」的「能幹」引發的自卑，正如雯雯離開任一是因為無法加入大學生圈子的屈辱感一樣。當任一要求她自立時，雯雯回答：「69

---

[104] 王安憶：《69 屆初中生》，《收穫》，84 年 3 期。

年小學畢業後就下鄉的我能懂什麼？什麼都不知道。」[105]這樣的她不大會感覺到價值觀變化的混亂或為此辯解的需要。雯雯在圍繞自我的範疇內，重視的是享受打排球後沖澡的舒爽之「其樂無窮」。雯雯好像是接續阿寶阿姨的存在，表達更為長久的民間性智慧。不過，阿寶阿姨看手相之類的細節顯得內容貧乏。王安憶曾指出，英雄真正的敵人不是障礙，而是平庸[106]。遺憾的是雯雯的平庸給人的感覺，並不是有意識地瓦解英雄的武器，而是只能如此的、別無選擇的的「平庸」。

史鐵生在《插隊的日記》[107]中也說，「大串聯時也什麼都不懂，下鄉也是隨大流」，回憶為了贏得爭論「大段大段地背馬列」，「歲數也到了，該想正經事了」，因此背著寶書下鄉。描寫平凡知青人物的《插隊的日記》，在出發下鄉的插曲中，涉及了男女同學間的愛情故事，以及平時想買的回力牌運動鞋。他們的插隊生活內容主要由男女知青間在極度被壓抑的狀態下出現的歪曲表現、上工後偷懶的方法、偷偷拿家裏寄來的錢去縣裏打牙祭、鄰村知青間打架、流行拍屁股的傳聞等等細節組成。

或許正因為史鐵生的知青形象是平凡的、不必履行英雄義務的，所以能夠早在 82 年的《我的遙遠的清平灣》中就對農村和農

---

[105] 王安憶與陳思和開展的《兩個 69 屆初中生的即興對話》中強調過老三屆與 69 屆的不同。說「老三屆，大多是滿懷理想的，要他們承認自己的失敗是很痛苦的」，「69 屆初中生是沒有理想的」。76 頁。

[106] 「理想的最大敵人根本不是理想的視線所遇到的挫折、障礙，而是非常平庸、瑣碎的日常事務」。同上 75 頁。

[107] 史鐵生：《插隊的日記》，《鍾山》，86 年 1 期。

民採取「他者化」的處理態度。而不是把農民描述成道德英雄，也不是對他們進行激烈地否定。這確實不同於革命者或啟蒙者的態度。[108]史在《我的遙遠的清平灣》中表現出對插隊地區（陝北地區）的語言、民謠、風俗、生活風貌、農民的價值觀等的關注。的確，在對農民的描述中（尤其對破老漢），明顯流露出美化敘述的痕跡，但這既不是「我」要認同的模範英雄，也不是需要由「我」來啟蒙的對象。「我」作為一個輕鬆的第三者，有時逗弄滿肚子陝北愛情民謠的破老漢，拿他和「那後溝裏的寡婦」的關係開玩笑，有時又被破老漢要看在幼小的「留小兒」份上繼續一個人過的抉擇感動。

史這種輕鬆的態度在《插隊的日記》裏進一步發展為以農村（文化）挖苦城市的意識形態。例如，當女知青徐悅悅批判疤子用 600 元買來明娃媳婦，說貧下中農怎麼能用錢買人時，疤子不理解其意，說「就是貧下中農也（至少）得出 600 塊」。知青們滿懷期待地訪問貧下中農懷月兒爺爺，懷月兒爺爺卻謹慎地透露「小隊幹比大隊幹強，可怎麼也頂不住單幹」的內心想法，為此知青們不能不慌張。面對把「幹活（種田）」稱作「受苦」、「苦行」的村民們來說，「五・一」勞動節或勞動的樂趣沒有任何意義[109]。農民們這種自發的思維方式與知青的人為的意識形態形成對比。比如，對

[108] 史鐵生的這種態度類似於在本書第二章所說的《邊疆人》中東麗的弟弟的看法。可是這種態度不僅受到《邊疆人》中知青英雄的「缺乏道德」的批評，同樣受到要徹底否定文革的評論家們的美化敘述的批評。如，陳思和在《兩個 69 屆初中生的即興對話》指責知青作家們對農村進行的美化敘述。

[109] 「過清明、過端午、過中秋，不過『十一』和『五一』。勞動就是受苦，談何節哉？」同上 82 頁。

「清平灣目前與幾百年前絕無不同，何以能產生新的生產關係」這種明顯脫軌的困惑，他們找出「掌握了革命思想的人才是最先進的生產力」的回答，才鬆一口氣。再比如，金濤和徐悅悅為了隱藏倆人之間的感情，在敞亮的小學門口只能大聲談論「正經事」。當然，史的這種挖苦是幽默的，而不是精心策劃的攻擊或瓦解。因為，正是知青們有關自由戀愛和基本的人權的熱情說服，使得明娃媽最終給隨隨便便便宜了200元的娶媳婦價，配給他碧蓮一樣，兩個世界彼此交流的一幕同樣出現。

三、新的文化英雄的樹立

阿城的敘述自我（或主人公）所處的時空不像王安憶、史鐵生一樣帶有回憶性所付給的安穩感，而是直接面對文革主流英雄主義話語所占領的領域。因此，阿城在三王系列中呈現的空間與上述兩位作家相比，是更自覺、更下工夫地營造出來的。阿城在文革的時空中創造出來的空間裏，使自己的主人公成為其中的「王」（主體）。這個奇異的空間裏雖充滿平凡的人和事，但與「雯雯」的「平庸」、與史鐵生的自發性情及日常的審美處理的確不同。當時，評論界把這個空間說成「民間文化」，評為新的主體們（三王）與他們認同的文化或價值體系自然地融合，成為所有人、事、自然、語言綜合而成的泛生命體，達到某種天人合一、道法自然的道家境界。

而實際上，把三王的價值觀所展示的境界，和一般常識概念的「民間」對稱，有點不太合適。棋王、孩子王、樹王的追求中包含著與文革時期主流價值體系完全不同的哲學靈感。阿城的這種渾然一體當然會與外部英雄主義主流意識形態形成對峙。可能三王以所謂道家的處世方式面對危機，隨之尖銳矛盾消解，使人不好體會到阿城建立的文化主體境界的真面目。因為王一生展現的不僅僅限於，在數千觀眾圍繞下，與九人展開的盲棋本身，不僅僅是好手藝的民間文化。

《棋王》中對比了兩個不同的空間，作家認同的王一生這邊有撿爛紙的老頭、畫家、「我」，而對方則有同學父親（象棋名人）、縣委書記、腳卵等。對後者來說，下棋是豐足貴族生活的高雅趣味與裝飾品，而對前者來說，那是「何以解憂，唯有……」的價值、是「處在這個世界裏舒服」的、不能與自我分離的精神世界。因此，作品的結尾說，「不做俗人，哪兒會知道這般樂趣？……衣食為本，就是每日在忙這個，可囿在其中，終於還不太像人。」以此把懂得衣食之外世界的人表現為「俗人」。其實此「俗人」是反義概念，是相對於在最低生活條件下「吃」而知足的境界，和像腳卵那樣求「美食與乾淨居住環境」的「饞」的層次而講的。「貴人」腳卵通過用傳家寶象棋賄賂縣委書記離開農場，而「俗人」王一生拒絕拿自己的下棋做交易。與其把它解釋為知識分子在生存危機中持守的氣節，不如說它是與實用主義、功利主義世界觀相對立的，是另一形態生活之可能的信息。

與囿於衣食的功利主義（急功近利）世界觀相對立的文化英雄在《樹王》和《孩子王》中同樣出現。主流英雄知青李立說，「它（樹）在的位置不科學」、「這樹沒有用。它能幹什麼呢？燒柴？做桌椅？蓋房子？沒有多大經濟價值」、「都砍了，種有用的樹」。但樹王怎麼也理解不了「砍掉有用的樹再種有用的樹」的道理。因為對他來說，有用不僅僅「囿」於衣食之中。對不懂得生命與靈魂的李立們來說，那是砍掉不科學、迷信以埋葬舊時代的革命，而對樹王來說，那樹是百米高的而遮住一畝地大小的、為無數飛鳥提供安樂窩的、與樹王自己的生命息息相關的、是「老天爺所幹的事」的「證明」。同樣追求急功近利的勢力在《孩子王》中，不認可不做國家（官方）意識形態教育者而作識字教育的「我」，不再讓其當孩子王。

阿城正是借著這些為了找一張棋譜好幾個小時翻遍垃圾堆的、為了成為文化人一天不落地抄字典的、為守住一棵巨樹拼上性命的人物的熱情，營造了嶄新的文化空間。而且他還把三王這些人物的身分作社會底層化處理，表達了文化的價值、精神世界的存在是人類的基本條件⑩。這一文化空間不是以達成目標、征服客體為主要標志的功利世界，而是一個使「疲於革命」的身心得到調整，能夠欣賞的、「像人」的人所居住的審美世界。當然問題始終發生在與外部之間的關係上⑪。針對外部的功利主義世界，阿城的這些文化

⑩ 由此看來，阿城的價值觀比起「民以食為天」的口號，更接近於「人活著，不是單靠食物，乃是靠神口裏所出的一切話」（《聖經·馬太》4：4）。「民以食為天」是屬於常識性的，不必由文人（人文領域）來高唱，但自己滿足於「吃」的階段，不「囿在其中」的境界是精神文化，需要由文人來滋潤。

⑪ 丁帆概括地說：「阿城的知青小說在人性思考和生存思考方面是突破了以往知青小說的模式，然而，他們在歷史思考的層面似乎還欠深邃。」（〈知青小說新走向〉，《小說評論》，1998年第3期）

英雄都以個體的名義[112]站著。他們沒有形成集體，也不想對外部施加影響[113]。當然，採取直接對立的處理方式可能與阿城的道家式文化空間運轉的機制本身不太符合。結果，這個空間只能由自覺站立成文化主體的個體來構成。

事實上，82 年出現的《左撇子球王》[114]和 91 年的《快刀》[115]，如實顯露阿城的三王展現的技術與哲學相融合的世界是多麼難以實現。率領村裏烏合之眾的知青球王，以高超的左手控籃技術壓倒縣裏來的精銳球隊，為村裏贏得名譽，但最後卻背叛村民與知青同伴，在決賽中故意戰敗從而獲得成為縣隊正式球員的出路。磨刀的名匠「快刀」給村書記悉心磨刀，由此獲得返城機會。並且球王和快刀都以各自的訴苦獲得同情。這樣的球王與快刀或許是真正屬於常識概念的「民間」的人物。值得注意的關鍵是，不管「三王」的身分是不是穿著民間外衣的知識分子，不管「三王」的道家文化空間是否得以成立，80 年代初禮平在《晚霞》中樹立不同以往的「饒恕主體」以來，阿城建立了又一個嶄新的文化（審美）主體，以文人（「像人」的人）的姿態出現，不能不說是知青小說中的重要收穫。

---

[112] 可以回憶王一生的「人家的，就是人家的」，「不要找什麼書記去，我自己找他們去」等發言。

[113] 吳幹事和陳老師問「孩子王（『我』）」為什麼不教教科書時，「我」連一點說服他們的努力都不做，而只說「沒用」，然後「就走」。（《孩子王》，《人民文學》，85.2）

[114] 肖建國：《左撇子球王》，《青春》，83.5。

[115] 王明皓：《快刀》，《雨花》，90.4。

第五節　農民形象的沒落與知青主體的尷尬

在第二章的第四節，筆者把 80 年代初期、中期知青小說中正面出現過的有關農民和農村的話題分為兩類。第一類作品對比了返城知青的自私自利與農民的善良淳樸、富有犧牲精神，由此表現了作為返城知青的敘述自我的內疚。第二類作品則更進一步，要麼以完全的農民視角去瓦解返城知青，要麼以與農民結婚的知青看清城市的真相、戰勝城市的誘惑、重新選擇農村的家庭，以此展現與農村、農民融為一體的面貌。總的來看，80 年代初知青小說中出現的農民、農村話題的大走向可以概括如下：把「城市——物質——自私」的符號作為返城知青的代碼，賦予反面的價值。與此相反，把「農村——理想（道德）——利他、犧牲」的符號作為扎根知青（或農民）的代碼，賦予正面的評價。

82 年發表的《我的那遙遠的清平灣》描寫陝北地區的人文風俗。當時的主流態度是把農村看作與城市相對立的價值體系，而史鐵生初次以觀察者的角度接近農村的文化面貌。同年發表的《有一個美麗的地方》[116]也描寫了南方的自然環境以及傣族人的相貌、衣著和善良、純樸的性情。與《我的那遙遠的清平灣》相似的同類作品還有《在那遙遠的地方》[117]、《故鄉事》[118]、《那藍色的水泡子》[119]、《北極風情錄》[120]等，都描繪了質樸農民的美好人性與和

---

[116] 張曼菱：《有一個美麗的地方》，《當代》，1982 年第 3 期。

[117] 邊玲玲：《在那遙遠的地方》，《北方文學》，1984 年第 8 期。

[118] 謝樹平：《故鄉事》，《收穫》，1984 年第 1 期。

[119] 徐小斌：《那藍色的水泡子》，《收穫》，1984 年第 5 期。

諧的知青生活。不過，這些作品雖說是從觀察者角度去刻畫對象，難免將農村（農民）進行審美化描述，包括對記憶中的知青生活本身的美化性敘述。例如，陳村的《給兒子》[121]表明對知青生活的懷念，向兒子介紹插隊當地的農民和他們的生活習慣、風貌等，並且勸他去看看他們。

在這些作品中農民形象是作為知青主體所認同的對象出現的。但是稍後的知青小說出現與此相異的處理態度。在這類作品中，對農村生活情景的描述，愚昧、無知、落後、自私、野蠻等評語開始占主要地位。莫伸於 80 年代初在《山路蜿蜒》中表現過對貧窮善良農民的感恩之心，並為自私的自己（返城知青）感到愧疚。但他在 86 年發表的《像片》[122]中刻畫改革開放後重新訪問插隊地點時，突出的面貌是：雖然經濟狀況是好轉了，可是卻引來賭博、性交易的興盛。[123] 80 年代初，吳歡通過《大黑》、《雪是白色的，紅色的……》等知青小說展現了堅守自我犧牲的道德原則、期待社會主義祖國發展的正面農民形象，與此形成對比的，是熱衷於學業、盯著留學機會的返城知青自私的反面形象。但吳到了《黑夜，森林，傻青》[124]、《傻青住院記》[125]中則表現出對下鄉地（農村）、下鄉經

---

[120] 王一敏：《北極風情錄》，《北方文學》，1985 年第 3 期。

[121] 陳村：《給兒子》，《收穫》，1985 年第 4 期。

[122] 莫伸：《像片》，《延河》，1986 年第 11 期。

[123] 與同時期作品一般描寫知青當年的農村不同，《像片》寫的是 80 年代中期的農村，因此該作品更具有意義。

[124] 吳歡：《黑夜，森林，傻青》，《當代》，1985 年第 6 期。

[125] 吳歡：《傻青住院記》，《作品》，1987 年第 4 期。

歷的完全不同的評價。下鄉地不再自我犧牲的道德符號，而成為「近乎原始的野蠻」空間。有的只是單調不斷重複的體力勞動，由此帶來的精神空白，只對本能欲望產生反應，成了「古時候猿猴」、「爬行著的一個活物」的原始生存地。吳歡描寫主人公黑夜去借書（文明的不在）時，因懼怕夜路上遭到野獸襲擊而戰戰兢兢，還被自己的斧子弄傷，但借書歸來（文明的同在），出於要保護「一本書值一條命，一本書比一條命更昂貴」的使命感，用斧子砍死夜狼。以此表達了對文明（與農村、下鄉地相反的）價值的明確追求。《傻青住院記》同樣諷刺了與專業知識、現代文明對立的知青生活。

這樣我們可以聯想到 80 年代中期出現的「黃色」和「藍色」、「野蠻與文明」、「超穩定結構」等概念流行的文化熱爭論背景。符合這種時代潮流的知青小說有朱曉平和李銳的作品。當然，厚土與桑樹坪系列屬於尋根文學思潮，包含多種價值取向。[126] 李銳在《〈厚土〉自語》[127]中提及 50 億人類有產生 50 億種文化的

---

[126] 例如，阿城創造了道家文化空間，史鐵生將陝北農村的人文風俗加以審美化。若說阿城與史鐵生都對文化空間進行了美化性敘述，則王安憶的《小鮑莊》和韓少功的《爸爸爸》等很難感覺出作家的價值取向。但是他們的作品中出現的可憐而無知的農民、落後的農村狀況都難免被當成一種信息供給對中國農村下否定性判斷的根據。其實，韓少功在 83 年的《遠方的樹》（《人民文學》1983 年第 5 期）中認可的不是純樸而美麗的農村姑娘小豆子或代表善良、謙讓、忍耐的扎根知青劉力，而是雖然自私，但才華橫溢，追求發展的返城知青田家駒。表現出與當時大部分知青小說對農民採取的道德、審美態度的相反趨向。

[127] 李銳：〈《厚土》自語〉，《上海文學》，1988 年第 10 期。

可能性，並對一般評論《厚土》的文章常採取文化決定論視角的情況表示遺憾。作家在北大聽了題為《文化與未來》的講座，西方學者與中國學者各自對自己的文化進行了嚴肅批判，從而他深刻認識到「人之為人的全部局限」。筆者認為作家的這種認識，在其 90 年代以後的創作中得到了表現。因為「厚土」系列中呈現的景觀，與其說是對東方文化——作為西方文化的代替方案而提出——的探索，不如說是文化空白狀態中的原始生活面貌。就如「隊長朝她側過身子解開了腰帶，黑乎乎的一團在眼前一閃，一股焦黃的水，在兩腿之間唰唰地射進土裏」[128]。因為至少《我的那遙遠的清平灣》還記載著這樣的地方風俗：為了紀念在春秋時期寧可被人燒死，也不出去做官的剛強的，叫做介子推的人，而吃叫做「zichui」的白饃。

「厚土」系列中登場的農民都活在貧窮的詛咒中。他們永遠在對付饑餓，貧窮奪走了其他一切可能，只留給他們肉體和性，並且以性交換食。農民的妻子自然具備供丈夫們交換的價值（《眼石》）。因此能弄來「救濟糧」、「救濟款」的生產隊長在田裏幹活的同時很容易地滿足性欲（《鋤禾》），而牛倌只能在山上望著簡陋廁所裏隊長夫人刺眼的白屁股（《看山》）。農民們肯定對「隊長」不滿，不然在那麼「民主」的選舉中怎麼能夠那麼「齊」地把隊長選為賊呢（《選賊》）？農民也想發號施令分派工作，諸如「芒牛，去打水」、「黑眼，做飯」，但在隊長面前只能笑著服從他（《看山》）。因為年底「救濟糧」和「救濟款」只有「隊長」才能

---

[128] 李銳：《厚土·鋤禾》，《人民文學》，1986 年第 11 期。

弄出來（《選賊》）。「千年的朝政一個理」，「永遠不會和昨天有什麼不同，也永遠不會和明天有什麼不同」。

在「桑樹坪」系列中同樣有食欲與性欲的循環鏈。但是桑樹坪不同於「厚土」的原始狀況，為了維持循環鏈，存在著一系列的相關體系。這個體系由極度排他的集體利己主義原則推動，在這體系的運轉當中被劃分為「我們」之外的個人遭到慘無人道的野蠻暴行。《桑樹坪記事》中除了精明地引導這個體系得到李氏社員們一律認可和服從的生產隊長李金鬥外，還出現了 5 個人物，他們是「我們（群體）」之外的，具有異類特點，以個體方式存在。這些特點當然和「食」、「性」有關，因此成為「我們」的攻擊目標。「我們」孤立他（她），精明地施加所有可能的殘酷而野蠻的暴力。開戰的結果，他（她）被消滅（3 名自殺，1 名槍斃，1 名離開）。在《福林和他的婆姨》中出現了同樣的慘況：福林婆姨具有個體的不凡特徵（俊），結果光天化日下，野蠻的群體對之施暴，滿足他們自己的性欲。

如上所述，80 年代中期知青小說中農民形象解體的同時，與這種現象並存的是描述農民形象的敘述自我——知青形象。農民和農村話題的突出伴隨著知青道德英雄形象的解體，知青作家們把因下鄉而熟悉的農民和農村放進解體後的空間，而作為觀察者的敘述自我也蛻變為小角色。不過與「清平灣」系列的敘述自我所享受的輕鬆相比，上述幾部作品的敘述自我傳達的是惶惑、不知所措及尷尬。雖然每個作家的態度稍有不同[129]，例如，莫伸的《像片》中，

---

[129] 具體一點的話，莫伸是沉重感，吳歡是嘲諷，而李銳是惶惑，朱曉平是無奈。

「我」作為過去的知青、現在的幹部重遊插隊地，面對「這樣」的農民，心情格外沉重。朱曉平的「我」不愧為高幹子弟，不去計較農民們沾自己的小便宜，再三提及他們的野蠻和無知都因他們要承擔的貧窮有關云云。但不管是莫的「我」，還是朱的「我」對農民都沒什麼實際幫助，他們甚至不知道該怎樣評價農民。[130]李銳的「學生娃」或「他」在他們的粗魯或貧困面前畏縮，連話都說不好，只覺得自己「多餘和無用」。

然而，李銳和朱曉平高超的技藝，與厚土給予的「千年的朝政一個理」的沉重壓迫感，原始而野蠻的農民、殘忍自私且精明的統治技巧等結合，成為某種封建寓言，使得敘述自我知青（知識分子）的軟弱無力折射出強烈的批判性。

此時期，李曉的《小鎮上的羅曼史》[131]正描述了由於本地人的精明壓制，由無奈的知青（敘述自我）形象進而成為慘敗者形象的處境。《屋頂上的青草》[132]中也描繪了被隊長「熱乎乎」而「大慈大悲」的製造英雄典型的手段感動的知青。眾所周知，李曉主要諷刺的就是知識分子的這種無力。《海內天涯》[133]中也刻畫了經過長期「戰勝自己」的奮鬥，達到「無我」境界，最終在任何事上都做不了主的可憐知識分子形象。

但是，李曉似乎要在這種諷刺和嘲笑知青的無力中建立新的主體。比如，《海內天涯》中的「我（四眼）」對小牛鬼說，「這是

---

[130] 「不知道怎麼說他（農民）才好呢……」《桑樹坪記事》。

[131] 《小鎮上的羅曼史》，《人民文學》，1986 年第 8 期。

[132] 《屋頂上的青草》，《十月》，1986 年第 6 期。

[133] 《海內天涯》，《收穫》，1987 年第 2 期。

個原則問題，一個人必須先為自己豁出命去，別人才可能為他拔刀」，要求他能自立。當然「我（小牛鬼）」[134]沒能做到。再比如，在《七十二小時的戰爭》[135]中四眼全身心感到要加入戰爭。「他覺得這是他的戰爭，自從前一晚和林肯談過之後，他整天就想著這件事。他看看林肯和那個愁眉苦臉的哥哥，房子是你們的……可戰爭是我的，這是我的畢業考試，高中生的初戀，作家的處女作……」[136]此外，他不再採取「真情」或「戰勝自己（放棄自己）」的以往行為方式。他為了把群眾非法占有的林家私產還給原主，不僅採取占領公用廁所的舉措，還通過蟹兄喚來知青哥兒們等的方式對付並戰勝他們。

不過，當蟹兄為了自己家人占有的房子不被房主奪走而求助時，四眼回答「舉起你的右手打倒占房戶，舉起你的左手打倒私房主」[137]，若品味這口號並考察《繼續操練》[138]中「我」的所謂被操練出來的對付方案，可見李曉樹立的這個新主體和《小鎮上的羅曼史》中的本地人大山並無大異。因此，李曉雖然嘲弄在現實面前軟弱無力的知識分子，但也沒有創造能夠在現實前站立得住的只屬於知青的位置。

---

[134] 《海內天涯》以兩個「我（四眼和小牛鬼）」的角度展開敘述，這一點很值得關注。

[135] 《七十二小時的戰爭》，《小說家》，1986年第6期。

[136] 同上。

[137] 《七十二小時的戰爭》，第132頁。

[138] 《繼續操練》，《上海文學》，1986年第7期。

第四章　90 年代的知青小說

80 年代中期以後的知青題材寫作已經呈現出多元化面貌。80 年代初、中期所建立的作為道德主體的知青和農民的形象都已經瓦解，新的領域被探索、開發了。其中值得注意的成果有：阿城通過文化英雄（三王系列）的形象，建立與文革時期急功近利的功利主義態度相對立的價值體系；張抗抗以隱形伴侶的關係來揭示善惡的敘述性。此外，正如 80 年代初從人性角度控訴文革成風一樣，80 年代中期以後，從文化的角度批判文革的封建性（野蠻、反文明）形成知青小說的一股潮流。

在此背景下，86 年出現的《血色黃昏》因其忠實再現的特點而擁有多種可能的發展方向，不僅再現了揭露上級幹部腐敗以及維護知青角色的「造反紅衛兵型」符號；同時也描述了徹底獻身於革命理想的「革命烈士型」符號；到結尾還表達從歷史悲劇中要挽救知青一代的努力。

第一節　「原型複現」的可能與選擇

一、《血色黃昏》

描述王亞卓事件❶的紀實性中篇小說《忌日》在 85 年發表之後，86 年出版並於 87 年再版的紀實性知青小說《血色黃昏》在當時贏得了很多讀者❷，也受到了評論界的關注❸。但正如有些分析所指出，小說的確具有 80 年代初傷痕文學的特點：如以受害者形象出現的強烈情緒化的敘述語言，再如正面人物和反面人物所構成的二元對立結構等。在文學造詣上，與 80 年代中後期精煉而自然的敘述語言以及嘗試現代派技法的寫作水平相比，仍給人 80 年代初期粗糙的文筆感。尤其是人物登場時進行的交代式介紹與《邊疆曉歌》❹非常相似，敘述之間經常插入的偉人（主要是俄國革命家、文學家）格言使人想起文革時期地下文學作品所體現的生硬的思辨。既然存在這類缺陷，那麼《血色黃昏》又為什麼會吸引那麼多讀者

---

❶ 1973 年 12 月 12 日《北京日報》以《一個小學生的來信和日記摘抄》為題，發表了北京市第一小學 5 年級學生紅小兵黃帥的信和日記。為糾正對此觀點的不良影響，1974 年 1 月內蒙古生產建設兵團 19 團政治處的 3 名知識青年王文堯、邢卓、恩亞立以王亞卓的筆名給黃帥寫信。1974 年 2 月 7 日《人民日報》以《公開信》為題，開始對王亞卓進行階級鬥爭。參見《中國知青事典》（四川人民出版社，1995 年版）640-648 頁。

❷ 《血色黃昏》（工人出版社，1986 年版），據說當時的銷售量達 30 萬部。

❸ 許子東把它評為「近十年來表現『文革』最重要的作品之一」：〈當代文學中的青年文化心態〉，《上海文學》，1989 年第 6 期，第 70 頁。

❹ 65 年出版，參見本書第一章第二節的分析。

呢？❺

筆者認為這個問題可以換個角度來看，即為什麼十年前完成的《血色黃昏》直到 86 年才得以出版？也許不僅僅因為作品中有「毛主席啊，為什麼這麼糊塗？」❻這種說法，也不是因為其中存在與「流氓思想」的刻苦鬥爭卻引來的同性戀式革命友誼❼的描寫，在 80 年代的文壇，是不大容易被接受的。戴錦華曾評價《血色黃昏》為「無反省、拒絕懺悔的盲目與狂熱」的、展現「強烈的懷舊」的「一幅復現的原形」❽。然而，筆者認為這種忠實再現的實錄體長篇會爆發出難以預測的趨向，正是這種難以預測的可能性，使得 80 年代初想用一定的方式來整理過去，並建立文革後歷史的主流脈絡者對此感到棘手。這也是《血色黃昏》遲遲未獲出版的重要原因。

首先，大部分「傷痕」系列知青小說往往把作為敘述自我的知青過去「加害者」身分進行隱蔽處理，但《血色黃昏》採取了不同的敘述方式，如實地記錄下自己的暴力行為以及那一瞬間自己的情感狀態、感覺等等。這裏確實缺乏對文革歷史本身的反思與檢討，不過，「我」從自己曾毒打過的牧主貢哥勒和曾造過她的反的母親

---

❺ 姚新勇在《主體的塑造與變遷》（暨南大學出版社，2000 年版，第 123 頁）中認為，這部作品正順應 80 年代末 90 年代初紀實文學大受歡迎的報告文學熱潮，他也關注到它具有的文革「檔案」性價值。本書也贊同此觀點。

❻ 《血色黃昏》，第 604 頁。

❼ 《血色黃昏》中幾次涉及「我」與雷夏之間同性戀傾向的表現，27、74、592 頁等。「我又隨便地摸著他的肩膀、胳膊，像摸一匹馬，不，像老流氓摸一個姑娘」，592 頁。

❽ 戴錦華：《救贖與消費》（《鍾山》1995 年 2 月）。

那兒卻得到了幫助和支援，作品裏反復地表現對他們的悔罪之意❾。這種態度也同樣出現在老鬼 1998 年出版的《血與鐵》❿中，他在書的後記中詳細列舉自己傷害過的老師和同學的姓名，表示公開謝罪⓫。筆者要強調的並不是老鬼個人悔罪的表現，而是老鬼直露事實的寫作。當讀到這兩部作品中重複出現的人名，以及所收藏的當時的大字報、文件、書信、日記等原始資料時，這種實錄性態度更可得到確認。其實作家在作品中也多次表示過自覺的歷史紀錄意識⓬。在《血色黃昏》中可見的具體時間、參與人、事件經過以及當時政治時事背景的記述方式，同樣出現在《血與鐵》對紅衛兵流血運動、武鬥等的記錄中。

此外，屬於「傷痕」系列的知青小說幾乎都將所有悲劇局限在四人幫時期，對真正加害者常作匿名處理，而《血色黃昏》的處理卻有不同。書中的反面人物由於腐敗與強姦女知青等事件受過處分，可是文革結束兵團解體之後他們仍然行使實際權力⓭。查看因

---

❾ 如「聯想到那次抄牧主家，覺得不該打貢哥勒」，195 頁。又如「媽，我這麼一個不孝的法西斯費了你多少心血？」319 頁。

❿ 老鬼《血與鐵》，中國社會科學出版社，1998 年版。

⓫ 如，「……向你（洪老師）表示一下隱藏在我心中的懺悔……」，又如，「願九泉之下的老同學饒恕我。宋爾仁的名字及我交出你日記的恥辱將隨著本書公諸於眾，供子孫後代詛咒本人。」援引自《血與鐵》後記。

⓬ 「我怎麼能死呢？一死，這內幕就永遠被掩埋了」306 頁。「我發誓將來一定要把這場大火寫出來」333 頁。「我要寫插隊史」583 頁。

⓭ 隨著兵團的解體，幹部們搜刮了大量的「東西」，此時他們的腐敗表現卻達到頂峰，而且都被分配到其他部隊，仍對知青的返城手續施加影響。參見《血色黃昏》589 頁。

在專政的殘忍暴力中英勇不屈而成為「我」認同對象的英雄人物——徐佐的表現，能夠更加明確地看到《血色黃昏》實錄體的味道：徐佐強調「假馬列」和「真馬列」的差別，以此持守信念，而且批判「我」突出個人，勸告「我」要團結群眾⓮。在對正面人物徐佐的刻畫上，作家並沒有摻入 80 年代中後期思潮的痕跡。徐佐是那種不經任何加減、修改的、具有 70 年代末 80 年代初正面人物價值觀的「真馬列」者。這樣，當他悲傷地指出領導幹部的腐敗屬於社會主義體制結構性問題時⓯，就有很強的批判力度⓰。這與注重揭露「血統論」或「階級鬥爭論」對於人性的破壞、弊端的《冬天的童話》或《忌日》不同。尤其值得關注的一點是，在文革後的整體知青小說中難以見到的「造反紅衛兵型」符號——「反抗上級、主張知青權益」在作品出現：兵團的知青批判指導員沈家滿的各種不公與失策，直接參與兵團的政治現實，維護知青在兵團的角色⓱。

通過《血色黃昏》的個案而再現的「原形」，除了上述的強烈批判性之外，還包含其他可能性。因為《血色黃昏》不僅用大篇幅

⓮ 英雄人物徐佐勸告「我」「不要只顧自己，要關心大家」，正和專政我的康政委批判「我」說「你犯錯誤的根源是，目中無人」（485 頁）和「在群眾中站得住，有威信，就不好打倒」（483 頁）的思路一樣。

⓯ 「我真擔心社會主義國家制度上的某些缺陷，會使某些單位的領導人將黨和人民所給予的必要照顧膨脹為政治和經濟的特權，並無限制地蔭及他們的親族和好友……」582 頁。

⓰ 代表無產階級專政符號的趙幹事在監獄裏「收拾」「我」時反覆講的「跟姓共的碰，沒什麼好下場」的口頭禪，也引人注目。

⓱ 參見《血色黃昏》93-101 頁。

控訴血淋淋的暴力、冷酷的權力鬥爭、背叛與孤獨、適者生存等的現實，同時「我」在其中的反抗與掙扎，卻體現著不斷向集體尋求認可的模式。第二種可能性正來自於後者。「我」向黨中央和兵團各級領導發出百餘封信，要求復查「我」定為反革命的判決。為了證明自己的忠誠與獻身，苦幹、猛幹、盡全力勞動的「我」認同徐佐，因為徐佐談論馬克思主義如談論愛人、「對自己身體採取破罐破摔的態度」、「幹活時非要超負荷地趕，挖土就挖到半夜」。「我」看到典型的損己利人的劉英紅不為人知、真正無私的善行，反省了自己骯髒的靈魂。

這樣一來《血色黃昏》不僅擁有上述的「造反紅衛兵型」符號，同時還出現文革時期知青小說的「革命烈士型」符號：在連鼻孔裏的毛都凍硬的白毛風中，知青採石隊員在徐佐的指揮下，「背著二百斤大石塊，一步一步往上走」，「那一張張緊張的面孔，凍得發青的嘴唇」。他們開採的石頭上染著鮮血，下班後他們幾乎都被凍傷。這與《征途》中知青人物在採石場上的場面非常相似⓲。由「我」來保管的徐佐當時描寫勞動場景的詩歌⓳，讓人聯想到本書第一章第四節中提過的郭小川的詩歌⓴。敘述者——「我」則回憶起當時「我們」在山上的生活條件，和真誠的革命精神，正和

⓲ 參見本書第一章第二節《征途》的分析。

⓳ 「幹！幹！幹！／掄大錘，掌鋼釬／不畏苦，不畏難／煉就一顆紅心赤膽／我們拼命幹！／／幹！幹！幹！／……」《血色黃昏》296 頁。

⓴ 郭小川寫的《歡樂歌》有如下句子：「我們怎能不歡樂！／——因為我們拼命勞動；／我們怎能不歡樂啊！／——因為我們拼命革命。」參見本書第一章第四節。

《鋼鐵是怎樣煉成的》的修鐵路場景差相似㉑。

作品對「我」的忠誠（信仰）所作的藝術處理，體現在如下描述中：拖著因熱病而衰弱的身體參加採石勞動的那天，在山上看見的黃昏中流血死去的太陽，成為「我」的命運的隱喻㉒。

作家就這樣記錄了「我們」的弱點、失誤、自私本性同時，如實地寫了知青們的真誠的追求和熱情。因此，《血色黃昏》雖然已不同於文革時期知青小說加工出來的「和諧」、「完整」、「純淨」的世界，然而，這種紀實態度傳達了知青們革命理想的真誠。這再次證明本書第一章的圖 2 模式在其運轉機制上的高度有效性：能夠引起知青們從行為方式、思維結構到靈魂深處的全面的人格反應。這強烈的吸引力之所以可能，在於支撐圖 2 模式之運轉機制的、近似於圖 1 模式的框架本身，是否能滿足人們對真、善、美的

㉑ 「這一段我們吃得並不好……成天是玉米茬兒，窩頭，凍洋白菜，喝的是雪水，又髒又破的蒙古包，……條件之艱苦，跟《鋼鐵是怎麼煉成的》裏面修鐵路的情況差不多。但大家的情緒都還挺高，不怵這些。我們的積極是真的，不是裝的。目的何在，動力何在，誰也說不清。反正不是為了向上爬——在我們群裏，都鄙視這種念頭：也不是為了錢——幹多幹少全是三十二塊；更不是為了在女的面前臭顯——山上根本沒女的。」295 頁。

㉒ 「此時，碰著地平線的太陽已變成了一個紅紅的圓，透過嚴寒浸紅了西面的天空。它鮮紅，紅得令人震撼！它赤熱，熱得萬里寒空有了生氣……我看著看著，覺得這鮮紅的太陽像一塊青年的熱血心肝，掛在寒冷的天邊。一滴滴冒著熱氣的鮮血，浸紅了一大片暗淡下去的蒼穹暖融著隆冬草原的暮空……可惜，那血的熱量太微弱，一進入寒冷的天空，馬上被吞噬得乾乾淨淨。……紅紅的太陽被地平線一口口蠶食了，但它仍然掙扎著，散發著垂死的光……刺骨的寒風跟刀子一樣，我的嘴邊帽子上，全掛著白霜。不知為什麼，鼻子酸了，眼裏乾巴巴湧出兩滴淚。」243 頁。

嚮往，滿足人們對完整世界的需要。這種需要曾被劉恒講述為「能使我挖出肝臟並將慨然獻給索取者的純真的愛，能使我嘔心瀝血用整個生命去加以追求，能使我不為任何坎坷和侵襲而永遠樂觀前行的燦爛的信仰」㉓。

《血色黃昏》的實錄體寫作使得知青們樸素的真誠重新獲得關注。很難以封建專制下產生的愚昧忠誠或往上爬這種判斷來概括文革時期知青等的獻身。這是等待著去發現的空間，也是《血色黃昏》提供的可能性。如果上面引用的劉恒的話，是以知識分子的語言來抽象地表達對這空間的需要，那麼，一位曾在內蒙古兵團服役 8 年的知青㉔的如下表述，一定程度具體化這種需要的現實涵義：「雖然現在商品經濟中生活，靠它掙錢、養家，也知道社會只有這樣才有活力，但對商品文化卻很難適應。看電視解悶可以，但無論如何進入不到心裏。他和他的舊朋友，仍然嚮往知青時代人際關係中的真誠、協作、理想主義。」㉕或許這也是知青熱在民間自發蔓延的根本性原因之一。

這樣，《血色黃昏》的另一可能性也出現了。當敘述者面對知青們消耗年輕的體力所開採的石頭和砍伐的木材都堆在一邊白白地浪費，三千多平方米的水泥場院現在散著一灘灘牛糞，並且草原水土流失、嚴重沙漠化的結局時，免不了產生巨大的失落感。但是，

㉓ 劉恒《愛情詠嘆調》，《廣州文藝》1981 年第 1 期，第 8 頁。

㉔ 陳小雅在《老三屆文化熱透視》中介紹了「在北京東四三友商場『三友兵團之家』舉辦的一個兵團生活攝影沙龍裏，一位現在某工廠工作的」工人的心裏話。見於《東方》1995 年第 2 期，第 46 頁。

㉕ 同上。

對又被曾付出過的「真誠」的回憶，也難以對知青歷史做出完全的否定，因此，就會從感情上㉖給予付出過青春、犧牲的這一代以某種肯定與擁護。「那奮鬥在祖國農村、牧區、邊疆的一代青年，將在歷史上留下痕跡！」可見《血色黃昏》與 90 年代初期以來表現知青群體意識的「知青情結」、「青春無悔」等的「知青熱（老三屆文化熱）」現象之間決不是沒有關聯的。

綜上所述，《血色黃昏》以紀實的粗糙文筆描繪了特定時期政治形態的殘酷暴力性，同時表達了知青們政治參與的熱情以及他們對革命理想的忠誠。這部小說在當時文化語境中提供的「可能性」，可以歸納為三個方面：一，在 80 年代語境中對特定時期政治現實的批判性；二，重新思考文革時期對知青動員，爭取其認同、獻身的運轉機制；三，重建一種也許是虛構的「知青情結」群體意識的可能性。第一項的可能性可看作來自於作品呈現的造反紅衛兵型符號，第二項的可能性更多來自於革命烈士型符號所表達的宗教式忠誠。

這三種可能性當中，在此要注意第二項。如在本書第一章圖 2 所表明的，支撐這一機制的框架本身展現著真、善、美融入一個完整的體系裏並形成有機體的面貌，這樣可以召喚信奉這一框架內在含義（指示內容）者的全面性反應。他們所信的真、所行的善、所以為的美都包括在這一框架裏，因而心甘情願地接受著它的制約；從這裏滿足他們對於世界、歷史、自身所追求的完整答案。所以，即

㉖　「不管怎麼說，我還是對兵團懷有感情的。」602 頁。「也不足於使我對兵團來個否定」603 頁。

使圖 2 模式裏的含義在現實中幻滅之後，他們仍然嚮往他們信仰這體系所提供的真理時、他們獲得完整答案的滿足時所曾經感到的喜悅。框架裏的含義是可以改變的，可以「敘述」的，但框架本身卻是「永恆」的。因為「知青們」曾經得到滿足的需要現在沒有著落，仍等待著新的關懷。提供真理和獲取答案的期待仍然存在。這是一種需要人文關懷的領域。

二、知青文化熱

其實，80 年代中後期的知青小說曾出現一種與《血色黃昏》類似的回憶錄形態的寫作動向。然而這些作品㉗大多以個體身分追憶過去，不見像《血色黃昏》那樣自覺地記錄知青史的態度。後來，開始出現更為自覺地表現知青一代意識、採取回憶錄形式的作品㉘。當然，80 年代中期也有個別作品表現出知青一代與過去在意識、感情上的聯繫，只是沒有引起評論界特別的關注。其中，陳浮《遲到的大學生》（《上海文學》84 年 9 期），許大立《巴山蛇——謹以此文獻給 1964 年奔向大巴山的知識青年朋友們》（《紅岩》

㉗ 《狼兒朵與狗兒朵》（《收穫》85.6）；《插隊的故事》（《鍾山》86.1）《打賭》（《北方文學》86.11）；《禍水》（《上海文學》87.1）；《在那片土地上》（《紅岩》87.4）；《無屋獵軼事》（《上海文學》88.9）；《拾掇那些日子》（《十月》89.5）；《打草》（《作家》89.10）等。

㉘ 亢美《告別青年》（《上海文學》88.4）；言鳴《一代精英》（《中國西部文學》88.8）；劉春來《劫後校園回憶錄》（《紅岩》88.4）；劉玉堂《老三屆們的歌》（《上海文學》90.5）；曉劍《遠山沒有雪》（《滇池》90.5）、廖曉勉《曾經年輕》（《作品》90.6）；李慶西《宣傳隊軼事》（《北方文學》91.10）、袁晞《插隊紀事》（《人民文學》95.10）等。

1989年6月）等都把回顧過去的知青生活與返城後的奮鬥與成功加以連結。肖復興《他們來自北大荒》（《北京文學》1984年8期）㉙以報告文學的形式寫出知青返城後的奮鬥與成功之事例。他延續此思路，88年發表長篇報告文學《啊，老三屆》㉚，首次㉛以認同的方式使用「老三屆」這一特定稱號，自覺彰顯了這一群體的集體意識。

描寫返城知青克服各種困難，終於在城市成功的故事有韓少功的《無學歷檔案》（《湖南文學》1988年4期），王小鷹《何處無芳草》（《青年文學》1987年3期），查建英《到美國去！到美國去》㉜（《小說月報》1989年1期），周勵《曼哈頓的中國女人》㉝（《十月》1992年1月）等。後面幾篇都是曾有知青身分者在國外闖蕩成功的故事。這些作品中有一些擴展為留學生文學、移民文學的新素材，引起一定的注意，但大部分沒有產生廣泛的影響。與第三章涉及到的知青小說獲得的成就相比，這些作品表現的價值觀一般是圍繞奮

㉙ 「我能出國留學，還是沾了我爸爸的光，更多的人沒有這個條件，但只要給這些人機會，他們就一定像當年在北大荒扛麻袋一樣閃光！」「大都市並沒有吞沒你們！你們痛苦過，彷徨過，也奮爭過。你們位卑而心不卑，默默的奉獻給祖國一片赤誠。」（68頁）

㉚ 肖復興《啊，老三屆》，安徽出版社，1988年。

㉛ 從目前的資料來看，他最早有意識地頌讚了「老三屆」。張抗抗雖然也在《塔》（83年）中模糊地提到「老三屆」，也不是沒有一點憐憫之情，但更主要的是反思。

㉜ 查建英的作品可能是同類作品中最富藝術特色、最富新意的作品。

㉝ 《曼哈頓的中國女人》講述了一個中國女人成功地征服美國的傲慢成為商業成功者的故事。

鬥與成功所體現的功利主義，而為人文領域提供的創造意義較少。

然而，進入 90 年代以後，突然冒出大量[34]高唱知青群體意識（知青情結）的回憶錄、報告文學形式的作品。它們最大共同點是把過去的悲劇成功地加以「歷史遺物化」處理，以淋漓盡致紀錄往日的苦難或奮鬥為主要內容，對知青群體表示了強烈的情感認同。按時間順序整理目錄如下：

郭小東：《中國知青部落》，花城出版社 1990 年版

《北大荒風雲錄》編輯委員會編：《北大荒風雲錄》，中國青年出版社 1990 年版

《草原啟示錄》編輯委員會編：《草原啟示錄》，中國工人出版社 1991 年版

李廣平編：《中國知青悲歡錄》，花城出版社 1991 年版

魂繫黑土地編輯委員會編：《魂繫黑土地》，江蘇人民出版社 1991 年版

《青春無悔》編輯組編：《青春無悔——雲南支邊生活紀實》，新華出版社 1992 年版

《知青檔案——知識青年上山下鄉紀實》，四川文藝出版社 1992 年版

鄧賢：《中國知青夢》，《當代》1992 年 5 期

余夫、汪衛華編：《悲愴青春：中國知青淚》，團結出版社，1993

---

[34] 上述目錄雖免不了有遺漏，但基本囊括了 90 年代上半期出版的知青題材書籍。到了 98 年前後，知青書籍出版情況比這還熱鬧。98-99 年海澱圖書城的國林風書店曾專設知青題材圖書架，據論文作者當時的統計，有 30 種以上的回憶錄與報告文學系列作品。

年版

郭小東：《青年流放者——〈中國知青部落〉第二部》，中國工人出版社 1994 年版

閔雲森：《咱們老三屆》，北岳文藝出版社 1994 年版

劉文傑：《激揚與蹉跎》，河南人民出版社，1994 年版

何嵐、史衛民：《漠南情——內蒙古生產建設兵團寫真》，法律出版社 1994 年版

金大陸編：《苦難與風流》，上海人民出版社 1994 年版

劉中陸主編：《青春方程式——五十個北京女知青的自述》，北京大學出版社 1995 年版

金永華主編：《東方十日談——老三屆的故事》，上海人民出版社 1995 年版

王紅主編：《劫後輝煌——在磨難中崛起的知青·老三屆·共和國第三代人》，光明日報出版社 1995 年版

同期出版的知青題材書籍中，敘述更為接近「史錄」的書籍有：

杜鴻林：《風潮蕩落——中國知識青年上山下鄉運動史》，海天出版社 1993 年版

費聲：《熱血冷淚——世紀回顧中的中國知青運動》，成都出版社 1993 年版

房藝傑編著：《論兵團》，新疆青少年出版社 1994 年版

劉小萌、定宜莊、史衛民、何嵐：《知青事典》，四川人民出版社 1995 年版

史衛民、何嵐：《知青備忘錄——上山下鄉運動中的生產建設兵

團》，中國社會科學出版社 1996 年版
知青日記書信選編編委會編：《知青書信選編》，中國社會科學出版社 1996 年版
知青日記書信選編編委會編：《知青日記選編》，中國社會科學出版社 1996 年版

另有大型圖書《中國知青歲月》、《知青年鑑》等。

90 年代初除了知青題材報告文學熱之外，也出現過由過去「老三屆」人自發組織的「返鄉熱」現象。當然在此之前，1985 年有北京組織的「陝北知青還鄉團」的考察活動，1988 年在北京的內蒙古錫林郭勒盟知青與該盟聯合召開「經濟開發研討會」[35]等等。但到 90 年代初則發展成有規模的現象。尤其是「1994 年似乎是『老三屆』年。有無數的『老插』重返青春的故鄉。」[36]進入 90 年代後，這種活動的官方直接參與也越發明顯。比如，一部分書籍如《北大荒風雲錄》、《北大荒人名錄》的首發儀式 1990 年 8 月 19 日在全國政協禮堂舉行。還舉辦大型展覽會，如 1990 年 11 月 25 日在中國歷史博物館舉辦的「魂繫黑土地——北大荒知青回顧展」[37]。1995 年 1 月 21 日首都體育館舉行《共和國的兒女——「老三屆」大型綜合晚會》[38]，其後由中央電視臺錄播。此時，

---

[35] 中央政策由「鼓勵一部分人先富起來」轉而重新重視「共同富裕」，經濟學家與社會學家提出沿海與內地的梯度結構，「波浪式滾動」發展策略等……（《老三屆文化熱透視》，《東方》1995 年 2 期 45 頁）。

[36] 《北京青年報》1995 年 1 月 27 日。

[37] 該展覽會在各大城市如北京、天津、大連、上海等地輪流舉行。

[38] 這臺非營利性晚會，名角連臺，耗資 60 餘萬，邀請的「老三屆」觀眾近萬。

《中國知青部落》、《荒路》、《孽債》、《蹉跎歲月》、《年輪》等作品被改編為電視劇播放的事實也值得注意。此外，還出現一些與「知青」有關的商業性活動，如老三屆酒家、老插飯店（老三屆食樂城、黑土地、黃土地、向陽屯、老插酒家、大草原酒家、憶苦思甜大雜院）等。一些酒家進門在顯著位置設置「名片欄」，夾著無數名片，炫耀在社會各界（政治、經濟、文化……）擔當一定角色的昔日知青們今日的「成就」。

關注知青熱現象的研究文章[39]中，值得注意的首先有陳小雅的《老三屆文化熱透視》。它從社會功能方面進行了分析，首先指出，從政治功能上看，他們的集體主義、顧全大局、自我犧牲等特點以及過去狂熱與苦難的經歷使他們具有對安定與秩序格外珍惜的保守性。而且面對商品經濟，骨子裏是「平均」而理性上講「效率」，這也導致維護兩者的平衡點——政治穩定。第二，從社會倫理功能方面看，「對於目前『金錢萬能』、『物欲橫流』的局面，無疑能起到某種反撥的作用。」第三，文化功能方面，「打破中國

協辦單位之一的「香港中策投資有限公司」，自 1991 年以來一直致力參加嫁接改造一百多家國營老企業，投資達 40 億人民幣。可見，主導結構調整的企業支持該晚會的戰略性態度。當時《北京青年報》（1995 年 1 月 27 日）說：「這臺晚會活動，成為了一系列知青熱現象的一次高潮。」

[39] 代表作有：戴錦華〈救贖與消費——九十年代文化描述之二〉（《鍾山》1995 年 2 期）、陳小雅〈老三屆「文化熱」透視〉（《東方》1995 年 2 期）、劉曉航〈青春無悔的深情呼喊——近期知青文學熱掃描〉（《通俗文學評論》1994 年 1 期）、李輝〈殘缺的窗欄板〉（《收穫》1995 年 1 期）、〈走出歷史的影子〉（《讀書》1995 年 4 期）、姚新勇、葛紅兵〈「老三屆」文化現象批判〉（《青年探索》1996 年 6 期）。

文化『非古即洋』的二元格局，『非紅即黃』的兩極震蕩，確立真正意義上的『中國特色』文化的『多元化』局面。」總的來說，文章對知青文化熱給予了肯定。

但是，認為「我們是時代的活化石，我們是獨特的一代。無論評價我們好或不好，獨特本身就是歷史的榮耀」㊵，以及「青春無悔」的對歷史「不懺悔」的心態，逐漸招來質疑。進而一些知青作家拿昔日的理想主義，以「社會道德批判力量的主體自居」，也引起不少爭論。如《中國青年研究》和《北京青年報》都曾就「老三屆」文化開展連續的專題討論。青春無悔的一方怎麼看歷史怎麼輝煌，怎麼看現實怎麼不順眼；持批判態度的一方則對「倫理重建」的呼籲持謹慎態度，提出要首先對「倫理」的內容作考察㊶。王蒙、陳建功、李輝在《精神家園何妨共建》㊷中表示了對紅衛兵理想主義的質疑和反省。李澤厚則批評了從儒家的「內聖外王」到毛澤東的「文革」所表現的泛道德主義，認為當年紅衛兵就是非常純潔地、高尚地、禁欲主義地進行大破壞的，而目標是一個道德主義的「新世界」；不先把這些問題解構、搞清楚，就阻礙了真正道德的建立㊸。

另外，戴錦華在《救贖與消費——九十年代文化描述之二》（《鍾山》1995 年第 2 期）中敏銳地指出熱潮背後的意識形態和商業炒

㊵ 見《年輪》封底題詞。

㊶ 劉懷昭：〈從終極關懷回到現實關懷——「人文精神」討論與紅衛兵理想主義反思〉（《中國青年研究》1995 年 6 期）。

㊷ 《讀書》1995 年第 6、7 期。

㊸ 《東方》1994 年第 6 期。

作的主導角色：「1989 年，在天安門廣場另一番熱烈景象之旁，《魂繫黑土地》——大型圖片、實物展在歷史博物館隆重開幕」，「一種已然入主社會舞臺的力量所推動的意識形態合法化實踐，和『血淚記憶』——反思、控訴、質疑歷史的精英主義文化實踐之間的論爭與衝突。然而，後者明顯地迅速處於劣勢。」與戴錦華思路相近的姚新勇也對官方意識形態的直接介入持高度批判性態度。姚在《主體的塑造與演變》（暨南大學出版社，2000 年版）中比較「知青文化熱」現象與 80 年代知青小說的建設性成果，批判前者是 89 年天安門風波以後，在一切言論的突然空白狀態下，在官方與商業主義的威脅下被製造出的，這期間民間或知識分子，沒能形成有創造性的集團勢力，而處於邊緣狀態[44]。

可以說，上述評論對 90 年代初知青文化熱現象的理想主義、道德的內涵，現象發生背景和展開過程中官方意識形態的主導影響，做了有深度的揭示。使人遺憾的是，這些敏銳的批判和覺醒的呼求沒有得到現實的回應，而到了知青下鄉 30 周年的 98 年前後，再次興起與 90 年代初中期的「知青文化熱」現象大同小異的潮流。這種現象到底告訴我們什麼呢？

---

[44] 「老三屆文化熱出現的意識形態場域，是『八九』風波的急停和大眾商業文化迅速席捲全國的情況，支配和推動這場文化熱的力量是商業大眾文化勢力與一定高壓性國家意識形態的威懾，而民間和知識分子因素則受擺布於上述兩種力量之中，根本沒有形成什麼創造性的集團勢力。」「成型期的知青文學（80 年代知青文學）屬全社會性泛政治文化批判建設活動，而老三屆熱則是商業性泛文化活動。前者的文化更接近於狹義的傳統含義，後者則更接近『後現代』的文化拼合性。」（姚新勇《主體的塑造與演變》138 頁）

知青文化熱的現象大體包括幾種因素。第一，對過去知青時代的「遺物化」處理。例如，展示過去的照片或物品，寫編年史體的知青史，以再現「原形」的手法寫作的回憶錄或報告文學等。進而，從這種再現「原形」的處理方式發展到為滿足大眾因政治禁忌造成的窺秘、獵奇心態，出現了商業性作品，如《中國知青秘聞錄》（作家出版社，1993 年）等。第二，肯定知青一代的精神價值。鼓吹「苦難」經歷所培養的種種道德風尚、品德，把它概括為「得到的比失去的還多」的「青春無悔」——這早在 80 年代中期梁曉聲的寫作、肖復興的寫作中已見端倪；表現為從《啊，老三屆》等的報告文學到《孽債》、《年輪》等連續電視劇等多種形式；宣揚、肯定一種克服困難的耐力、重義輕利、忠孝㊺、為大局或集體犧牲個體等美德。第三，把過去克服苦難的經歷看作現在在城市的奮鬥與成功之資本。對過去同樣採取「得到的比失去的還多」的「青春無悔」看法，不過，體現出立足於今日的成功反過來「消費」昔日的生活和苦難的面貌。例如老三屆酒家等各種商業形式，以及各種成功經驗談的回憶錄、報告文學的出版。其中代表作有《劫後輝煌》、《我還是我，周勵》、《苦難與風流》、《中國知青在世界各地》、《無悔的青春》等。

第三方面的各種商業運作形式以及部分知青成功人士的奮鬥記、成功談，正迎合著官方對改革開放的歷史的合法化要求，這方

㊺ 《共和國兒女——「老三居」》晚會上，梁曉聲曾說過「第一是孝敬我們的父母，第二是教育好我們的兒女，這是我們能為國家，為這個民族作的最大的貢獻」云云。

面確是顯而易見的。可是這種態度後來受到來自知青文化熱陣營內部的調整。這些調整工作採取關注返城後仍在社會底層「默默獻身下去」的大多數知青（老三屆）的立場，反對把過去的苦難作為現在財富的資本的態度。比如郭小東在《青年流放者》的序言中明確表示，要「以十二分的理性去面對許多作為平民的知青」，提到要「實踐對他們的心理分析」的必要。可是，在這種反對成功人士之「青春無悔」的調整勢力正關注社會底層知青時，作為精神價值的「青春無悔」的思路仍然得到合法性。因為生活在社會下層的知青的失落感與「垮掉的」感覺，正需要從對過去集體生活的回憶獲得安慰，建立穩定感。這時，過去的犧牲等為內涵的道德價值重新獲得作為精神支撐力的角色，而這恰好是第二方面因素的「青春無悔」的主要內容。正如《共和國的兒女——「老三屆」》晚會的總策劃、總監製馬曉力女士對這系列活動的社會功能的說明那樣：它們是療治失落者心靈的良藥㊻。當然，這種離開現實的理想主義精神處方能發揮另一種社會整合的功能，有效地消解現實批判的力度。

鄧賢在《中國知青夢》中表明了堅決反對「青春無悔」的寫作動機。《中國知青夢》作為繼《血色黃昏》、《悲涼青春》、《知

㊻　「他們中間『風流』、『風光』的只有 5%，絕大部分仍然處在社會底層，但他們仍然默默地承受，默默地忍受失落，所以，他們更需要感情上的關懷。而對於過去的記憶，是療治失落者心靈孤獨的良藥。」說這話的人正是《共和國的兒女——「老三屆」》晚會的總策劃、總監製馬曉力（同時中國華輕實業公司副總經理），《老三屆文化熱透視》（《東方》1995 年 2 期第 46 頁）。

青部落》的實錄體報告文學作品，在發表的當時得到不少好評[47]。不過鄧賢在《中國知青夢》中申明：「我完全無意在這裏對知青運動的功過是非和時代的同齡人對歷史的種種態度評頭論足。我只想還原一個歷史過程……」[48]明確放棄歷史評價態度的同時，也明確界定它為「一本屬於我們自己和那個時代的書」[49]。這樣，雖然記錄了很多知青人物驚心動魄的悲慘事實，但這一切都變為知青時期曾有過的歷史遺物，不僅拒絕了對「歷史」的評價，也迴避了歷史的當代性，只能呈現出與現實批判精神游離的面貌。不過，進而察看作品的一些內容，卻會發現不涉及評價的「還原」並不存在。尤其讀到作品高潮部分，即決定知青返城與否場面時，這一點會體現得更強烈。女知青帶頭，數萬名知青都向北京來的中央首長魯田下跪，叫國家領導為好伯伯；與他之間建立父女關係[50]那一瞬間，緊張的矛盾隨著父女的眼淚消失。還有魯副部長反復強調鄧小平同志「三個不滿意」的提醒和十一屆三中全會的成果，以此得到自己決定的合法性等細節，更使人懷疑 1992 年出版的《中國知青夢》的「還原」立場。

結果，「知青文化熱」現象裏面，互相矛盾的各個立場，不管

---

[47] 《中國知青夢》發表不久就在北京召開了座談會，王蒙、雷達等人出席。參見《當代》1993 年第 1 期。

[48] 《中國知青夢》，《當代》，1992 年第 5 期，117 頁。

[49] 《中國知青夢》，《當代》，1992 年第 5 期，4 頁。

[50] 描述知青在領導面前用眼淚得到融為一體感情效果，在韓乃寅的長篇知青小說《淚祭》中也出現過。如「他們撲進肖書記的懷裏嗚嗚哭」472 頁。韓的該作由三部長篇來組成：《天荒》（北方文藝出版社 1990 年版）、《苦雪》（1992 年版）、《淚祭》（1998 年版）。

是主張作為成功之資本的「青春無悔」，還是關懷社會底層精神價值的「青春無悔」，還是進行歷史原形的遺物化處理，都呈現出上述的某種有可能與官方意識形態結合的空間，也就使之義無反顧而巧妙地捲入整合的大機制中。這是舉右手稱讚返城後成功知青的奮鬥精神，伸左手鼓吹昔日的道德、精神價值安慰社會底層知青的「獻身」，是能發揮驚人整合能力的精神文明的運作機制。

如果這一精神文明運作機制繼續滿足這種種需求的話；其一，有分寸地主導或允許[51]放棄現實批判性的歷史原形再現的工作的話，就不會失去對部分知識分子的整合能力。其二，以昔日的犧牲、獻身、利他主義的道德面貌出現，讓社會大眾繼續相信造就、支撐市場經濟體制的價值觀只有以物質主萬能義的話[52]，就能發揮針對那些不滿商業主義世態、懷念昔日的真誠和理想主義的社會各個角落民眾的整合能力。

三、1998 年又一次的知青文化熱[53]

如前所述，「知青文化熱」於 1998 年前後再次炒熱圖書市場，出現的作品仍可分為三類。其一，自傳式的回憶錄或報告文

---

[51] 92 年《中國知青夢》獲准在大型核心雜誌《當代》上發表。

[52] 眾所周知，尊重個人、勤勉、節制、儉樸、正直、信用、慈善、社會還原等是 18 世紀初 19 世紀中葉美國的 Protestant 或 17 世紀法國的 Huguenot 的代表性價值觀內容。

[53] 1998 年，《北京文學》、《北方文學》、《南方文壇》和《文藝報》、《文匯報》都推出了「上山下鄉」30 周年紀念專號。

學、實錄體小說，以及知青的短篇回憶錄集[54]。其二，自傳式奮鬥記、成功經驗談[55]。其三，把過去知青歷史資料化處理的書籍[56]。當然隨著 90 年代後期這一熱潮的發展，各類型的書籍都有一些新的模式。例如，《中國知青情戀報告》中對愛情主題的刻畫開始影

---

[54] 《老三屆著名作家回憶錄》（吉林人民出版社 1998 年版）、《老知青寫真》（上海文化出版社 1998 年版）、《情結老三屆》（陝西人民出版社 1998 年版）、《知青生活回憶》（山東畫報出版社 1998 年版）、《命運與世運》（上海人民出版社 1998 年版）、《中國知青情戀報告》三集：《青春煉獄》、《青春祭壇》、《青春極地》（光明日報出版社 1998 年版）、《一百人的知青生活》（山東畫報出版社 1998 年版）、《知青回憶錄》（山東畫報出版社 1998 年版）、長篇小說：《歲月如潮》（人民文學出版社 1998 年版）、《饑餓荒原》（人民文學出版社 1998 年版）、曉劍知青系列三集：《中國知青懺悔錄》、《中國知青秘聞錄》、《中國知青海外錄》（中國青年出版社出 1998 年版）、《熱血冷淚》（成都出版社 1996 年版）。還有《回首黃土地——北京知青延安插隊紀實》、《老插春秋》、《老知青聊齋》、《最後一個知青》、《青春殤》、《走過青春》、《我們一起走過》等。

[55] 《恍若隔世——我的知青歲月》（作家出版社 1998 年版）、《蹉跎與崛起》（成都出版社 1996 年版）、《無悔的青春——一代知青的人生經歷》、《中華讀書報》上登載的成功人物系列介紹如〈讀書人在深圳紀實之十一 今日始知記者〉（1995 年 8 月 16 日 2 版）、〈讀書人在深圳紀實之十四——永遠心態平衡〉（1996 年 4 月 3 日 2 版）等。

[56] 《知青老照片》（天津百花文藝出版社 1998 年版）、《中國知青史——初瀾》（中國社會科學出版社 1998 年版）、《中國知青史——大潮》（中國社會科學出版社 1998 年版）、《中國知青詩抄》（中國文學出版社 1998 版）、《中國知青史》（春風文藝出版社 1998 年版）、知青叢書：《紅衛兵童話》、《老三屆新話》、《老三屆朝歌》（中央黨史出版社 1998 年）、《又說「老三屆」》（中國青年出版社 1998 年版）、《跨世紀對話——第三、四代人的心靈對白》（甘肅人民出版社 1998 年版）。

響回憶錄的編輯方向，不過，後來卻導致大量出於商業目的的煽情作品[57]的生產。返城後知青談成功經驗的作品主要有梁曉聲的《中國中產階層》[58]、《中國社會各階層分析》[59]等模式的變化，這些寫作主要展示了知青作家的穩定生活面貌，其思路與《北京青年報》1998 年 12 月 23 日 12 版的報導《改革年代》中的問卷調查相似，後者以 20 年前的知青生活為基準，比較對現今生活的滿意程度。

因此，98 年的知青熱在大體面貌上可以說仍維持了 90 年代初中期「知青熱」現象的基本意向。例如，《老三屆著名作家回憶錄》由十二位作家[60]參與，每一部篇幅約 200 頁至 400 頁，內容主要是各自對知青生活的回憶和感想。當然，把《老三屆著名作家回憶錄》也說成屬於「知青熱」現象，難免有細節上的牽強附會。可是考慮到大量回憶錄出現的時機和圖書市場的反應，顯而易見它們正迎合著 98 年的知青熱現象的形成過程。如此回憶錄的書評《真

---

[57] 中國工人出版社於 2001 年出版了長篇紀實文學「中國知青民間備忘文本系列」5 部曲，北京的西單書店則設專門區域出售這些書籍，其內容都以描寫知青原始的生活環境和其中發生的戀愛情節為主。作品題目如：劉漢太《狼性高原》、楊志軍《無人部落》、逍遙《羊油燈》、吳傳之《泣紅傳》、成堅《審問靈魂》、野蓮《落荒》等。

[58] 梁曉聲《中國中產階級》（《芙蓉》，1998 年第一期）。

[59] 梁曉聲《中國社會各階層分析》（經濟日報出版社，1997 年 12 月版）。

[60] 肖復興《觸摸往事》、葉辛《往日的情書》、陸星兒《生活是真實的》、畢淑敏《在印度河上游》、范小青《走不遠的昨天》、王小鷹《可憐無數山》、高洪波《也是一段歌》、趙麗宏《在歲月的荒灘上》、賈平凹《我是農民》、葉廣芩《沒有日記的羅敷河》、張抗抗《大荒冰河》、陳建功《十八歲面對侏羅紀》。

實感人的心路歷程》[61]認為：「『在逆境中奮發拼搏，把種種的人生經歷變成財富，把最大的苦咀嚼粉碎，憑著一股堅定的意志朝前走，卻是一條成功的公理。』叢書的作者們就是屬於這一類的成功者。」「『老三屆』為一代人，其命運都是和共和國的命運焊接在一起的。他們起初承擔起了父輩們因失誤所帶來的危機，……用『青春無悔』式的虔誠懺悔，表達著一種越來越遠去的信念。」在一篇題為《追蹤'98 知青文學熱》[62]的報導中以「上山下鄉的經歷，成為他們寶貴的、值得回顧的生活經歷」為開頭，引用了在豐臺體育館圖書訂貨會上所採訪的讀者的話：「有了這段經歷，人生再有什麼坎坷都可以應付得了。」而且這位讀者「（剛回過鄉的知青）對下一代表示憂慮，希望好好出版一些這方面的書，讓下一代好好看看。這是普遍心理。所以，這套書就特別受歡迎，這次訂貨會到今天，每種都已經超過了 1 萬多冊。」

肖復興在《絕唱老三屆》[63]中也仍然用「青春無悔」等修飾話語來讚揚處於社會下層的這一代的犧牲精神，如「老三屆人吃苦而不訴苦，他們在默默無聞地生活著，他們對歷史善意而通達的理解，以對理想忠誠而堅毅地投入，……以對新生活艱辛而痛苦的自我消化，……在新的歷史轉折期，他們以自己的犧牲和努力，顯示著這一代人獨特的生命價值」[64]。此外，成功經驗談這類書也同樣保持與 90 年代官方意識形態之間的緊密合作態度，塑造一些堅決

---

[61] 古葉〈真實感人的心路歷程〉，《中華讀書報》1998 年 11 月 25 日第 7 版。

[62] 王洪〈追蹤'98 知青文學熱〉，《中華讀書報》1998 年 2 月 25 日第 5 版。

[63] 肖復興《絕唱老三屆》，東方出版社，1999 年版。

[64] 《絕唱老三屆》封皮語。

排斥、戰勝腐敗勢力、果斷地進行結構調整的成功者形象。如，《一個成功者的足跡》（《北京文學》1998年第3期）中介紹現今擔任某省的一把手或某國營、合資企業的總經理等成功知青人士，他們都有一些共同點，即在過去知青時代是「優秀戰士」，「返城」後也以貧苦與挫折為資本，不靠任何賄賂或關係獲得成功，成功後仍展示「清官廉吏」的優秀品德，並面對結構調整（下崗風潮）顯示出果斷的作風(65)。他們站在人民立場上帶頭反對一切腐敗的現象，實幹、老練，並且主導著市場經濟，無疑是90年代後期共產黨員的新榜樣。結果，默默地獻身的下層知青一代（老三屆）和展示世紀末新共產黨員面貌的成功知青人士，仍然都在高舉「道德」旗幟的官方機制裏得到成功的整合。

在此不能不提及《又說「老三屆」》、《跨世紀對話——第三、四代人的心靈對白》等批判了成功經驗談類知青書籍的作品。這些作品正和幾年前反對成功人士之「青春無悔」的調整勢力（如郭小東等）一樣，突出強調了處在社會底層的大多數知青沒有掌握話語權的現實。(66)尤其《又說「老三屆」》有力地揭露了所謂成功知青人士為「成功」而奮鬥的途徑，陳述70年代以後蔓延在整個社會上的「走後門」現象和「送禮」習慣，以及要精通「關係學」的現實。作家揭示出：在急劇變化的現實中，奉行「拼命表現，不擇手段」的處世方法，高喊「我們喝過了當年的那碗酒，今後什麼

---

(65)　《北京文學》1998年第3期，105頁。

(66)　《又說「老三屆」》的作家張凱說：「知青中絕大部分人的生活處於很一般的水平，相當一部分還在為住房、子女、甚至為戶口和找工作而奔波，但他們沒有掌握話語權，淪為『沉默的大多數』。」

樣的酒我們都能對付！」的口號才是返城後知青們為了成功而採取的病態表現之真面目。可惜該書到結尾過分注重「老三屆」們的心理分析（正如郭小東所主張）以及對此的治療處方，不僅迴避「老三屆」現象被官方所利用的事實，而且提出的種種方案停留在有關處世態度等技術的水平上。

第二節　農民立場

1998 年前後，「青春無悔」、「苦難與風流」的知青文化熱現象再度興起，對此直接表達強烈反對意識的知青題材小說就是《大樹還小》。這部小說指出與其花費錢財舉辦無益的上山下鄉三十周年紀念大型晚會，不如乾脆去扶貧[67]。90 年代後期確實出現了一些突出農民立場的知青小說。其中的知青大多體現出極不成熟的一面，且生活能力差，因而成為農民、農村的經濟負擔，卻對農民、農村表現出優越意識，甚至加害於農民。這些都表明作家正試圖站在農民、農村的立場上重新開展價值判斷。這些大部分由知青晚輩作家（除了王安憶之外）[68]來完成的作品主要目錄如下：

---

[67] 「母親說『如果你們來扶貧，秦家大垸就有希望了』，而白狗子說『扶貧那是政府的事，我們是杯水車薪救不了急』」「……母親（農民）對他們這麼興師動眾花那麼大一筆開銷，只為排幾個節目的行為，覺得不可思議。白狗子說，人的精神生活比物質生活更重要……他還舉夏天香港要回歸的事為例，說為什麼要花幾個億來搞慶祝活動，為的就是精神的需要。」（《大樹好小》，《98 年度最佳小說——中篇卷》下，灕江出版社 1998 年版）11 頁。

[68] 作為知青下一代作家林白也在 90 年代以來也發表了瓦解昔日知青英雄形象的作品，如《英雄》（《青年文學》1991 年 12 期）、《一路紅綢》（《中國

王明皓《那年我們十八歲》（《雨花》89.7）、韓東《下放地》（《作家》94 年 10 期）、李洱《鬼子進村》（《山花》97 年 7 期）、劉醒龍《大樹還小》（《上海文學》98 年 1 期）、趙剛《槍令》（《北京文學》98 年 6 期）、王安憶《隱居的時代》（《收穫》98 年 5 期）

其中，韓東和王安憶雖不集中探討知青話題，但表現出向農民（農村）傾斜的視角。《下放地》中敘述自我重訪當年隨父母下放的農村，卻發現並非自己記憶中的農村，沒有人認出自己，而自己也沒發現認識的農民。通過這種惶惑、偏離，作家暗示敘述自我在想像、回憶中的農村和現實中的農村之間的差異。與 80 年代中期不同[69]，王安憶認為農村生活是自己審美觀的基礎[70]。她在《隱居的時代》中回顧下鄉當地，特別提到農民對下放的城市人（主要是知識分子、右派、醫生等）的觀賞態度。她還表示農民們對異類做出的本能的審美反應是很準確的。如，他們能分辨出黃醫生和右派分子的憂鬱之不同：把前者審美化，因為它來源於高醫術、對農村的不適應、慢性子等因素；否定後者，因為它來源於對現實的不滿、頑固與抵抗、一身的灰。王安憶還提到，被流放的城市人的各種文化

作家》1992 年 2 期）。

[69] 在《兩個 69 屆初中生的即興對話》中王安憶曾表示過自己下鄉地的農民自私，為了某種目的才接近自己等等，可見王的否定態度。不過，王在 80 年代初期的知青小說中（如《從疾馳的車窗前掠過的》）卻表明過返程路途中對農民感到的內疚、提到他們對她的關懷等。這樣一來，王對農民的評估形成了（80 年代初的）肯定——（80 年代中期的）否定——（90 年代後期的）肯定的軌跡。

[70] 王安憶在《生活的形式》中提到「農村生活的方式，在我眼裏日漸呈現出審美的性質，上升為形式……」。

異彩，在農村散漫但長期不變的人類基本體系中反而能得到保護[71]。

《鬼子進村》、《槍令》描述了一群未能成為實際勞動力、寄生於農村或與農村格格不入的知青們。《槍令》中出現的瞌睡蟲知青早晨勉強起來跟隨隊長，甚至不會幹農活，中午分吃隊長的午飯，生活能力比農村小孩都差。以農村少年視角描繪知青運動的《鬼子進村》中，村民在知青到來之前已經聽說鄰村知青們偷雞摸狗、打群架的劣跡而心懷戒備。而知青因付出的修橋勞動最終無效漸漸失去信念，開始對農民冷淡，最後真的偷吃農家的雞。結果，農民和知青被隔離在各自的世界中無法融合，誤解加深。小說始終通過農民的視角來描述知青的言行。

其中最明確地標榜農民立場，試圖顛覆以往的知青話語的作品就是《大樹還小》。由農村少年大樹的視角再現的白狗子、老五等知青們的表現：在當年偷吃光了農民的雞和狗，築堤壩時不幹重活，只做輕活或擺弄筆桿子，讓農村姑娘們做了五六次人工流產，是加害農民的十足惡人。不僅如此，為了治大樹的病去城裏打工的姐姐被證實成了白狗子的小情人。由此作者將農民與知青的關係擴大為 90 年代城市與農村的差距問題，確保了現實批判性。進而，作品通過「他們老寫文章說自己下鄉吃了多少苦，是受到迫害，好像土生土長的當地人吃苦是應該的」，「他們……總是嘲笑農民，

[71] 「正是這種夾縫樣的地方，才是藏精蓄銳的地方。它們有著一種固定不變的東西，是這種固定不變，保護了我們人類積攢了很多時間的優良的素質和訓練，使其不致流失，得以傳繼。」（《隱居的時代》）

這封建那落後，怎麼一有了錢財，反倒比農民還封建落後」這樣的臺詞，吐露出對「傷痕」思潮和「尋根」思潮的重新探討。

劉還直接批判知青小說的懺悔之欺騙性：「懺悔一定是為了改過，真正的意義是重新支撐起一個人的精神天國。生命發展的殘酷性同樣也在懺悔上體現出來，有資格懺悔的人總是將懺悔發生在自己的成功之後，而失敗者是沒有這樣的資格的。」[72]劉對 80 年代知青小說提出整體的否定，的確為知青小說提供了不同於以往的新視角。這種顛覆企圖也得到了呼應[73]，其看法為：由農民立場來看，知青的苦難從根本上是不能成立的，尤其應終止把苦難當成資本的敘述方式。進而，他們把這看作是與城市和農村文化斷裂有關的問題，認為 80 年代的知青小說在其話語的構造上加速了這一斷裂。[74]

其實，隨著 90 年代後期下崗問題和農民問題引起社會普遍關注，上述知青小說選擇的農民立場得到不少共鳴。農村出身的作家賈平凹[75]在《我是農民》[76]中吐露，自己以回鄉知青身分下鄉時，比勞動或貧困生活本身更難挨的，是與城市出身的知青之間比較而產生的自卑感，那意味著從漂亮的女朋友到招工等所有機會上的差

---

[72] 劉醒龍〈書信 208 號〉（《小說選刊》1998 年 3 月）。

[73] 李敬澤〈遮蔽與敞開〉，《南方文壇》1998 年第 5 期。

[74] 恐怕也不是這麼嚴重，因為 80 年代則有鄭義、賈平凹、路遙、陳忠實等作家的寫作。藝術成就較高的也有《平凡的世界》等。

[75] 賈平凹在 77 年題為《鐵媽》（《人民文學》77 年 2 期）的知青題材短篇中，通過覺悟高的農村婦女鐵媽的指責，諷刺不考慮大局，只顧自己農場的青年幹部。

[76] 《中華讀書報》1999 年 1 月 13 日第 8 版。

別。王彬彬也在《豈好辯哉：一個鄉下人對「知青」的記憶》[77]中談到自己從農村小學到高中所目睹的知青種種惡行，他們隨便打、罵、欺負農民，面對他們的傲慢和對農村、農民的加害，農民只能默默忍受，因為「破壞上山下鄉」的名目無疑是知青的法律保護傘，但沒有相應的法律來保護農民。進而王彬彬說，沒有「山」和「鄉」就不能有「上」和「下」，主張知青運動話語當中應要確保農民自身的聲音。

遺憾的是，在知青與農民的關係上，這些顛覆意圖，靠新的立場與定位營造不同以往的話語世界時，它們體現出來的價值符號與對立模式仍得不到更新。如《大樹還小》展示的世界體現著由秦四爺等農民代表的正義、善和白狗子等知青代表的自私、惡的明確的善惡二元對立結構。並且善的含義是由於過去因知青運動而受害的、雖然貧困但排擠只能[78]搞欺騙行為的商業主義的農民。而惡的含義是雖然不把「萬把塊錢」當錢，但卻忽略扶貧、只顧自己欲望的知青。由此可見，其中的價值特徵、對立結構與 80 年代初期塑造道德英雄的知青小說中的結構很相似，即：「城市——物質——自私——惡——反面人物（返城知青）」和「農村——貧窮——利他性、犧牲——善——正面人物（回歸知青，或農民）」。如本書第二章第四節所述，農民出身的作家路遙早在 81 年的《姐姐》中，就已從與大樹一樣的農村少年（弟弟）立場，控訴過知青加害者——

---

[77] 2001 年 5 月 8 日 http://www.028cn.com/forum/messages/134.html。

[78] 「現在不管什麼，只要是賣的，總是或多或少摻點假，那樣的事我（大樹的母親）幹不了。」劉醒龍：《大樹還小》。

返城之後自私地背叛、拋棄為自己獻身、犧牲的農村姑娘（姐姐）。

當然，《大樹還小》和《姐姐》有不同之處，即由於知青們的妨礙最終以悲劇結尾的秦四爺與女知青文蘭的愛情細節中，給秦四爺附加生產隊長身分符號，以此對「傷痕」系列本身進行顛覆，這比 80 年代初塑造道德英雄的回歸思潮更進一步，甚至可見對文革時期身分秩序的認同[79]。也難怪秦四爺說「現在這個世道，喜兒不像喜兒，黃世仁不像黃世仁！」[80]。對 90 年代後期被排擠在市場經濟圈外的農民的關注，其立場仍然歸結為農民（貧窮、正義）與城市（物質商業主義、自私）的二元善惡對立結構，這是否表明仍沒有擺脫從道德角度去界定貧富問題的思路？（在這方面，一些社會學領域的文章反而表現出更多元化的水平[81]）是否表明還沒有建立起適合於市場經濟的價值體系？這種相似於 80 年代初道德英雄所展現的價值對立

---

[79] 解思忠：〈還是 5、60 年代好〉（天府評論，www.china028.com，2001 年 5 月 28 日）此文分析，高稅收、對貪污腐敗的不滿、對人際關係形態的不滿助長了這種感覺。

[80] 《大樹還小》8 頁。

[81] 溫鐵軍：〈「三農問題」不僅是農業問題〉（天府評論 www.china028.com，2001 年 6 月 9 日）在農村問題上，作者主要指責過於龐大、難免職位重疊的政府管理系統。將農村出產的盡可能還原到農村去，這是他解決三農問題的基本原則。如，「國家的支農資金以後不要投到涉農部門，不能讓部門把國家投資變做獲得部門收益的本錢」、「各村落實自治法，村自治組織直接對縣。鎮改建為自治政府，與村自治之間的關係從上下級變為平等交換，……」、「政府可以放開有盈利條件的涉農領域，允許農民進入這些可以產生受益的領域……。」這裏可見政府、知識分子、農民的三向結構，以及其中知識分子所要擔任的角色。

結構，是否有可能與官方意識形態（將利他主義的自我犧牲作為模範黨員榜樣）合流呢？這是否又讓人想起知青熱現象中兩種「青春無悔」都被官方的右手和左手成功地整合出來的場景？而以「農民立場」自居的這種「代言人」的敘述，是否因此獲得一種道德？

從這個方面看，王明皓的《那年我們十八歲》雖然同樣突出農民的立場，但不像《大樹還小》等那樣把農民刻畫成善、道德的代表，同樣知青也不以代表善或惡的固定人物符號出現。將在 1989 年發表的該小說與 90 年代後期標榜農民立場的上述作品歸在一起討論，似有些勉強。這部作品是應當個別注意的個人探索的成果。《那年我們十八歲》描述了兩個饑餓的知青在惶亂中偷吃鄰村農民的七隻雞，那家大嫂因而喝農藥自殺。老駝子（死者的家屬）向前來認罪的知青吐露農村的實際困境，以同是天涯淪落人為由寬恕他們，而回去的知青在村口卻受到老駝子一頓老拳痛擊，結果其中一個成為殘廢。在這部小說中，提出了「公家的」和「私家的」這樣有趣的話題。

由於春荒季節，一天只有七兩米，但社員都會「撬墻洞扛二〇二麻袋」，但知青大蟲和憨殼即使餓得睡不著仍不偷公家的，那是因為不好意思辜負毛主席老人家「你們是早晨七八點鐘的太陽」的期望。但他們也不是什麼英雄形象，他們唱著黃歌，緩解十八歲青春的孤獨，試圖在街上結識女知青等。扣寶看見雞毛的痕跡，怒喊：「知識青年，你們心狠！」他雖然承認自己也「喂豬偷豆餅，喂牛偷黃豆」，但自己「心不虧，那是公家的」。但知青認為偷公家的更壞。隊長聽說鄰村婦女的死訊，也趕來教育知青「偷」的原則，暗示「私家的是命根子，不能偷，公家的是睜一隻眼閉一隻眼，同時提醒兔子不吃屋邊草」。直到 20 多年後，成為殘疾人的大蟲表白遲來的省悟：「我們旁邊就是倉庫，我們幹嘛非要硬吃那七兩米呢？」

作家通過在饑餓中的失節，表現了由於知青進村被瓜分口糧的農民和在農村不知維持生計而落入苦境的知青都只能「偷」的處境，以此揭露對於知青和農民來說，這場上山下鄉運動是一場災難。而作家集中刻畫了受知識（意識形態）控制的知青和受糧食（經濟）控制的農民對「偷」適用的不同原則，以及由此導出的悲上加悲的結果，在淡淡而幽默的筆觸中蘊含了強烈的批判意味。

小　結

如上所述，《血色黃昏》以後出現的《悲涼青春》——《中國知青部落》——《中國知青夢》的軌跡表明歷史選擇是「知青情結」；從悲劇中挽救、從破壞中整合的方向。這種強烈的知青群體意識的表現持續到 1998 年前後，有力地證明官方的堅決意志和商業運作（尤其圖書市場）的高度迎合。對此敏銳地揭露意識形態強大的整合機制的批評不是沒有，而是其勢力太薄弱；對於「老三屆」的理想、道德等含義表示質疑的不是沒有，而是這些質疑只留在否定、解體的階段，沒有供給知青（社會大眾）能滿足他們內面需求的、不同以往的價值體系。而官方卻已滿足了這種需要。可見知識分子與社會大眾之間溝通的缺乏也做到了在「知青熱」現象長久持續之可能的一定貢獻。

90 年代後期出現以農民立場來反駁知青文化熱現象的一些作品。不過，在擺設知青與農民對立的角色安排中，卻體現了「農民

（農村）——貧困（受苦、犧牲）——精神價值、道德」和「知青（城市）——富裕（享受）——自私、惡」的二元對立模式。這正與知青文化熱高唱的、在 80 年代中期以梁曉聲等為代表提出過的「青春無悔」所包含的價值體系很相似。因為知青熱現象以「青春無悔」的良藥關懷社會底層知青時，同樣體現出「犧牲（受苦）——理想、精神價值——道德、真誠——社會底層（下崗）」。

而更值得注意的一點是，90 年代以來在這重現的二元對立模式中，一些作品把農民和知青的位置交換下來，仍然無礙這一模式的成立。高紅十在《哥哥你不成材》[82]中提供的農民和知青位置正體現出與《大樹還小》相反的面貌：如艱苦地實踐扎根的昔日知青英雄人物「他」擔任「善」，而堅決不同意與他離婚的農民妻子（和她的家人）擔任「惡」的角色。[83]

雖然作家在稍後發表的作品《上路》[84]中表達了對歷史的進一步認識：「歷史從活著的人的利害好惡出發，那麼歷史是什麼？」等[85]。不過，所有發生的一切；革命先輩父親曾在生死關頭對自己

---

[82] 高紅十：《哥哥你不成材》，《中國作家》，1989 年第 4 期。

[83] 這一部小說在處理農民和知青的關係時，甚至把「我（女知青）」當成小紅帽、把改花（農民妻子）當作奪走小紅帽草莓餡餅的小動物們，由此達到敘述的高潮。

[84] 高紅十：《上路》，《中國作家》，1992 年第 2 期。

[85] 還有「只是缺少承受所有真實的心理準備。你的希望跌落一檔，你對完美的苛求被蓋去一角」的迴避面對真相問題、「誰知道那裏邊有多少真的！一會兒劣勢，一會兒叛徒，解說詞改多少回了，您能保證再不改。」的判斷真相的根據問題、「長老跳脫不了，華跳脫不了，長老的侄子跳脫不了，華的女兒跳脫不了，你也跳脫不了。」的沉重的歷史責任問題等。

同志的背叛、「他（知青）」為了返城丟棄懷孕的蒙古女子、年輕司機毫無職業道德的物質追求，都在「上路」的非常態中得到緩解，構成「起——承——轉——合」[86]的完美而被整合的結局。

由此可知 8、90 年代展現的是顯然不同的語境。1986、87 年之際出現的《隱形伴侶》、《傑出人物》等當發現善惡之間的敘述性、不確定性時，毫不掩藏地表示困惑提出質疑。但是 1992 年出現的《上路》，明知歷史的敘述性、價值的相對性，仍不會造成任何矛盾或打擊，不會影響整合的大局。[87]可見對本質論的懷疑與否定在 80 年代中後期體現為某種批判性，但到了 90 年代之後[88]相對性的認可卻成為了大局整合的理由。

對於該二元對立的價值內涵也可以進行圖表處理。[89]

---

[86] 這正是《上路》的情節發展階段。

[87] 90 年代以來的所謂「後」思潮很難在中國現狀中發揮批判性功能，卻不無被用為整合功能的一面。

[88] 在此可以參考題為〈《中華工商時報》設專欄評說 90 年代出版熱點〉（一東：《中華讀書報》1995 年 6 月 7 日第一版），它介紹了如下幾個熱點：「文革題材熱、神秘文化熱、領袖題材熱、知青題材熱、工具書熱、國學熱、明清艷情小說熱、當代艷情小說熱、外國艷情小說熱等。」可知 90 年代初、中期的主流文化脈絡。

[89]

時期	追求價值（真理）	道德內涵	二元
文革時期	革命理想、階級鬥爭	生命獻身——階級感情、憶苦——利他主義	正面
	經濟效果	妨礙革命事業——自私、追求個人發展	反面
文革結束 77-79	人民、社會主義祖國的實際利益	犧牲、利他——善——知青主人公	正面

第三節　李　銳[90]

李銳在 90 年代以後仍堅持知青題材的寫作，發表作品有中篇小說《黑白》[91]和《北京有個金太陽》[92]，有長篇小說《無風之

	階級鬥爭	自私（往上爬）——惡——幹部、知青	反面
「回歸」82-83	社會主義祖國、理想	犧牲、善——扎根知青、農民（邊疆建設）	正面
	物質、個人安逸	自私、惡——返城知青（享受城市）	反面
道德英雄 83-84	人民祖國、終極理想	犧牲、信念、熱情——善——知青主人公	正面
	冷靜的理性、現代派	懷疑、自私——惡——反面人物	反面
知青熱 90-94	昔日的理想、道德風尚	善（真誠）——社會底層（下崗）、默默獻身	正面
	物質	自私、惡——商業主義世態	反面
90 年代以來的一些作品	（農民立場）	貧困（更苦）、犧牲——善——農民（農村）	正面
	富裕（物質、享受）	自私、惡——知青（城市）	反面
	（知青立場）	犧牲（更苦）——善——扎根知青（受苦者）	正面
		自私——惡——農民妻子（享受者）	反面

[90] 李銳作品目錄：小說集有：《丟失的長命鎖》，北岳文藝出版社 1985 年；《紅房子》，人民文學出版社 1988 年；《厚土》，臺灣洪範書店 1988 年，浙江文藝出版社 1989 年，瑞典布拉別克出版社 1989 年；《傳說之死》，長江文藝出版社 1994 年。長篇小說有：《舊址》，臺灣洪範書店 1993 年 2 月，上海文藝出版社 1993 年 8 月，美國紐約 Metropaolitan 出版社 1997 年；《無風之樹》，江蘇文藝出版社 1996 年；《萬里無雲》，中國青年出版社 1997 年。散文集有：《拒絕合唱》，上海人民出版社 1996 年。

[91] 《黑白》，《上海文學》1993 年 3 期。

[92] 《北京有個金太陽》，《收穫》1993 年 2 期。

樹》和《萬里無雲》。這些作品和其它大部分知青小說不同，沒有建立起黑白鮮明的、或起碼可看作對立模式的價值體系，卻展現出具有豐富而獨特內涵的世界。正因為如此，本書對人物和情節進行的歸納式分類方法，在李銳的作品裏，比較難以得到像其他作品那樣的明快效果。不過，採取同樣的研究方法，從比較中可以分析出所謂作品之間的不同之處。李銳的作品體現的審美景觀和人文思考不同於以往任何知青小說，呈現出知青小說史中的異彩。

首先，人物因素在李銳作品裏被劃分為三個領域：第一，知青（回鄉知青、城市知青）；第二，農民（群體、書記等群體的代表）；第三，官方（縣政府調查人員、公安局人員）。其中，情節展開過程中主要登場人物是知青和農民。李銳筆下的知青都不是以群體之一員而是以個體的形式出現，由此成為作品展示的世界中唯一擔負革命理想的存在，並使得知青人物得到某種符碼化效果。被符碼化處理的知青對革命理想表現出強烈的個人化、個性化反應。雖然是被符碼化的（被教育的意識形態化的），但是知青人物對此進行徹底個人性的內在化過程，終於達到為自己理解的革命、自己塑造的理想而實踐的境界。結果，以個人面貌出現的知青人物，更多體現出普遍性，較少文革特殊時代的烙印。這種知青人物的普遍化、符碼化的趨向，在以群體方式出現的農民形象中同樣體現。農民的符碼化體現在貧困、偏僻、封閉的生存處境，而帶有庸眾的、集體性面貌的農民群眾對此的反應則是屈服、膽怯、自私等。

李銳在知青和農民之間開展情節時選擇的主要話題是兩個世界的隔絕問題。知青和農民雖然在封閉的同一空間裏共存，但他們其實處在永遠無法融為一體的兩個世界裏，互不理解，不知道「誰到底要幹什麼」，也沒有努力去理解對方。可是，在這彼此隔絕的兩個世界中感到深切孤獨的中心人物，進行反抗。中心人物對隔絕、孤獨的反抗，成為推動情節的主要因素。作家安排中心人物角色方面，自由地選擇農民、回鄉知青、城市知青等。這樣，作家通過中心人物的掙扎表現了隔絕所引起的孤獨與對此的反抗，由此賦予中心人物普遍性的人文符號特徵。當情節達到高潮時登場的就是官方角色。官方以專制、強權、絕對的存在等為特徵，恢復、整頓履行人文角色的中心人物所破壞、所反抗的秩序。官方角色在情節展開的外表上並不顯見，但確實影響著每個登場人物。好像對不聽話的孩子嚇唬說「山裏有老虎」一樣，在村民們的日常語言中被表述為「公安局老張的手銬」。

結果，90 年代李銳的知青小說帶有某種寓言色彩，並成功地引導到普遍主題化的境界。那麼，李銳通過這普遍化要傳達的信息是什麼呢？本書通過對具體作品分析來論證上述的結論，同時回答這一問題。

先從《無風之樹》開始。其中的知青[93]英雄苦根兒完全被文革意識形態控制。苦根兒在矮人坪戰天鬥地的壯舉，給矮人坪帶來的

---

[93] 雖然苦根兒在小說中並沒有以明確的「知青」身分而出現，而且他到矮人坪扎根的時間遠遠早於現實中「知青」出現的時間，但筆者卻仍然願意把他理解為一個「知青」形象。原因首先在於，李銳本人曾經在呂梁山腹地一個只有十幾戶人家的名叫邸家河的小村子裏度過了難忘的六年「知青」生活，而苦根兒所在的矮人坪也只有十幾戶人家，而且文本中也一再明確地強調他來到矮人坪已經待了六年時間。在筆者看來，這兒的「六年」和「十幾戶人家」絕對不是簡單的巧合。

幾乎都是災難，大部分農民無奈地服從苦根兒所代表的權力。在知青的革命（具有濃厚的官方專制特徵的）和農民的無知、野蠻之間，富農拐叔和貧農暖玉登場。這三個因素各自起到推動情節發展的作用。

知青苦根兒確實崇拜毛主席和犧牲在朝鮮戰場上的英雄父親，他把毛主席畫像貼在墻上，畫中的毛主席頭戴八角帽，臉龐消瘦堅毅，酷似苦根兒自己。每天和他一同進行矮人坪革命戰鬥的「父親」，則是他在電影《上甘嶺》中看到的那個壯烈犧牲的英雄。苦根兒在精神領域裏塑造的毛主席和父親漸漸成為跟他不可分割的一部分，終於他驚訝地發現自己為了強化革命意志而寫的小說、日記裏出現的英雄和自己[94]融為一體。

在矮人坪，食與性的匱乏構成了艱難生存境遇的兩個基本的顯在表徵。矮人坪村民處於這種永恆的貧窮的煎熬之中。暖玉目睹了饑餓之極的二弟被活活撐死的淒慘場面，經歷了已出生十個月的小翠猝死的慘景。村裏的大多數男人由於貧窮而娶不起媳婦，無奈之下，曹天柱只好娶一個傻女人過日子；而村裏瘤拐們集資救活暖玉之後，把她作了大家的「公共媳婦」。

扎根在矮人坪的苦根兒很真誠地認為自己是在給矮人坪創造幸福。他在石壩工程中奮不顧身吃苦在前，始終緊握著那把滿是鮮血的大錘把。可是他和矮人坪之間沒有任何「共同語言」。同處在矮

---

[94] 六年來，「苦根兒把自己每一天的經歷和感受都為想像中的父親傾注在日記上。苦根兒常常會因為激動的淚水而中斷了書寫，漸漸地，當苦根兒回過頭去閱讀它們的時候，他驚訝地發現，自己已經和父親血肉相連生死與共，自己已經和父親在趙英傑這個響亮的名字當中混為一體了」。

人坪的他和瘤拐們生活在兩個迥然不同的世界內。在瘤拐們的眼中，苦行僧似的他是一個「又不娶媳婦，又不過日子，成天就是非要弄出個成績來不可」的難以理解的人。六年來他每年冬天都帶領矮人坪的瘤拐們炸石壘壩。艱苦勞動之後壘起的石壩到了夏天幾乎全被洪水沖毀。苦根兒讓瘤拐們付出的是毫無效益的勞動，就像醜娃所說：「咱們除了多吃了些乾糧，白費了些力氣，還得著啥了？」矮人坪生產隊長天柱說：「苦根兒那娃，一天到晚非要鬥這個，批那個……自從他來了咱矮人坪就沒有安生過一天。」

苦根兒和矮人坪兩個世界互不相容的「隔絕」在善良的富農拐叔那兒體現為悲劇。因為在這裏，善良和憐惜必然要承受沉重的代價。拐叔代逃走的大哥受過苦，經常成為運動中的鬥爭靶子。當暖玉在失去小翠的打擊下幾乎神經錯亂時，是拐叔連著三宿不睡覺，才把她從那種迷狂譫妄的狀態中喚醒。拐叔心疼暖玉，是因為她遭受了近十年之久的矮人坪光棍漢們毫無感情聯繫的性的折磨。這樣悲劇就出現了，因為拐叔是富農而暖玉是貧農，因為矮人坪的瘤拐們始終屈服於專制，拐叔的行為違背了這符碼化的兩個世界所規定的隔絕。

苦根兒批評拐叔這樣做就是「攪亂了矮人坪的階級陣線」，讓拐叔交待到暖玉那兒睡過多少次，都跟暖玉說過些什麼。拐叔卻回答：「這些事情哪能告訴別人吶！那還知道害臊不？那還不成牲口了，我不能和你們一塊欺負暖玉，欺負一個女人家算是啥東西呀，再說，暖玉那女人這一輩子夠淒惶了，我不能和你們一塊欺負她。」他替暖玉說的淒惶話，引來苦根兒的高度警覺：「……頑抗到底是沒有好下場的！」結果，拐叔為了保護暖玉，也為了維護自我人性的尊嚴，選擇了自殺。最後他對著照料的牲口說，「下一輩子，跟你們一樣，長出四條腿，有人照顧，多好呀……」，同時又說，「我倒要看看，我沒有了，他們還咋清理，咋整頓？我倒要看看他們的那隊伍和階級都怎麼辦？都放到哪兒去？」他以這樣具有強烈反抗意味的話，完成他在《無風之樹》中擔任的人文符號角色。他以自殺提出的抗議既指向了苦根兒、劉主任這樣的官方意識形態的代表，也指向了矮人坪屈服於這種意識形態壓力的庸眾瘤拐們。拐叔的自殺當然不會為苦根兒理解：他只能以「我真沒想到咱村的階級鬥爭會這麼複雜，太複雜了」的話來整頓拐叔的自殺（脫軌）行為。矮人坪的村民們也絕不能理解拐叔，他們只能重複每當看見拐叔「不可思議」的行為時提出的老問題：「你說拐叔他這是為了啥呀他？」在矮人坪裏沒有任何人能理解拐叔，拐叔在這裏是徹底孤獨的。唯一明白拐叔的暖玉當然不能在這個世界裏存在，她只能偷偷地離開矮人坪。

李銳進行的文革題材的寓言化在《北京有個金太陽》和《萬里無雲》中得到更完美的藝術效果。這兩部小說講述了前後 30 年時間裏發生的同樣的故事，不僅其登場人物延續著、每個角色所擔負的符碼也是相同的。

《北京有個金太陽》主要推展情節的是回鄉知青張仲銀在五人坪中的孤獨。人民教師張仲銀出於參與文革的熱情給學生帶上紅袖章，但紅袖章很快就成為擦鼻涕的髒布。這樣，張仲銀只能反復以「沒有文化，沒有共同語言！」的嘆息來表達深深的孤獨感。而這種孤獨恰好又與他的自豪是緊密相連的，因為在十幾里鄉內只有自己才是識字的。不過，這種自豪隨著城市知青李京生與劉平平的到來開始被挑戰。自豪消失之處生長的卻是成倍的孤獨，因為張仲銀又不能與嘲笑他棉布方口鞋的城市知青擁有「共同語言」。最終，張選擇替陳三爺認罪而成為英雄，以此恢復他在五人坪的位置。單單因為那樹上祈求天下太平的「顯靈」，專制、蠻橫的公安局老張的手銬，讓張仲銀在監獄裏整整關了八年，直等到膽怯、無知、自私的陳三爺臨終之前說出真相為止。

《萬里無雲》以同樣的方式重演《北京有個金太陽》中的荒唐悲劇。張仲銀入獄八年後獲釋，在城市知青都已離開的五人坪裏繼續當了 30 年的人民教師，以此堅持扎根誓言。可他被日益加重的孤獨所壓倒，常常遺憾黃鶴們（城市知青）不能看見自己實踐的扎根。他偶然從廟附近的石碑上得知大明永樂三年舉人張師中建造該廟的事實後，找出自己也要蓋學校的使命[95]。可是，久旱之後為了祈雨，村書記蕎麥要借用廟堂。當這個建議與張仲銀的這一次理想（孤獨的解決之路）互相交易時，再次造成了悲劇。主持祈雨的道士高衛東在自己的後背畫上毛主席像，由此使迷信和政治掛鉤。再加上，神童二罰和小泥兒在山火中被燒死。關鍵時刻，公安局老張們仍然出現，他們拿利用領袖像搞迷信活動是政治錯誤等等罪名威脅時，蕎麥書記和道士的表現使人想起陳三爺。結果公安局的手銬再次降落在張仲銀手上。

作為蘇聯電影《鄉村女教師》中瓦爾瓦拉・瓦西里耶芙娜和回鄉知青邢燕子的崇拜者，張仲銀認為趙萬金他們自始至終都沒有瞭

---

[95] 「我要退休了也蓋不起新學校來，那我不是一輩子一事無成麼？那我不是白活了一輩子麼？」76 頁。

解他來到五人坪的意義，也不會明白他在獄中的「人怎麼能低下高貴的頭？」、「我願，願把這牢底坐穿！」等一切掙扎。在張仲銀看來，城市知青「對一雙方口鞋的嘲笑和蔑視，就是對於人民和歷史的嘲笑和蔑視」。飛回了北京的「黃鶴們」不會知道留在「距離縣城九十里的萬山之中，變成了一塊石頭，變成了張師中」的自己。這樣看來，「命中注定的歷史使命也還只應當是我一個人的」，因為「目不識丁的陳三爺根本不可能書寫歷史的」；「大明舉人張師中是用狼毫毛筆書寫歷史，而我卻要用生命改變歷史。」這就是張自己確立在五人坪扎根的人生意義。

趙萬金把張頂替陳三爺蹲牢的深意理解為張看書看出「驕傲自滿的毛病」了。陳三爺的孫子滿城見張老師辛辛苦苦地一個人生活，就說「你說張老師他這是圖了啥呀你說？」五人坪的任何人都理解不了張仲銀用生命來改變歷史的使命。剛開始來借廟的趙蕎麥以及祈雨的道士確實對張老師表現了尊敬。但張老師昔日的兩個學生在面對公安局審訊時，不知不覺中把張老師敘述成事件的主要人物，表現出只顧擺脫自己頭上災難的自私。這樣，得不到任何共鳴的張老師不斷地在自己的思想世界中進行抗辯：「當時，耗時半年終於用兩套內褲做成了一根結實的繩子」做好自殺的一切準備，「決定以一個人的理性阻止非理性」，可那時那扇鐵門打開把我放出來。「現在他們同樣是錯了，再一次地向我拿出這樣一張表格和手銬是非理性的。」而且，作為「一個人民教師，為蓋一所新學校，有權力讓他的學生們唱歌的」。那支歌不是一支封建迷信的、而是鼓舞人熱愛祖國熱愛勞動人民的歌。「他們根本沒有理由把我從石頭上鏟除掉！」

這到底是誰造成的悲劇？張仲銀不應該坐牢也不應該蓋學校？那怎麼解決他的孤獨？蕎麥和道士不應該祈雨也不應該迴避責任？祈雨是十里八鄉廣大群眾所要的，和屈服、膽怯一樣，是他們在五人坪的生存方式。甚至公安局也履行著所要擔負的工作。五人坪原本也可以擁有本地出生的知青及其後代的。如果荷花拿著張給的識字本去學校，因而像邢燕子一樣有文化的話。因為張仲銀來五人坪是為了傳播文化與知識[96]，拒絕只做會針線活的荷花的鞋墊，是張對革命的信念的表達[97]，不然，他怎麼會扎根在五人坪？早就和黃鶴們一起飛到城市去了。那麼荷花呢？五人坪的哪個女子不幹活而去識字？這是五人坪的生存方式，是五人坪理解世界的方式。不然，荷花早就不是五人坪的人了。

那麼，只要張仲銀和荷花（包括公安局人員）一起在五人坪存在，這場悲劇就是永恆的嗎？

《黑白》的知青英雄黑也在沒有觀眾的孤獨中感到絕望。[98]當初黑是全國的知青先進典型，九年裏黑拒絕許多次離開農村的機會，當黑拒絕「留在省城當那個團省委副書記」時，在省委書記的激動面前黑一瞬間感到自己像「群山一樣高大偉岸」。只是到了後

---

[96] 「我到五人坪是傳播文化知識的」《萬里無雲》59 頁。

[97] 「對於一雙綉花鞋墊的拒絕，卻恰恰是對於一種使命的承擔。」《萬里無雲》67 頁。

[98] 黑身上有不少張仲銀的影子。作為煤球廠工人的兒子，黑對幹部子弟有著和張對城市知青一樣的比較意識。黑最討厭的是那幫不可一世的幹部子弟。黑的父親是煤球廠的工人。「黑從文化大革命一開始就存了雄心，一定要做驚天動地的事情超過任何人。」《黑白》（收錄在李銳中短篇小說集《傳說之死》長江文藝出版社 1994 年版）第 288 頁。

來，大家都回城去了，只留下他和白的時候，「才弄明白，沒有任何人觀看和參加的理想，是無。」農民八月問：「偏你一個人留下，你圖個啥？」黑的回答仍然是要改變歷史：「我不還是個知青代表嗎，只要全中國還有我一個人在農村，知識青年上山下鄉這件事情，就還存在。」黑最怕「到最後自己也守不住」，怕得「寧願有塊石頭砸到我頭上」。黑最近幾年心裏一直說：「反正我從來沒有騙過別人，也沒有騙過自己，更沒有騙過她。」可是黑的她——白的「那雙十四歲的眼睛到哪兒去了呢？自己其實只需要這一雙眼睛就足夠了，只要有這一雙眼睛的注視，自己就寧願把生命和理想一起深深地埋進黃土裏。」不過白的處境也是一樣。她驚訝地看怎麼黑的「背影和村裏的農民一模一樣。現在讓白最難受的不是不能分配工作，不是一輩子都住在一個小村子裏，讓白最難受的是黑的變化」。當年她的英雄到哪兒去了呢？兒子的城市戶口只是個導火線，他們的悲劇性結局已在對方孤獨的眼神中被決定。

已被決定的不僅僅是他們的悲劇性自殺。面對縣政府威壓的調查態度，八月、生產隊長表現得屈服、膽怯，調查人員把自殺歸結為近來常發生的農藥中毒事故，這些都早已被決定了。他們都正擔負著各自的角色，共同締造出永恆的悲劇。[99]

如上所述，李銳通過人物因素、情節結構的符碼化，實現了知青題材的普遍性主題化。而且通過這種「普遍化」工作，李銳所傳

---

[99] 90 年代初發表的《黑白》和《北京有個金太陽》表現出較為強烈的現實批判態度，90 年代末發表的《無風之樹》和《萬里無雲》表現出更加濃厚的寓言色彩，可見作家的走向。

達的信息並不是在互相對立的模式中選擇其中之一的、相對性價值的問題，而是要表達只能在被規定的符碼化世界中擔負著各自角色的真面目。這是一種毫無保留的、徹底的絕望。正如暖玉對二牛所說：「『世上有多少人，地上就有多少樹』、『都是老天爺定好了的』、『人就和樹一樣，生在那兒，長在那兒，都不是自己能挑的。』」作品中作家以農民的口吻，向那些擔負著人文符號的人物（拐叔、張仲銀、黑）提問：「這是為了啥呀你說。」其實，這一「為什麼」不是有局限性的人類能夠回答的問題。「誰知道誰要幹什麼？」「要知道了，誰就成了木匠，誰就成了盤古了」[100]。因此，《無風之樹》的結尾處喪失語言能力的啞巴說：「嗚哇哇哇哇……啊哇哇哇哇……呀哇哇哇哇……」；《北京有個金太陽》、《萬里無雲》的結尾處張仲銀說：「看看咱們眼前的山，像不像泥丸？要我說，山就是山，山什麼也不是。」這就表明作家在這種深刻的局限意識中能做出的唯一回答，是「展示」現象——「山是山」。

誰能做出「為什麼（why）」的回答，這不同於社會學的、功利主義領域的問題「怎麼（how）」，這是屬於人文領域的，涉及到感性、靈魂、人生等等內涵的。所以擔負人文符號的角色只能面臨這種悲劇性循環，那是自己回答不了的、可是偏偏要回答的，因為那是從內心發出來的問題。筆者認為這裏有三種可能的選擇：第

[100] 「盤古這麼一砍，就砍出沒完沒了的朝代，就砍出沒完沒了的是是非非，砍出沒完沒了的生生死死，就砍出一個上吊的拐叔，砍出沒完沒了沒完沒了沒完沒了……誰也不知道誰。誰也不知道誰到底要幹什麼。沒完沒了，沒完沒了的。要知道了，誰就成了木匠，誰就成了盤古了。」

一，反復這悲劇的循環；第二，尋找超越領域的答案——宗教；第三，拒絕意義本身。通過拒絕意義可以不承認這悲劇的所謂悲劇性，對此「為什麼」也可以不用回答，因為那問題沒有任何意義。而王小波的《黃金時代》提供給我們選擇第三種方案時的景觀。

第四節　拒絕意義——《黃金時代》[101]

80 年代中期以來出現了一些描述性愛話題的知青小說。如《荒沼》[102]、《三人畈》[103]、《賊船》[104]等。這些小說主要表達了被極度壓抑的或無法得到釋放的性欲，以及對此的需求所引來的災難性後果。由此表現了對文革專制機制的高度批判與反抗，同時呼應了 80 年代的人性、人本主義思潮。其中，《賊船》裏出現的三名知青分別代表性欲、食欲、知識欲，他們為了滿足各自的欲望，或在偷農民的蔬菜、雞時被抓挨罵，或在與農村姑娘約會做愛時被發現挨整，或偷農民用作草紙的唐詩集。小說控訴了在物質精神均極度匱乏的時代，為了滿足基本欲望只能去偷的社會現實。在《三人畈》中，領導幹部拿招工、上大學、入黨等現實利益與女知青做性交易，導致男女知青之間愛情的悲劇結局，由此揭露了當時專制權力的蠻橫。《荒沼》中的女主人公從小是遵紀的模範優等生，下

---

[101] 這裏指的是王小波的小說集《黃金時代》（花城出版社，1997 年版）中收入的知青題材中篇小說《黃金時代》。

[102] 何曉魯《荒沼》（《鍾山》1987 年 2 期）。

[103] 黑子《三人畈》（《鍾山》1987 年 1 期）。

[104] 封瑞高《賊船》（《上海文學》1986 年 3 期）。

鄉時也擔任知青班長。可是她接觸因出身成份受迫害的男知青之後，開始認識到自己內在的欲望並不符合這些模範教條。作家通過她與男知青一起逃跑的選擇，刻畫了以性來表現反抗、建立自我主體的主人公面貌。

同樣探討性愛話題的 97 年的知青小說《黃金時代》卻提供了與上述作品完全不同的信息。把《黃金時代》描述的性與其看作是對現實的批判、反抗，或要通過它來建立主體，不如說《黃金時代》的性是在拒絕內涵（意義）本身（包括反抗、建立等一切）。性在這裏只是肉體、快感、遊戲的渠道。這種徹底拒絕意義本身在嶄新的知青人物王二身上得到完美體現。不過，下放女醫生陳清揚一開始就表現出與王二不同的出發點，到了小說的結尾，她重新回到意義世界去，宣告了這種拒絕意義的失敗。

當然，《黃金時代》不是沒有反抗色彩。例如，王二提到隊長為了防止牛鬥架傷身，影響春耕，用錘子閹牛，引用隊長的話說，這樣的牛只會吃草幹活，如果給人做這種手術，肯定能得到同樣的效果[105]，可見這裏面已經隱藏著某種壓制與被壓制的對立結構，同時暗示著隊長和王二各自的角色。這種壓制與對此反抗的對立結構在王二和軍代表之間表現得更為鮮明[106]。

---

[105] 「我們的牛依舊安臥不動。為了防止鬥架傷身，影響春耕，我們把他們都閹了。每次閹牛我都在場。……也就是隔開陰囊……一木錘砸個稀爛。從此後手術者只知道吃草幹活，別的什麼都不知道。掌錘的隊長毫不懷疑這種手術施之於人類也能得到同等的效力。」《黃金時代》（花城出版社 1997 年版）7 頁。

[106] 「有一次我在豬場煮豬食。那時我要燒火，要把豬菜切碎，同時做著好幾樣

關鍵問題是《黃金時代》的重點不在揭露以隊長、軍代表等為代表的官方和知青王二構成的矛盾性質，而是要表現知青王二在此對立的世界中採取的新的反抗（應付、對應）方式。王二採取徹底拒絕交流（不說話）的措施，以此有效地消解從對方陣營發出的所有攻擊（意義）。當軍代表要王二「寫交代材料」，「如果不交代就發動群眾來對付」，「你的行為應該受到專政」等等時，王二只是「像野豬一樣看他，像發傻一樣看他，像公貓看母貓一樣看他」。最後他也沒從王二嘴裏套出任何一句話，甚至搞不清楚王二是不是啞巴。這種「不管他為何而來，反正我是一聲不吭」的方式，「叫他很沒辦法。」

但是這種消解方案的選擇同時引來「我」這個主體的「無意義化」的代價的付出。因為，拒絕交流時，不僅拒絕了對方對於「我」的意義，同時允許「我」對於對方的意義的消失。因此王二很瀟灑地表明自己與什麼都無關：「我覺得什麼都與我無關。」因此北京來人視察知青時，隊長希望農民毆打知青事件的證人王二不存在；而知青（羅小四）為了向北京慰問團提供毆打知青事件的證據到處尋找他、證明他存在。對這兩種態度，王二的表白是：「對於我自己來說，存在不存在沒有很大的關係。」[107]換句話說，王二

事情。而軍代表卻在一邊喋喋不休，說我是如何之壞。他還讓我去告訴我的『臭婊子』陳清揚，她是如何之壞。忽然間我暴怒起來，掄起長刀，照著梁上掛的南瓜的葫蘆劈去，把它劈成兩半。軍代表嚇得跳出房去。如果他還要繼續數落我，我就要砍他腦袋了。我是那樣凶惡，因為我不說話。」同上，31 頁。

[107] 「對於羅小四等人說，找到我有很大的好處，可以證明大家在此地受到很壞

與隊長、軍代表等相對立，而知青也形成與隊長、軍代表等相對立的陣營，但並不意味著在現實中王二與知青們打成一片。王二所面對的真正的對立陣營是意義本身，他對意義的拒絕是對包括「我」在內的一切意義的徹底拒絕。難怪王二始終與意義世界（隊長、軍代表的，或知青的）格格不入，常常進入沒有任何意義的世界（深山）。難怪知道了陳清揚對自己已經產生意義（愛情）之後，王二再沒有見她。

這種意義的拒絕在作品開頭體現為王二基於邏輯的思維方式。因為邏輯以遮蔽、刪除很多涵義為前提。因為意義常常出沒在邏輯世界所能證明的領域之外。雖然王二自己說，邏輯世界「除了那些不需要證明的東西之外，什麼都不能證明」[108]，但他還是拿邏輯作為行為的基準。例如，陳清揚是否破鞋，隊長家母狗的左眼是否自己弄瞎[109]，「我」是否與陳搞破鞋[110]等，這些都是用邏輯無法證明的、無法回答的、沒有意義的問題。王認為這種「費解的問題」沒有必要鑽牛角尖，他的選擇是乾脆與陳搞破鞋，把隊長家母狗的右眼弄瞎。

的待遇，對於領導來說，我不存在有很大的便利。對於我自己來說，存在不存在沒有很大的關係。我在附近種點玉米，可以永遠不出來。」同上，17頁。

[108] 同上，5頁。

[109] 「隊長說我打瞎了他家母狗的左眼，能證明我自己的清白，只有以下三個途徑：1，隊長家不存在一隻母狗。2，該母狗天生沒有左眼。3，我是無手之人，不能持槍射擊。結果三條都不成立。」同上，5頁。

[110] 「又有了另一種傳聞，說她在和我搞破鞋：1，陳清揚是處女。2，我是天閹之人，沒有性交能力。這兩點都難以證明。」同上，6頁。

如果王二和外部世界進行交流，那只能體現為與對方一起在刪除所有意義的共謀下進行的遊戲方式。王二與官方和平共處，只有像專業作家那樣寫作交代材料或參加批鬥，以這樣的形式共同製作淫穢物品，才有可能。這種共謀體現在：把繩子捆在陳清揚身上，使得她渾身曲線畢露，然後才讓她上臺的批鬥方式；以及不提「枝節問題」，只談「案子」的交代原則。這裏的「案子」當然指王和陳赤裸裸的性行為描寫，「枝節問題」指背景說明或在陳清揚身上有可能產生意義的細節等。這種對批鬥和交代的遊戲化處理成功地完成了對專制機構的有效消解任務，同時，付出了陳所樂意的「禮品化」(111)的代價。

王二在與陳清揚交流時，同樣採取這種拒絕意義的態度。王二從一開始就表明自己對陳清揚的接近意圖：「胸部很豐滿＋腰很細＋屁股渾圓＝我想和她性交。」並且每次兩人會合後，王再不回頭，很快走掉(112)。兩人的性行為中絕不出現結婚、父親等沉重的意義。對王二來說，陳清揚只是極富觀賞價值的女性身體而已。如果陳對王二有什麼意義的話，那是在遠走高飛的時候想起的要跟她告個別(113)。

陳清揚不能與一開始就「什麼都與我無關」的王二一樣，她想

---

(111) 「陳清揚覺得自己成為一個禮品盒」44頁。

(112) 「等到她想叫我時，我已經一步跨出門去。等到她追出門去，我已經走了很遠。我走路很快，而且從來不回頭看，就因為這些原因，她根本就不愛我。」同上，32頁。

(113) 「原本打算一走算了，走到山上才想到，不管怎樣，陳是我的朋友，該去告個別。」同上，24頁。

搞清「為什麼大家說自己是破鞋」。這種不能「無關」的念頭來自陳的不死心。小時侯曾受風、雲、陽光的誘惑，為了與外部交流爬出門檻，卻因眼裏進了灰塵而痛哭。從這個悲劇開始，陳雖然接受了因「交流」導致悲劇的教訓，但她「就是不死心」。好像「與生俱來的積習，根深蒂固。放聲大哭從一個夢境進入另一夢境」一樣。就這樣，陳剛開始去深山的小草房找王二時，仍在做著關於交流而成為一體的夢。[114]

然而，在小草房直面王二「小和尚」的那一瞬間，陳的夢徹底破滅[115]，那是像小時候一樣想哭也哭不出來的震驚。然後，那一瞬間，陳就決心拋棄一切夢，接受現實，即決意選擇被刑具似的王二的「小和尚」摧殘[116]的道路。意義、相關、交流只能導致悲劇，而斷開這悲劇反復的循環鏈，只有拋棄意義的「死心」是唯一選擇。「她不能忍耐，想叫出來，但看見了我又不想叫出來。世界上還沒有一個男人能叫她肯當著他的面叫出來。她和任何人都格格不入。陳清揚後來和我說，每回和我做愛都深受折磨。在內心深處她很想叫出來，但是她不樂意。她不想愛別人，任何人都不愛……」。

當然，陳拋棄意義的實踐和進入快感、遊戲世界的決定的確向

---

[114] 「我們可以合併，成為雄雌一體。就如幼小時她爬出門檻。此時她想和我交談，正如那時節她渴望和外面的世界合為一體。」同上，47頁。

[115] 「她到我的小草房裏去時，想到了一切，就是沒想到小和尚。當時陳清揚想大哭一場，但是哭不出來。這就是所謂的真實。真是就是無法醒來。她終於明白了在世界上有些什麼，下一瞬間她就下定了決心，走上前來，接受摧殘。」同上，47頁。

[116] 王二的小和尚之於陳，正如隊長的錘子之於王二。

她開啟了黃金時代。陳「非常熟練地掏出一雙洗得乾乾淨淨用麻繩拴好的解放鞋上臺」，扮演了「當地鬥過的破鞋裏最漂亮的破鞋的角色。周圍好幾個隊的人都去看她，這讓她覺得無比自豪」。陳被捆在緊身衣一樣的繩子裏，征服了批鬥會場中的所有男人。回到宿舍之後，讓王二解開身上的繩子，「那一刻她覺得自己像個禮品盒，正在打開包裝。……她終於解脫了一切煩惱，用不著再去想自己為什麼是破鞋，到底什麼是破鞋，以及其它『費解的問題』：我們為什麼到這個地方來，來幹什麼等等。」

陳拋棄意義的抉擇無法永久持續，而悲劇就產生在這一點上。陳有時「對此事感到厭倦」。與「只要性交就有了好心情」的王二不同，她「總要等有了好心情才肯性交」[117]的習性本身已表露出悲劇。對陳來說，把性交只當作崇拜快感的儀式、遊戲的渠道等等，不那麼容易做到。這悲劇一般誕生在被王二判斷為枝節問題沒有記錄在交待文件內的細節中。陳清揚不能不「忽然間覺得非常寂寞，非常孤獨。雖然我的一部分在她身體裏磨擦，她還是非常寂寞，非常孤獨。」

結果，陳無法再迴避從心中流出來的「不可斷絕的悲」[118]，那意味著陳無法再停留於「無關」、拒絕交流與意義的世界。這宣告了黃金時代的終結。結果陳清揚只能決定（或是被決定）承擔對王二的愛這一巨大的意義。陳交代材料上寫出「挨打屁股兩下的那一瞬

---

[117] 同上，22頁。

[118] 「陳清揚說，那一回她躺在冷雨裏。……感到悲從中來，不可斷絕。那時節她很想死去。」同上，35頁。

間，她就愛上了我，而且這件事永遠不能改變」時，即宣告向意義世界的歸屬時，官方（人保組人員）不再追究已認罪的陳清揚，釋放了她。因為，陳不再是拒絕意義的異類。王二知道這個事實以後，「火車就開走了。以後我再也沒見過她。」因為「那破裂的處女膜長了起來」的陳清揚和「根本沒長過那個東西」[119]的王二不能共存在一個世界裏。

王二說，那時節之所以是黃金時代，是因為他二十一歲，還沒有體會到生活緩慢錘擊的過程，所以有過很多奢望的時節[120]。當然，對王二來說，奢望只能表現為「想愛、想吃、變成天上的雲」。但對陳清揚來說，那個時代是黃金時代的理由包含更多的信息。引用原文如下：

> 陳清揚說，那也是她的黃金時代。雖然被人稱做破鞋，但是她清白無辜。……更重要的事，她對罪惡一無所知。……她不知道為什麼人家把她發到雲南那個荒涼的地方，也不知道為什麼又把她放回來。不知道為什麼要說她是破鞋，把她押上臺去鬥爭……她是如此無知，所以她無罪。一切法律上都是這麼寫的。

---

[119] 陳清揚在各個方面都和我不同……「她那破裂的處女膜長了起來。而我呢，根本沒長過那個東西」同上，49 頁。

[120] 「那一天我二十一歲，在我一生的黃金時代。我有好多奢望。我想愛，想吃，還想一瞬間變成天上的雲。後來才知道，生活就是個緩慢受錘的過程，人天天老下去，奢望也一天天消失，最後變成得像挨了錘的牛一樣」《黃金時代》7 頁。

> 她和我逃進深山裏去，幾乎每天都敦偉大友誼。她說這絲毫也不能說明她有多麼壞，因為她不知道我和我的小和尚為什麼要這樣。……但是我在深山裏在她屁股上打了兩下，徹底沾污了她的清白。

「她一點不理解，為什麼這樣」，因為她已經拋棄交流、拒絕意義而選擇「與我無關」，拒絕回答費解的問題而進入無意義的世界。所以對在她無意義世界中發生的一切，她是沒法知道所以沒有罪。直等到她允許（或被迫）承認意義的產生時刻，她明白了「為什麼要這樣」之後她只能承認自己的破鞋與自己的罪。

在此作家講述了一個道理：陳清揚的黃金時代可能與她的無知以及無知所導致的無罪密切相關。這種無知和無罪的緊密連接使筆者聯想起很早以前的一個故事。那是王二和陳清揚偷吃善惡果之前[121]，在伊甸園裏的享受黃金時代的故事。可見作家非常機智地認識到，人類依靠自己重建伊甸園的唯一方法就是拒絕意義、拋棄交流，而選擇「與我無關」，由此獲得無知境界。實踐了此方法而能夠擁有黃金時代的就是陳清揚。可惜那黃金時代持續的時間並不長。

---

[121] 「只是分別善惡樹上的果子，你不可吃，因為你吃的日子必定死。」（《聖經・創世紀》2：17）「於是，女人就摘下果子來吃了；又給她丈夫，她丈夫也吃了。他們二人的眼睛就明亮了，才知道自己是赤身露體。」（3：6）「耶和華 神為亞當和他妻子用皮子做衣服，給他們穿。耶和華 神說：『那人已經與我們相似，能知道善惡。現在恐怕他伸手摘生命樹的果子吃，就永遠活著。』耶和華 神便打發他出伊甸園去。」（3：22-24）

王二卻享受著一貫的「無關」態度。作為從來沒有長過處女膜的嶄新人類，王二比以前的任何知青形象都走得更遠。王小波通過王二的形象，脫離了以往知青小說認同二元對立模式中某一方的價值，並以此展開敘述的面貌，這一點和李銳相同。與李銳不同的地方是，他不再執著於回答「為什麼」，因為執著於此只能導致無法回答的、已被注定的、悲劇的循環。王二表示認同的唯一根據（價值）似乎是邏輯，雖然他自己承認邏輯的用處不大，但對於邏輯世界裏得不到證明的「費解的問題」，仍然採取不去管的態度。

不過，筆者想在此提一個愚拙的問題：「從我們的生活中徹底排除那些具有無法驗證的意義的語言」到底有無可能？王小波的王二的「無關」態度和對「無意義世界」的堅持本身，在那個歷史語境裏，不也是一種「意義」嗎？

結語

文革時期知青小說塑造的革命烈士型知青英雄，其革命理想（真理）經過了自覺的意識化、動員化、宗教化的發展過程。知青英雄宗教性主體的面貌，表現在他（她）獨占忠誠的最高表現——即甘冒生命危險；而利他主義的其他行為被賦予一般的正面知青人物。這樣，知青英雄所表現的忠誠的確是擁有個體空間的。不過，一些知青作家的傳記性材料表明：文革的「主流」要求欣賞的並不是徹底禁欲、將自我降低至「零」的孤傲，而是依靠集體、與集體（他者）融合的謙虛。這種欣賞標準是接近於「依靠外界型」道德結構的。

文革後階級鬥爭路線從真理的內涵中消失，1977 年至 1980 年之間出現的系列作品，以獻身於祖國、人民的利益來填補空白，因此「依靠外界型」道德結構再次得到認可，知青英雄為集體（他者）犧牲、利他主義的善行得以重點突出。而且，80 年代初中期一些強調個人的創造力、個性解放、體現「現代派」追求的作品，為了獲得知青主人公個體空間的合法性（他者、群眾的認可），在情節中安排「四個現代化」的終極目標時，也同樣能看出這一結構的運轉。進而，梁曉聲在 80 年代中期的作品中，安排了知青人物之間以死亡為媒介而緊密構成的強有力的聯結網，以此維持繼續在「他者」視線裏的「我」，從而完成了「依靠外界型」道德判斷結構。

80 年代初中期的知青小說經過「回歸」潮流形成「主流」脈絡時，所塑造的道德英雄形象特點為：堅持信念，樂觀主義，依靠此內在的精神力量克服環境的困難，從而實現理想。這種形象才是真正繼承了革命烈士型知青英雄所擁有的個體性空間的。不過，這「依靠自我意志型」道德實現結構追求的目標仍然固定在集體（祖國、人民）的範圍裏，其運轉的領域受到「依靠外界型」結構的控制。可見後者的影響力更強。

這兩類道德結構都來自文革時期知青小說形成的某種傳統，在 20 世紀 80、90 年代的知青小說中，主要以正、反面人物的形象來體現，由此構造了二元對立價值模式。考察模式中對立的價值內涵時這種源流關係顯而易見。因為二元對立模式中屬於善的價值內涵是利他主義、犧牲、獻身、苦難（吏苦、訴苦、憶苦）、貧困等，而與惡相連的價值則是自私、享受、物質（富裕）等。這些安排表明這和文革時期知青小說體現的二元對立模式中的價值內涵及安排很相似。

另外，在 80 年代初中期的二元對立模式中還保留著堅持社會主義信念等所追求的對象的痕跡，而到了 90 年代的二元對立模式中對此則幾乎沒有直接的涉及，而只剩下了「依靠外界型」道德結構所提供的、以比較為前提的善惡價值內涵，被用來表達正、反面人物各自擁護的立場。可見 90 年代以後，在二元對立模式中正反面價值的相對運用，正是表明在主體所認同的追求對象消失之後，新的認同對象尚未確立、或拒絕建立主體的狀態下，「依靠外界型」道德判斷結構仍然維持其支配性地位。

八、九十年代以來不以「依靠外界型」道德結構為基礎的二元對立模式的作品也出現了。這些作品一般對固有框架表示反抗，展現出顯然不同的景觀。80 年代初，或以自然主義技法拒絕光明的尾巴；或拒絕「祖國」等終極價值，表示出對既成事實的絕望；或懷疑唯物史觀（及進步史觀）、反對明快的二分法式思維模式，揭示抹殺個體的啟蒙的強制性等。80 年代中後期，該二元對立結構模式全面宣告沒落：從《雪城》中可以讀到「依靠外界型」集體主義道德模式在市場經濟下的城市現實中無法發揮效力；《隱形伴侶》表達了對善惡不確定性、敘述偏離性的認識；《金牧場》在現實的攻擊面前終於公開承認理想幻滅；阿城表現了對功利主義、「科學」主義的專制的反抗。李銳在 90 年代以後的創作中以無法擺脫的、重現的悲劇來表達了對局限的深切認識。為拒絕此悲劇，《黃金時代》中的王二解體了包括自己在內的一切意義。

而且其中的個別作品在進行瓦解工作的同時也建立了主體。《波動》提供了反抗存在的絕望之主體；阿城在功利主義價值觀的專制中營造了審美的人文價值空間，提供了文化主體；禮平筆下的南珊在不受外部強權的影響而堅定內在領域過程中選擇了基督教的饒恕主體，因為饒恕這一價值不僅能提供自我站立的基礎，也能在個人與他者之間建立嶄新的模式。

綜上所述，本書在分析從文革以來到 90 年代的知青小說時，對作品所提供的人物和情節，通過歸納及類型化的處理，提出「依靠外界型」道德結構和以之為基礎的二元對立價值模式等概念。並且以它們為考察的切入點，在文革前和文革後這兩個似乎是分隔的、顯然不同的歷史階段各自提供的知青小說中，清理出重複出現的共同特徵。這些共同點有可能成為評估八、九十年代文學史工作中的材料。而且，這些共同點不僅僅停留在某一部分作家的審美觀、價值觀或某一部分作品所體現的特徵上，還有可能涉及到普遍的社會基礎、調整機制的運轉等話題，使得八、九十年代現代派及後現代思潮出沒的文壇擁有了別樣的語境。

參考文獻

一、作品

第一章

1. 鄧普：《軍隊的女兒》，中國青年出版社，1966 年版。
2. 郭先紅：《征途》，上海人民出版社，1973 年版。
3. 張長弓：《青春》，內蒙古人民出版社，1973 年版。
4. 張抗抗：《分界線》，上海人民出版社，1975 年版。
5. 汪雷：《劍河浪》，上海人民出版社，1974 年出版。
6. 胡楊：《軍墾戰歌》，河北人民出版社，1977 年出版。
7. 趙羽翔、萬捷、李政執筆，吉林省《山村新人》創造組集體改編：《山村新人》，人民文學出版社，1975 年版。
8. 一卒：〈革命造反派大聯合大奪權〉（北京《紅色造反歌》第 7 期），1967 年 2 月 5 日。
9. 一兵：〈革命造反派聯合起來〉（北京《紅色造反歌》第 7 期），1967 年 2 月 5 日。
10. 中國科學院紅衛兵革命造反司令部：〈造反派的脾氣〉（北京《紅衛兵報》第 21 期），1967 年 5 月 30 日。
11. 高平：〈造反！造反！〉（北京《紅色造反報》），1967 年 1 月 12 日。
12. 中央戲劇學院毛澤東思想戰鬥團：《人民解放軍堅決支持革命造反派（槍桿詩）》（北京《毛澤東主義戰報》），1967 年第 3 期。
13. 鄭彥平：〈堅決支持革命造反派〉（北京礦業學院《東方紅》），1967 年第 5 期。

14. 紅浪：〈好一個造反有理〉（首都紅衛兵造反大隊《燎原》第 12 期），1967 年 2 月 10 日。
15. 全紅：〈一月革命萬歲！〉（廣州《文革評論》），1968 年第 10-12 期。
16. 二附中忠於毛主席大軍赴黑龍江戰鬥隊：〈造反派的脾氣〉（上海《新師大戰報》），1968 年 7 月 20 日。
17. 北京大學中文系七二級創作辦工農兵學員集體創作：《理想之歌》，人民文學出版社，1974 年版。
18. 仇學寶、錢國梁、張鴻喜：〈金訓華之歌〉，《文匯報》，1969 年 12 月 7 日。
19. 李文博：〈公社早已不是原來意義的國家〉（北師大《井岡山》報），1968 年 3 月 2 日。
20. 北京的四三派紅衛兵：〈論新思潮——四三派宣言〉（湘江評論《四三戰報》，1967 年 6 月 1 日。
21. 馮天艾：〈怎樣認識無產階級的政治革命〉，《揚子江評論》，1968 年 6 月 12 日。
22. 郭路生：《食指的詩》，人民文學出版社，2000 年版。
23. 梁曉聲：《邊疆的主人》，上海人民文學出版社，1975 年版。

第二章

1. 葉之蓁：《蘭蘭出差》，《湘江文藝》，1976 年第 5 期。
2. 申建軍：《額吉卓爾的女兒》，《內蒙古文學》，1977 年第 2 期。
3. 賈平凹：《鐵媽》，《人民文學》，1977 年第 2 期。
4. 師雲：《柿樹林中》，《汾水》，1977 年第 3 期。
5. 邱陶亮：《一日官》，《廣東文藝》，1977 年第 3 期。
6. 葉文玲：《丹梅》，《人民文學》，1977 年第 3 期。
7. 于富：《鐵鷹》，《內蒙古文學》，1977 年第 6 期。
8. 張賢華：《高高的紅石崖》，《人民文學》，1977 年第 7 期。
9. 陸星兒：《北大荒人物速寫》，《人民文學》，1977 年第 11 期。

10. 王蒙：《向春輝》，《新疆文藝》，1978 年第 1 期。
11. 張國杜：《阿衣古麗會計》，《新疆文藝》，1978 年第 2 期。
12. 鐵凝：《夜路》，《上海文藝》，1978 年版第 8 期。
13. 胡爾樸：《這裏更需要》，《新疆文學》，1979 年第 6 期。
14. 盧新華：《傷痕》，《文匯報》，1978 年 11 月 11 日。
《上帝原諒他》，《上海文藝》，1978 年第 11 期。
15. 馮驥才：《鋪花的歧路》，《收穫》，1979 年第 2 期。
16. 崔武平：《殊途同歸》，《收穫》，1979 年第 4 期。
17. 孟久成：《龍眼湖》，《北方文學》，1981 年第 8 期。
《風浪》，《北方文學》，1979 年第 4 期。
18. 葉之蓁：《江堵，在暮靄中延伸》，《湘江文藝》1980 年第 12 期。
19. 鄧興林：《苦難》，《紅岩》，1979 年第 1 期。
20. 張斌：《青春插曲》，《人民文學》，1979 年第 3 期。
21. 葉蔚林：《藍藍的木蘭溪》，《人民文學》，1979 年第 6 期。
22. 王士美：《相思草》，《草原》，1979 年第 9 期。
23. 葉辛：《我們這一代年輕人》，《收穫》1979 年第 5 期。
《風凜冽》，《紅岩》，1980 年第 2-3 期。
《蹉跎歲月》，《收穫》，1980 年第 5-6 期。
24. 路遙：《夏》，《延河》，1979 年第 10 期。
25. 華夏：《被囚的普羅米修斯》，《花城》，1979 年第 1 期。
26. 王劍：《無果的花》，《紅岩》，1980 年第 1 期。
27. 岑桑：《躲藏著的春天》，《花城》，1979 年第 2 期。
28. 盧勇祥：《黑玫瑰》，《花溪》，1980 年第 1 期。
29. 鄭義：《凝結了的微笑》，《花城》，1979 年第 3 期。
30. 阿蕾：《網》，《鍾山》，1980 年第 1 期。
31. 遇羅錦：《冬天的童話》，《當代》，1980 年第 3 期。
32. 陳村：《我曾經在這裏生活》，《上海文學》，1980 年第 3 期。
33. 趙振開：《波動》，《長江》，1981 年第 1 期。

34. 禮平：《晚霞消失的時候》，《十月》，1981 年第 1 期。
35. 李國文：《車到分水嶺》，《人民文學》，1980 年第 6 期。
36. 孔捷生：《那過去了的》，《花城》，1980 年第 6 期。
37. 劉恒：《愛情詠嘆調》，《廣州文藝》，1981 年第 1 期。
38. 李永歡：《邊疆人》，《新疆文學》，1980 年第 7 期。
39. 孔捷生：《南方的岸》，《十月》，1982 年第 2 期。
40. 尚久驂：《糖為什麼這樣甜》，《花城》，1981 年第 3 期。
41. 季冠武：《回城》，《人民文學》，1980 年第 5 期。
42. 趙峻防：《我們尋求幸福》，《上海文學》，1980 年第 8 期。
43. 蔣子龍：《寶塔底下的人》，《延河》，1982 年第 4 期。
44. 胡爾樸：《卵石雨》，《新疆文學》，1984 年第 3 期。
45. 許子東：《上穀》，《上海文學》，1982 年第 1 期。
46. 汪漸成、溫小鈺：《春夜，凝視的眼睛》，《當代》，1982 年第 3 期。
47. 李陀：《白色頭盔下的美和夢》，《上海文學》，1980 年第 6 期。
48. 鄭萬隆：《年輕的朋友們》，《當代》，1981 年第 2 期。
49. 肖建國：《那條路，有多少夢幻和希望》，《延河》，1981 年第 10 期。
50. 甘鐵生：《現代派茶館》，《小說界》，1982 年第 3 期。
51. 王滋潤：《贖》，《北京文學》，1982 年第 12 期。
52. 陳世旭：《船過灘頭》，《人民文學》，1982 年第 7 期。
53. 鄭萬隆：《明天，再見！》，《當代》，1984 年第 1 期。
54. 嚴平：《我們已不年輕》，《收穫》，1984 年第 1 期。
55. 楊代藩：《地球，你早！》，《收穫》，1984 年第 6 期。
56. 莫申：《山路蜿蜒》，《延河》，1981 年第 10 期。
57. 吳歡：《大黑》，《當代》，1982 年第 1 期。
《雪，白色的，紅色的……》，《當代》，1984 年第 3 期。
58. 路遙：《姐姐》，《延河》，1981 年第 1 期。
59. 范小青：《我們都有明天》，《上海文學》，1981 年第 10 期。
《誘惑》，《花城》，1983 年第 1 期。

60. 王小鷹：《鳥兒飛向何方》，《上海文學》，1984 年第 10 期。
61. 鄭家學：《枸杞子》，《北京文學》，1984 年第 7 期。
62. 肖復興：《五花草地》，《花城》，1984 年第 6 期。
《抹不掉的聲音》，《青年文學》，1983 年第 2 期。
《瓜棚記》，《文匯》，1983 年第 6 期。
63. 王安憶：《廣闊天地的一角》，《收穫》，1980 年第 4 期。
《本次列車終點》，《上海文學》，1981 年第 10 期。
《從疾馳的車窗前掠過的》，《人民文學》，1980 年第 6 期。
64. 陸天明：《呵，這一夜》，《新疆文藝》，1980 年第 7 期。
《啊！野麻花》，《十月》，1982 年第 5 期。
《風從小林子裏吹來》，《新疆文學》，1981 年第 3 期。
65. 陸星兒：《留在記憶中的長辮》，《上海文學》，1980 年第 12 期。
《達紫香悄悄地開了》，《收穫》，1983 年第 4 期。
《林中的野刺莓》，《十月》，1985 年第 1 期。
《啊，青鳥》，《收穫》，1982 年第 2 期。
《小清河流個不停》，《北方文學》，1982 年第 3 期。

第三章

1. 梁曉聲：《這是一片神奇的土地》，《北方文學》，1982 年第 8 期。
《今夜有暴風雪》，《青春》，1983 年第 1 期。
《荒原作證》，《文匯》，1983 年第 6 期。
《興凱湖船歌》，《上海文學》，1985 年 2 期。
《高高的鐵塔》，《上海文學》，1985 年第 4 期。
《邊境村紀實》，《文匯月刊》，1985 年第 4 期。
《雪城》（上），《十月》，1986 年第 2、3、4 期。
《一個紅衛兵的自白》，《海峽》，1987 年第 1、2 期。
《雪城》（下），《十月》，1988 年第 1，2，3 期。
《春風吹又生》，《新疆文學》，1981 年第 5 期。
《年輪》，貴州人民出版社，1994 年版。

2. 張抗抗：《白罌粟》，《上海文學》，1980 年第 8 期。
   《火的精靈》，《當代》，1981 年第 3 期。
   《紅罌粟》，《上海文學》，1983 年 6 期。
   《愛的權利》，《收穫》，1979 年第 2 期。
   《北極光》，《收穫》，1981 年第 3 期。
   《塔》，《收穫》，1983 年第 3 期。
   《隱形伴侶》，《收穫》1986 年 4、5 期。
   《37-41-37》，《小說月報》，1985 年第 6 期。
   《永不懺悔》，《小說界》，1987 年第 5 期。
   《月亮歸來》，《小說月報》，1992 年第 2 期。
   《沙暴》，《小說界》，1993 年第 2 期。
   《張抗抗知青作品選》，西苑出版社，2000 年版。
3. 張承志：《騎手為什麼歌唱母親》，《人民文學》，1978 年第 10 期。
   《青草》，《北京文藝》，1980 年第 1 期。
   《阿勒克足球》，《十月》，1980 年第 5 期。
   《綠夜》，《十月》，1982 年，第 2 期。
   《老橋》，《新疆文學》，1982 年第 8 期。
   《大阪》，《上海文學》，1982 年第 11 期。
   《廢墟》，《北京文學》，1985 年第 10 期。
   《金牧場》，作家出版社，1987 年版。
   《清潔的精神》，安徽文藝出版社，1996 年版。
   《荒蕪英雄路》，知識出版社，1994 年版。
4. 孔捷生：《大林莽》，《十月》，1984 年第 6 期。
5. 刑卓：《忌日》，《十月》，1985 年第 1 期。
6. 陸天明：《桑那高地的太陽》，《當代》，1986 年第 4 期。
7. 王兆軍：《拂曉前的葬禮》，《鍾山》，1984 年第 5 期。
8. 吳歡：《黑夜，森林，傻青》，《當代》，1985 年第 6 期。
   《傻青住院記》，《作品》，1987 年第 4 期。

9. 韓少功：《遠方的樹》，《人民文學》，1983 年第 5 期。
10. 王安憶：《69 屆初中生》，《收穫》，1984 年 3 期。
11. 張曼菱：《有一個美麗的地方》，《當代》，1982 年第 3 期。
12. 邊玲玲：《在那遙遠的地方》，《北方文學》，1984 年第 8 期。
13. 謝樹平：《故鄉事》，《收穫》，1984 年第 1 期。
14. 喬雪竹：《傑出人物》，《鍾山》，1985 年 2 期。
15. 徐小斌：《那藍色的水泡子》，《收穫》，1984 年第 5 期。
16. 王一敏：《北極風情錄》，《北方文學》，1985 年第 3 期。
17. 陳村：《給兒子》，《收穫》，1985 年第 4 期。
18. 史鐵生：《我那遙遠的清平灣》，《青年文學》，1983 年第 1 期。
《插隊的日記》，《鍾山》，1986 年第 1 期。
19. 阿城：《棋王》，《上海文學》，1984 年第 7 期。
《樹王》，《中國作家》，1985 年第 1 期。
《孩子王》，《人民文學》，1985 年第 2 期。
20. 肖建國：《左撇子球王》，《青春》，1983 年第 5 期。
21. 王明皓：《快刀》，《雨花》，1990 年第 4 期。
22. 莫伸：《像片》，《延河》，1986 年第 11 期。
23. 李銳：《厚土・鋤禾》，《人民文學》，1986 年第 11 期。
《厚土・選賊》，《山西文學》，1986 年第 11 期。
24. 朱曉平：《桑樹坪記事》，《鍾山》，1985 年第 3 期。
25. 李曉：《小鎮上的羅曼史》，《人民文學》，1986 年第 8 期。
《屋頂上的青草》，《十月》，1986 年第 6 期。
《海內天涯》，《收穫》，1987 年第 2 期。
《七十二小時的戰爭》，《小說家》，1986 年第 6 期。
《繼續操練》，《上海文學》，1986 年第 7 期。
26. 何曉魯：《荒沼》，《鍾山》，1987 年 2 期。
27. 黑子：《三人畈》，《鍾山》，1987 年 1 期。
28. 封瑞高：《賊船》，《上海文學》，1986 年 3 期。

第四章

1. 陳浮：《遲到的大學生》，《上海文學》，1984 年第 9 期。
2. 孟久成：《過去的年代》，《北方文學》，1985 年第 12 期。
3. 范小青：《在那片土地上》，《紅岩》，1987 年第 4 期。
4. 徐小斌：《那藍色的水泡子》，《收穫》，1984 年第 5 期。
5. 王小鷹：《何處無芳草》，《青年文學》，1987 年第 3 期。
6. 老鬼：《血色黃昏》，工人出版社，1986 年版。
   《血與鐵》，中國社會科學出版社，1998 年版。
7. 亢美：《告別青年》，《上海文學》，1988 年第 4 期。
8. 言鳴：《一代精英》，《中國西部文學》，1988 年第 8 期。
9. 劉春來：《劫後校園回憶錄》，《紅岩》，1988 年第 4 期。
10. 肖復興：《啊，老三屆》，安徽出版社，1988 年版。
11. 許大立：《巴山蛇——謹以此文獻給 1964 年奔向大巴山的知識青年朋友們》，《紅岩》，1989 年第 6 期。
12. 查建英：《到美國去！到美國去》，《小說月報》，1989 年第 1 期。
13. 劉玉堂：《老三屆們的歌》，《上海文學》，1990 年第 5 期。
14. 曉劍：《遠山沒有雪》，《滇池》，1990 年第 5 期。
15. 廖曉勉：《曾經年輕》，《作品》，1990 年第 6 期。
16. 李慶西：《宣傳隊軼事》，《北方文學》，1991 年第 10 期。
17. 袁晞：《插隊紀事》，《人民文學》，1995 年第 10 期。
18. 韓少功：《無學歷檔案》，《湖南文學》，1988 年第 4 期。
19. 周勵：《曼哈頓的中國女人》，《十月》，1992 年第 1 期。
20. 林白：《英雄》，《青年文學》，1991 年第 12 期。
    《一路紅綢》，《中國作家》，1992 年第 2 期。
21. 高紅十：《哥哥你不成材》，《中國作家》，1989 年第 4 期。
    《上路》，《中國作家》，1992 年第 2 期。
22. 賀紹俊、楊瑞平：《知青小說選》，四川文藝出版社，1986 年版。
23. 李眉主編：《荒原上的足跡——北京青年志願墾荒隊實錄》，北京師範學院出版社，1989 年版。
24. 郭小東：《中國知青部落》，花城出版社，1990 年版。
25. 《北大荒風雲錄》編輯委員會編：《北大荒風雲錄》，中國青年出版社，1990 年版。
26. 《草原啟示錄》編輯委員會編：《草原啟示錄》，中國工人出版社，1991 年版。
27. 李廣平編：《中國知青悲歡錄》，花城出版社，1991 年版。
28. 魂繫黑土地編輯委員會編：《魂繫黑土地》，江蘇人民出版社，1991 年版。
29. 《青春無悔》編輯組編：《青春無悔——雲南支邊生活紀實》，新華出版社，1992 年版。
30. 鄧賢：《中國知青夢》，《當代》，1992 年第 5 期。
31. 火木：《光榮與夢想——中國知青二十五年史》，成都出版社，1992 年版。
32. 杜鴻林：《風潮蕩落——中國知識青年上山下鄉運動史》，海天出版社，1993 年版。
33. 劉文傑：《激揚與蹉跎》，河南人民出版社，1994 年版。
34. 余夫、汪衛華編：《悲愴青春：中國知青淚》，團結出版社，1993 年版。
35. 費聲：《熱血冷淚——世紀回顧中的知青運動》，成都出版社，1993 年版。
36. 郭小東：《青年流放者——〈中國知青部落〉第二部》，中國工人出版社，1994 年版。
37. 閔雲森：《咱們老三屆》，北岳文藝出版社，1994 年版。
38. 何嵐、史衛民：《漠南情——內蒙古生產建設兵團寫真》，法律出版社，1994 年版。
39. 金大陸編：《苦難與風流》，上海人民出版社，1994 年版。
40. 劉中陸主編：《青春方程式——五十個北京女知青的自述》，北京大學出版社，1995 年版。
41. 金永華主編：《東方十日談——老三屆的故事》，上海人民出版社 1995 年版。
42. 王紅土編：《劫後輝煌——在磨難中崛起的知青·老三屆·共和國第三代人》，光明日報出版社，1995 年版。
43. 賀鵬、陳廣斌編：《綠色的浪漫——內蒙古生產建設兵團紀實》，新華出版社，1992 年版。
44. 于光遠：《文革中的我》，上海遠東出版社，1995 年版。
45. 韓乃寅：《天荒》，北方文藝出版社，1990 年版。
《苦雪》，北方文藝出版社，1992 年版。
《淚祭》，北方文藝出版社，1998 年版。
46. 章德寧、岳建一編：《中國知青情戀報告》三集：《青春煉獄》、《青春祭壇》、《青春極地》，光明日報出版社，1998 年版。
47. 曉劍：《中國知青懺悔錄》，中國青年出版社，1998 年版。
《中國知青秘聞錄》，中國青年出版社，1998 年版。
《中國知青海外錄》，中國青年出版社，1998 年版。
48. 詠慷：《青春殤》，作家出版社，1999 年出版。
49. 者永平：《那個年代的我們》，遠方出版社，1998 年。
50. 徐友漁：《1966——我們那一帶的回憶》，中國文聯出版公社，1998 年版。
51. 鄺烈山：《沒有年代的故事》，廣東人民出版社，1998 年版。
52. 金大陸主編：《老知青寫真》，上海文化出版社，1998 年
53. 西安晚報副刊部：《情結老三屆》，陝西人民出版社，1998 年版。
54. 肖復興：《肖復興作品自選集》，華夏出版社，1997 年版。
《觸摸往事》，吉林人民出版社，1998 年版。
《絕唱老三屆》，東方出版社，1999 年版。
55. 葉辛：《往日的情書》，吉林人民出版社，1998 年版。
56. 陸星兒：《生是真實的》，吉林人民出版社，1998 年版。

57. 畢淑敏：《在印度河上游》，吉林人民出版社，1998 年版。
58. 范小青：《走不遠的昨天》，吉林人民出版社，1998 年版。
59. 王小鷹：《可憐無數山》，吉林人民出版社，1998 年版。
60. 高洪波：《也是一段歌》，吉林人民出版社，1998 年版。
61. 趙麗宏：《在歲月的荒灘上》，吉林人民出版社，1998 年版。
62. 賈平凹：《我是農民》，吉林人民出版社，1998 年版。
63. 葉廣芩：《沒有日記的羅敷河》，吉林人民出版社，1998 年版。
64. 張抗抗：《大荒冰河》，吉林人民出版社，1998 年版。
65. 陳建功：《十八歲面對侏羅紀》，吉林人民出版社，1998 年版。
66. 劉漢太：《狼性高原》，中國工人出版社，2001 年出版。
67. 楊志軍：《無人部落》，中國工人出版社，2001 年出版。
68. 逍遙：《羊油燈》，中國工人出版社，2001 年出版。
69. 吳傳之：《泣紅傳》，中國工人出版社，2001 年出版。
70. 成堅：《審問靈魂》，中國工人出版社，2001 年出版。
71. 野蓮：《落荒》，中國工人出版社，2001 年出版。
72. 李銳：《厚土》，臺灣洪範書店，1988 年版。
    《傳說之死》，長江文藝出版社，1994 年。
    《舊址》，上海文藝出版社，1993 年版。
    《無風之樹》，江蘇文藝出版社，1996 年版。
    《萬里無雲》，中國青年出版社，1997 年版。
    《拒絕合唱》，上海人民出版社，1996 年版。
    《黑白》，《上海文學》，1993 年 3 期。
    《北京有個金太陽》，《收穫》，1993 年 2 期，
73. 王小波：《黃金時代》，花城出版社，1997 年版。
74. 王明皓：《那年我們十八歲》，《雨花》1989 年第 7 期。
75. 韓東：《下放地》，《作家》，1994 年第 10 期。
76. 李洱：《鬼子進村》，《山花》，1997 年第 7 期。
77. 劉醒龍：《大樹還小》，《上海文學》，1998 年第 1 期。

78. 趙剛：《槍令》，《北京文學》，1998 年第 6 期。
79. 王安憶：《隱居的時代》，《收穫》，1998 年第 5 期。

二、期刊

1. 郭小東：〈論知青小說〉，《作品》，1983 年第 4 期。
2. 劉思謙、孔凡青：〈舊夢和新岸的辯證法〉，《文藝報》，1983 年第 7 期。
3. 許子東：〈當代文學中的青年文化心態〉，《上海文學》，1989 年第 6 期。
4. 華林山：〈政治破壞與造反運動〉，《二十一世紀》，1996 年第 8 期。
5. 唐少傑：〈紅衛兵運動的喪鐘：清華大學白日大鬥爭〉，《二十一世紀》，1995 年第 10 期。
6. 印紅標：〈批判資產階級反動路線：造反運動的興起〉，《二十一世紀》，1995 年第 10 期。
7. 徐友漁：〈異端思潮和紅衛兵的思想轉向〉，《二十一世紀》，1996 年第 10 期。
8. 宋永毅：〈文化大革命中的異端思潮〉，《二十一世紀》，1996 年第 8 期。
9. 劉小楓：〈現代性演變中的西方「文化革命」〉，《二十一世紀》，1996 年第 10 期。
10. 《漢語譯製外國影片分類統計表》：《1949-1954 國語翻譯各國影片分類統計表》，1954 年版、《1949-1955 國語翻譯各國影片分類統計表》，1955 年版、《1949-1956 國語翻譯外國影片分類統計表》，1956 年版、《歷年譯製外國影片分類統計表》，1957 年版、《歷年譯製外國影片分類統計表》，1958 年版、《歷年譯製外國影片分類統計表》，1959 年版、《1960 年譯製外國影片分類統計表》、《1961 年譯製外國影片分類統計表》、《1962 年譯製外國影片分類統計表》、《1963 年譯製外國影片分類統計表》、《1964 年譯製外國影片分類統計表》、《1965 年譯製外國影片分類統計表》，中華人民共和國電影局出版。

11. 應光耀：〈兩極對立——知青文學發展的內在動力〉，《文學評論》，1988 年第 1 期。
12. 梁麗芳：〈覺醒一代的聲音〉，《小說評論》，1994 年第 2 期。
13. 羅義群：〈文學要給人力量和希望——致〈黑玫瑰〉〉，《貴州日報》，1980 年 4 月 17 日。
14. 王鴻儒：〈作家應如何對待膿瘡和潰瘍〉，《貴州日報》，1980 年 4 月 26 日。
15. 樊小林、陸辛生：〈從蘇里的形象看《網》的思想傾向〉，《鍾山》，1980 年第 2 期。
16. 阿戎、小孌：〈我們也曾生活在網中——推薦小說「網」〉，《鍾山》，1980 第 2 期。
17. 易言：〈評《波動》及其它〉，《文藝報》，1982 年第 4 期。
18. 于建：〈人生價值的思索〉，《讀書》，1981 年第 8 期。
19. 葉櫓：〈談《晚霞》創作上的得失〉，《文藝報》，1981 年第 23 期。〈應該正確描寫人的感情〉，《作品與爭鳴》，1981 年第 11 期。
20. 莊臨安、徐海鷹、夏志厚：〈評《晚霞》〉，《文藝理論研究》，1982 年第 1 期。
21. 敏澤：〈道德的追求和歷史的道德化〉，《光明日報》，1982 年 2 月 8 日。
22. 郭志明：〈讓光明升起來〉，《中國青年報》，1982 年 4 月 15 日。
23. 張曼菱：〈《晚霞》讀後斷想〉，《北京青年報》，1982 年 4 月 15 日。
24. 劉燕光：〈戰鬥唯物主義還是宗教信仰主意〉，《光明日報》，1982 年 6 月 3 日。
25. 盧之超：〈一個不可忽視的戰鬥任務〉，《光明日報》，1982 年 6 月 13 日。
26. 陳思：〈中篇小說《晚霞》在繼續討論〉，《作品與爭鳴》，1982 年第 9 期。
27. 李長慶、孫乃民：〈評《晚霞》的宗教傾向〉，《吉林大學社會科學學報》，1983 年第 1 期。
28. 王炳銀：〈敵人·人格·人道〉，《解放軍文藝》，1984 年第 2 期。
29. 陳自仁：〈略論當代青年題材創作中的錯誤傾向〉，《現當代文學研究》，1984 年第 3 期。
30. 若水：〈南珊的哲學〉，《文匯報》，1983 年 9 月 27 日，28 日連載。
〈應該向哪裏尋求信念〉，《解放軍報》，1983 年 12 月 8 日。
〈再談談南珊的哲學〉，《文匯報》85 年 6 月 24 日。
31. 禮平：〈談談南珊〉，《文匯報》，85 年 6 月 24 日。
32. 王富榮：〈為千百萬知識青年樹碑〉，《萌芽》，1985 年第 8 期。
33. 王戰：〈為四十萬知青說句公道話〉，《當代戲劇》，1985 年第 6 期。
34. 蔡翔：〈對確實性的尋求〉，《當代作家評論》，1985 年第 6 期。
35. 郭小東：〈論知青作家的群體意識〉，《文學評論》，1986 年第 5 期。
36. 應光耀：〈尋求人的理想價值〉，《當代文壇》，1991 年第 1 期。
〈尋找人的終極價值〉，《上海文壇》，1992 年第 2 期。
37. 黃書泉：〈拷問靈魂——讀梁曉聲三部長篇近作〉，《當代文壇》，1996 年第 2 期。
38. 曾鎮南：〈愛的追求為什麼虛飄？〉，《光明日報》，1981 年 12 月 24 日。
39. 張志國：〈對美好理想的追求〉，《文匯報》，1981 年 9 月 22 日。
40. 黃益庸：〈謳歌人的美德〉，《文藝報》，1981 年第 5 期。
41. 騰福海：〈求索物知足，更上一層樓〉，《光明日報》，1982 年 1 月 28 日。
42. 張抗抗：〈我寫《北極光》〉，《文匯月刊》，1982 年第 4 期。
43. 李貴仁：〈社會主義的人道主義（張抗抗論）〉，《社會科學》，1983 年第 3 期。
44. 李連科：〈論共產主義道德中集體主義與人道主義的統一〉，《社會科學戰線》，1982 年第 2 期。
45. 劉倩：〈崛起的文學新一代——論知青作家群〉，中州學刊，1985 年第

6 期。

46. 陳士豪：〈試論知青文學的悲劇風格及其演變〉，《當代文壇》，1986 年第 6 期。
47. 薛毅：《張承志論》（《二十世紀中國文學史論》東方出版中心），1997 年版。
48. 應雄：〈《金牧場》的結構和世界〉，《當代文壇》，1988 年第 1 期。
49. 劉建英：〈長篇小說《金牧場》引起的熱烈討論〉，《作品與爭鳴》，1988 年第 2 期。
50. 樊星：〈宗教與人〉，《當代作家評論》，1988 年第 4 期。
51. 蔡翔：〈永遠的錯誤——關於《金牧場》〉，《讀書》，1988 年第 7 期。
52. 張承志：〈我的橋〉，《十月》1983 年第 3 期。
53. 李昕：〈歷史精神與當代意識的結合——評〈桑那高地的太陽〉對知青題材小說創作的突破〉，《文論報》1987 年，1 月 1 日。
54. 李銳：〈《厚土》自語〉，《上海文學》1988 年第 10 期。
55. 許子東：〈當代文學中的青年文化心態〉，《上海文學》，1989 年第 6 期。
56. 李運摶：〈復興的歷程：由自我走向人生〉，《文藝評論》，1987 年第 4 期。
57. 李子雲：〈知青作家與李曉〉，《當代作家評論》，1988 年第 5 期。
58. 丁帆：〈知青小說新走向〉，《小說評論》，1998 年第三期。
59. 李輝：〈殘缺的窗欄板〉，《收穫》，1995 年第 1 期。
60. 〈走出歷史的影子〉，《讀書》，1995 年第 4 期。
61. 劉曉航：〈青春無悔的深情呼喊——近期知青文學熱掃描〉，《通俗文學評論》，1994 年第 1 期。
62. 姚新勇、葛紅兵：〈「老三屆」文化現象批判〉，《青年探索》，1996 年第 6 期。
63. 劉懷昭：〈從終極關懷回到現實關懷——「人文精神」討論與紅衛兵理

想主義反思〉，《中國青年研究》1995 年第 6 期。
64. 劉醒龍：〈書信 208 號〉，《小說選刊》，1998 年第 3 期。
65. 李敬澤：〈遮蔽與敞開〉，《南方文壇》，1998 年第 5 期。
66. 一束：〈《中華工商時報》設專欄評說 90 年代出版熱點〉，《中華讀書報》，1995 年 6 月 7 日第一版。
67. 梁曉聲：《中國中產階層》，《芙蓉》，1998 年第 1 期。
68. 王蒙、陳建功、李輝：〈精神家園何妨共建〉，《讀書》，1995 年第 6、7 期。
69. 但米爾・波恩：〈改造一代人戰略的興亡——上山下鄉運動的總結〉，香港，《爭鳴》1989 年第 1 期；《海南紀實》，1989 年第 4 期。
70. Abraham Maslow: "Theory of Human Motivation", *Psychological Reviw.50*, 1943.
71. Oded Shenker: "Is Bureacracy Inevitable? The Chinese Experience", *Organization Studies*, vol.4, lss.5 (1984).
72. Hong Yung Lee: "The radical students in Kwangtung During the Cultural Revolution", *China Quarterly* lss.64 (1975).

三、專著

1. 錢競：《馬克思主義美學思想史》，中央編譯出版社，1999 年版。
2. 劉小萌、定宜莊、史衛民、何嵐：《中國知青事典》，四川人民出版社，1995 年版。
3. 董之林：《走出歷史的霧靄》，陝西人民教育出版社，1991 年版。
4. 趙園：《地之子》，北京十月文藝出版社，1993 年版。
5. 洪子誠：《中國當代文學史》，北京大學出版社，1999 年版。
6. 洪子誠：《中國當代文學概要》，香港，青文書屋出版社，1997 年版。
7. 楊鼎川：《1967 狂亂的文學年代》，山東教育出版社，1998 年版。
8. 姚新勇：《主體的塑造與演變》，暨南大學出版社，2000 年版。
9. 楊健：《「文化大革命」中的地下文學》，朝華出版社，1993 年版。
10. 繆一斌主編：《沉淪的聖殿》，新疆青少年出版社，1999 年版。

11. 岩佐昌暲、劉福春：《紅衛兵詩歌篇集》，中華書局（日），2001 年出版。
12. 白士弘：《暗流》，文化藝術出版社，2001 年出版。
13. 李澤厚：《中國現代思想史論》，安徽文藝出版社，1994 年版。
14. 費正清編：《劍橋中華人民共和國史——中國革命內部的革命》，中國社會科學出版社，1998 年版。
15. 何西來、杜書瀛：《新時期文學與道德》，山東教育出版社，1999 年版。
16. 孟繁華：《1978 激情歲月》，山東教育出版社，1998 年版。
17. 尹昌龍：《1985 延伸與轉折》，山東教育出版社，1998 年版。
18. 王利芬：《變化中的恆定》，廣東人民出版社，1999 年版。
19. 汪輝：《真實地與烏托邦的》，江蘇文藝出版社，1994 年版。
20. 李世濤編：《知識分子立場——自由主義之爭與中國思想界的分化》，時代文藝出版社，2000 年版。
21. 楊守森主編：《二十世紀作家心態史》，中央編譯出版社，1998 年版。
22. 木齋：《與中國作家對話》，京華出版社，1999 年版。
23. 定宜莊：《中國知青史——初瀾》，中國社會科學出版社，1998 年版。
24. 劉小萌：《中國知青史——大潮》，中國社會科學出版社，1998 年版。
25. 郝海彥主編：《中國知青詩抄》，中國文學出版社，1998 版。
26. 張凱：《又說「老三屆」》，中國青年出版社，1998 年版。
27. 梁曉聲：《中國社會各階層分析》，經濟日報出版社，1997 年版。
28. 梁曉聲：《梁曉聲話題》，九州圖書出版社，1998 年版。
29. 房藝傑編著：《論兵團》，新疆青少年出版社，1994 年版。
30. 史衛民、何嵐：《知青備忘錄——上山下鄉運動中的生產建設兵團》，中國社會科學出版社，1996 年版。
31. 知青日記書信選編編委會編：《知青書信選編》，中國社會科學出版社 1996 年版。
32. 知青日記書信選編編委會編：《知青日記選編》，中國社會科學出版社

1996 年版。
33. 托馬斯·伯恩斯坦著，李楓等譯：《上山下鄉——一個美國人嚴重的中國知青運動》，警官教育出版社 1993 年版。
34. 尼·亞·別爾嘉耶夫著，丘運華、吳學金譯：《俄羅斯思想的宗教闡釋》，東方出版社，1998 年版。
35. Laifong Leung: *MORNING SUN; interviews with Chinese writers of the lost generation*, Armonk, New York, 1994.
36. Jonathan Unger: *Education Under MAO*, New York Columbia University, 1982.
37. Richard Curt Kraus: *Class Confilct in Chinese Socialism*, Cluombia University, 1981.
38. Clifford Geertz: *Reigion as a Cultural System – The Interpretation of Cultues*, New York: Basic Books Inc, 1973.
39. Jhon C. Benett 著，Jung-gee. kim 譯：《共產主義與基督教》，（漢城）大韓現象和認識出版社 1985 年版。
40. R. Robertson 著，Won-gyu. Lee 譯：《宗教的社會學理解》。（漢城）基督教出版社，1984 年版。
41. Sengken-Kim：《宗教與社會》，Moon-keng Public.，（韓）1997 年版。
42. Chihua Wen: The Red Mirror – children of the China's Cultural Revolution, Westview Press, 1995.

國家圖書館出版品預行編目資料

中國知識青年題材小說研究
——從文革時期到 90 年代

曹惠英著. – 初版. – 臺北市：臺灣學生，2010.09
面；公分
參考書目：面

ISBN 978-957-15-1498-7(平裝)

1. 現代小說 2. 中國小說 3. 文學評論

820.9708　　99015018

中國知識青年題材小說研究——從文革時期到 90 年代

著作者：曹惠英
出版者：臺灣學生書局有限公司
發行人：楊雲龍
發行所：臺灣學生書局有限公司
臺北市和平東路一段七十五巷十一號
郵政劃撥帳號：00024668
電話：(02)23928185
傳眞：(02)23928105
E-mail：student.book@msa.hinet.net
http：//www.studentbooks.com.tw
本書局登記證字號：行政院新聞局局版北市業字第玖捌壹號
印刷所：長欣印刷企業社
中和市永和路三六三巷四二號
電話：(02)22268853

定價：平裝新臺幣三六〇元

西元二〇一〇年九月初版

82085

ISBN 978-957-15-1498-7(平裝)